中央民族大学青年文库

中央高校基本科研业务费资助出版

民国时期外国文学翻译中的女译者研究

Minguo Shiqi Waiguo Wenxue Fanyi Zhong De Nüyizhe Yanjiu

刘立◎著

中央民族大学出版社
China Minzu University Press

图书在版编目(CIP)数据

民国时期外国文学翻译中的女译者研究/刘立著.—北京:中央民族大学出版社,2023.1

ISBN 978-7-5660-1954-7

Ⅰ.①民… Ⅱ.①刘… Ⅲ.①文学翻译—文学史研究—中国—民国 Ⅳ.①I046 ②I209.6

中国版本图书馆 CIP 数据核字(2021)第 134940 号

民国时期外国文学翻译中的女译者研究

著　　者　刘　立
责任编辑　杜星宇
封面设计　舒刚卫
出版发行　中央民族大学出版社
　　　　　北京市海淀区中关村南大街 27 号　邮编:100081
　　　　　电话:(010)68472815(发行部)　传真:(010)68932751(发行部)
　　　　　　　(010)68932218(总编室)　　　　(010)68932447(办公室)
经 销 者　全国各地新华书店
印 刷 厂　北京鑫宇图源印刷科技有限公司
开　　本　787×1092　1/16　印张:11.5
字　　数　200 千字
版　　次　2023 年 1 月第 1 版　2023 年 1 月第 1 次印刷
书　　号　ISBN 978-7-5660-1954-7
定　　价　40.00 元

序一

很高兴为我校学者刘立的专著《民国时期外国文学翻译中的女译者研究》作序。

民国时期的译者和作家，有相当一部分是女性，而且这些女性译者和作家是一个不小的群体。她们通过自己的翻译与创作，为中国现代文学的发展与繁荣贡献了力量。她们的翻译和创作是中国现代文学史和翻译史上不可或缺的重要组成部分。可以说，没有她们，中国现代文学史和翻译史是不完整的。然而，目前国内译界缺少对这个群体的专门性、系统性研究，这种缺憾会影响人们对近现代文学翻译活动和文学创作活动的认识。

本书以民国时期外国文学翻译中的女译者为研究对象，运用图里的翻译规范理论，从社会职业、译作体裁分布、翻译策略、译创结合等视角切入，研究这个群体。刘立教授的研究表明，民国时期外国文学翻译中女译者的翻译活动体现了这样四个特征：（1）翻译具有较强的为政治服务的目的；（2）女性主义虽然在她们的翻译中有所萌芽，但却没有成为主导；（3）翻译与创作相结合，通过翻译，把西方作品中的主题、创作思想和写作技巧融入自己的创作中，又在翻译中融入自己的创作理念，译创结合，创译互利；（4）女性虽然走出了家庭私人空间，迈入了社会公共空间，但在精神和思想意识方面并未取得真正与男性平等的地位，也未能充分张扬女性自身的特色。刘立教授的这些发现无疑为认识民国时期的女译者提供了一个重要的视角。

刘立教授的研究对推动当代女译者认识自身价值、明确自身定位具有现实意义，对推动女译者在翻译领域多作前沿性思考和探索，以推动真正的性别平等和性别解放具有应用价值，且该研究为深入全面开展国内女性译者群体行为研究奠定了坚实的基础。本书观点明确，框架合理，文句流畅简洁，可读性强，是一部高水平的学术著作。

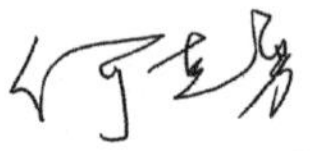

2021 年 12 月

序二

民国时期，在女性觉醒和追求个性解放的背景下，女译者在翻译活动中也扮演了重要角色。我校刘立老师的专著首次对当时的女性译者群体进行了系统的考察，是一部颇有学术价值的学术作品。

本书主要聚焦于民国时期女译者的翻译活动、翻译思考和翻译策略。作者首先以较多的笔墨从地理分布因素探讨了当时女性译者的状况，这一角度非常有新意。几年前，一些学者提出了翻译地理学的概念，但是之前的研究大都缺少特定阶段的数据和典型案例作为支撑，因此常常显得空洞。本书可谓在翻译地理学的探索方面向前迈出了较坚实的一步。

作者同样着墨较多的一个领域是翻译活动的产品——译作。可以看出，女性译者在原作文本和翻译策略的选择方面，既与男性译者有共性，同时也有独特之处。把这些因素放在当时的社会文化背景下进行考察，得出的结论具有特殊意义。可以发现，西方的女权主义翻译理论当然有其价值，但对中国历史上的女性翻译活动的解释力存在一定局限性。本书的研究可匡正和补充西方学者相关理论的不足之处。

本书以一章的篇幅对张近芬和袁昌英两位女性译者的翻译活动进行了较为细致的考察，个案研究堪称全书亮点。张、袁两人几乎为此前的所有翻译史研究著作所忽略，但两人的翻译实践活动不仅成就非凡，而且特点鲜明，尤其两人兼具作家和翻译家身份，创作与翻译活动互相影响、互相促进，可以让人们对文学创作与文学翻译活动之间的关系形成全新的认识。

本书在一定程度上弥补了此前翻译史研究中的一个缺陷，使一大批几乎被历史遗忘的女性翻译家浮出水面，为后续的深入研究奠定了坚实的基础，是较优秀的一部翻译史和翻译家研究作品。

2021 年 12 月

目　录

图表索引

第一章　近代女译者研究

第一节　女译者研究缘起

民国风云，男性占据舞台中心，或伏案疾书忧国忧民，或驰骋沙场慷慨激昂，可是在这一卷卷泛黄的历史相册中，时不时地会闪现出一些女子的身影，有家庭主妇，有教师，有记者，有文人作家，还有革命者，有的清奇敏捷，有的机慧俊秀，有的朴实耐劳，有的婉静柔韧。她们虽来自不同地方，从事不同职业，但却有一个共同的称呼：民国时期外国文学翻译中的女译者。跟随她们手中的笔，我们看到一个又一个富于异域风情的新世界。

她们是那个时代的精英，受过良好的教育，有些还曾留洋深造。虽然数量不多，但她们却与同时代的男译者们并肩战斗，为中国现代文学的建立与发展做出了重要的贡献。然而，今天的人们却再难记住她们的名字，甚至从不熟悉她们的名字。国内的翻译家辞典、翻译史、翻译理论史等专著也很少见到对她们的介绍和研究。个中缘由错综复杂，民国时期资料散佚，很多信息无法确认；另外，女译者译作不多，她们在翻译理论方面的建树不及男译者，诸如此类，不一而足。当然，对女译者缺乏关注的现象不仅存在于中国译界，国际译界在 20 世纪末之前也并没有在翻译研究中重视性别因素。

翻译研究的文化转向给翻译实践和翻译研究带来了冲击，各种文艺思潮、思想流派开始影响到翻译研究者研究的视角和方法，其中，译者的性别因素也逐渐受到学者的关注。发轫于加拿大的女性主义翻译理论为翻译研究开启了一个新维度，其主要代表人物和代表性著作有 1996 年西蒙（Sherry Simon）出版的《翻译中的性别：文化身份和传播的政治》（*Gender in Translation：Cultural Identity and the Politics of Transmission*）和 2004 年弗洛图（L. Flotow）出版的《翻译和性别：女性主义时代的翻译》（*Translation and Gender*：*Translating in the* "*Era of Feminism*"）。[①][②] 这些女性主义译者和研究者除了从性别维度拓宽对翻译行为及过程的理解，还梳理了西方女性的翻译传统，列举了从文艺复兴时期一直到 20 世纪出现的西方女译者们。虽然她们的著作并不是系统的女性翻译史研究，但是从中可以看出女性译者及其翻译贡献也是翻译史研究不可或缺的部分，也看出编写具有性别意识的翻译史的意义和价值。

国际译界的这些研究启发了国内对女性译者和女性翻译活动的研究。自 21 世纪初开始出现了一些关于清末民初（20 世纪第一个 20 年）女译者的研究[③]（郭延礼，2002，2009；张筠艇，2004；朱静，2007；罗列，2008，2011，2013，2014；康晓倩，2012；刘香，2013；孙晓蓉，2013；蒋林，2013；吴书芳，2013）。20 世纪第一个二十年，随着西学东渐，西方女性主义思潮也被译介到国内，促使国内女权运动蓬勃发展，女子教育、女性报刊茁壮成长。在这种历史文化背景下，女性文学也取得了突出的成就，出现了四大作家群体，即女性小说家群、女性翻译文学家群、女性政论文学家群和南社女性作家群。[④] 其中女性翻译文学家群体的出现不仅在中国女性文学史上是破天荒的第一次，而且也是中国翻译史上的第一次。这一群体的翻译活动和成果对五四时期及以后的女性文学创作和翻译也有着积极的影响。

清末民初女译者研究取得不少成果，遗憾的是，与此相比，对五四后至现代的女译者虽有一些研究成果，但比较零散，主要集中于研究数位知名女译者，如冰心、金圣华、杨绛、赵萝蕤等，对其他女译者的研究可以说是凤毛麟角。[⑤] 虽然大多数女译者也译著颇丰，但要么被淹没在主流译论话语中，要么被边缘化在主流译论之外，故而并未引起学界对其翻译思想和翻译活动的广泛关注。书写传统意义上的主流翻译史和翻译思想史时，毋庸置疑要选择那些能够体现时代共性的代表性人物，可是这样一来，一些独具特色、独具个性的译者也会被忽视，继

① Simon, Sherry: *Gender in Translation*: *Cultural Identity and the Politics of Transmission*. London, New York: Routledge, 1996.

② Von Flotow, Luise: *Translation and Gender*: *Translating in the* "*Era of Feminism*". Shanghai: Shanghai Foreign Language Education Press, 2004.

③ 详细文献综述见第二节女译者研究现状。

④ 郭延礼：《二十世纪第一个二十年近代女性翻译家群体的脱颖》，《中华读书报》，2002 年 5 月 8 日。

⑤ 郭延礼：《二十世纪第一个二十年近代女性翻译家群体的脱颖》，《中华读书报》，2002 年 5 月 8 日。

而淡出人们的视线。结果就是：我们对这一时期的女性文学译者缺乏一个全面系统的了解和认识。

针对这一问题，本研究选取民国时期（1912—1949）这一历史时段，研究该时段中从事外国文学翻译的女译者。在时间范围上，本研究选取的时段较为完整，可以较全面地考察民国时期文学翻译女译者，较为完整地勾勒出近代史上民国时期女性翻译事业的发展脉络。本研究是对国内女性翻译史现有研究的补充，或者说是完善。民国时期是中国引入外国文学及其他知识理论的繁荣兴盛时期，是中国历史上第三次翻译高潮，[①②] 也是中国历史上首次出现女性参与翻译活动的时期。[③] 五四运动之后，外国作品译介较之以前更加兴盛，对中国文学、社会政治乃至文化都产生了极大的影响。这一时期的翻译现象丰富有趣，翻译活动纷繁复杂，为翻译研究提供了不可多得的宝贵资料。

同时，本研究还将从女性地理学的角度考察这段时期女译者如何走出家庭空间、进入公共空间，她们翻译活动中体现出来的女性意识也是对国内女性主义研究的补充。目前国内对女性译作的研究大多借用西方的女性主义翻译理论，而这一理论是在西方女权运动和女性主义思潮的基础上发展起来的。与西方女权运动相比，中国女性的解放动力主要，或者说首要不是来自女性对本身的自觉，而是来自社会革命潮流的裹挟。[④] 拥有平等法权的中国女性，其实并不具备相应的自觉意识，甚至有学者认为，从属于民族解放的女性，其独立地位的顺势获得，反而造成了女性意识更为根本的丧失。[⑤] 事实是否如此？在那个高喊“妇女解放”“男女平等”口号、否定和颠覆一切古旧保守思想、打破旧秩序建构新秩序以及抗击外来侵略的特殊岁月，女性究竟对自身和男性有着怎样的认识？这种认识在她们所从事的翻译活动和她们的译作中有着怎样的体现？对这些问题的回答无疑可以丰富我们对西方女性主义翻译理论的理解。

最后，笔者作为一名翻译学专业的女学生，自然会对女性译者和女性翻译学者给予更多关注，这也是尝试从不同角度补充改进对自身身份和责任的认识。

有鉴于此，本书将以《民国时期总书目》《中国翻译家辞典》和《民国才女

---

① 这一点已是翻译界共识，具体可见陈福康和马祖毅的书：陈福康：《中国译学理论史稿（修订本）》，上海：上海外语教育出版社，2000 年。

② 马祖毅：《中国翻译通史》，武汉：湖北教育出版社，2006 年。

③ 郭延礼：《二十世纪第一个二十年近代女性翻译家群体的脱颖》，《中华读书报》，2002 年 5 月 8 日。

④ 夏国美、刘潼福：《女性主义的东方之路》，上海：上海人民出版社，2015 年。

⑤ 赵稀方：《中国女性主义的困境》，《文艺争鸣》，2001 年第 4 期，第 65-70 页。

书影知见录》等为依据，通过翻译研究的视角，探寻、梳理 1912—1949 年国内外国文学翻译中，女译者的地理分布、社会职业、影响领域、翻译成果、女性意识和翻译策略。

第二节　女译者研究现状

对国内近代女译者的研究始于 21 世纪初，主要是受到西方女性主义文学批评和女性主义翻译研究的启发。女性主义文学批评源于 20 世纪 60 年代西方的妇女解放运动，主要经历了四个阶段："妇女形象"批评、"妇女中心"批评、女性主义文学理论的兴起和"身份"批评[①]。其中，在"妇女中心"批评阶段，女性主义文学批评家开始向传统的经典文学书目挑战，他们重新挖掘整理了文学史上被埋没的女性作家及其作品，试图重新构建文学批评的美学体系。这"有力地批驳了史学界中原来广为流传的所谓妇女没有自己的历史，因而也就毫无研究价值的谬论"[②]。

随着女性主义文学批评的逐步深入及多元化发展，女性主义者开始质疑语言中大量存在的、根深蒂固的、显性或隐性的歧视女性的表达方式。"20 世纪 70 年代，一个耳熟能详的呼声是：女性必须获得语言的解放，女性的解放必须先从语言着手"[③]。为此，她们做了大量的工作，力图消除语言中的性别歧视[④][⑤]。翻译也因此进入了女性主义者的视野。女性主义翻译理论于 20 世纪 80 年代发轫于加拿大女性主义者的翻译实践，其主要代表人物有弗洛图（L. Flotow），西蒙（S. Simon），斯皮瓦克（G. Spivak），张伯伦（L. Chamberlain），戈德尔德（B. Godard），哈伍德（S. Lotbiniere-Harwood）等。这些女性主义译者和研究者

---

① 刘涓：《"从边缘走向中心"：美、法女性主义文学批评与理论》，鲍晓兰主编：《西方女性主义研究评介》，北京：生活·读书·新知三联书店，1995 年，第 100 页。

② 鲍晓兰：《美国的妇女史研究和女史学家》，《西方女性主义研究评价》，北京：生活·读书·新知三联书店，1995 年，第 73-74 页。

③ Simon，Sherry：*Gender in Translation*：*Cultural Identity and the Politics of Transmission*. London，New York：Routledge，1996.

④ Baron，Dennis E.：*Grammar and Gender*. Boston：Yale University Press，1986.

⑤ Schwartz，Marilyn：*Guidelines for Bias-Free Writing*. Bloomington：Indiana University Press，1995.

除了提倡在翻译时尽量使女性在语言中显现，从而让世人看见和听见女人①②之外，还严正质疑长期以来把翻译置于性别化的低等位置的字眼，为学界对翻译行为和翻译过程的理解开辟了一个新的维度——性别维度。女性主义译者和研究者尤其主张译者作为翻译主体和写作合作者的双重身份，以期解构传统译论中原文至上的观念。不可否认，她们深入挖掘西方历史上女译者史料的做法极大地启发了中国学界对女性译者的研究。

21 世纪初，女性主义翻译理论被引入国内学界。廖七一编写的《当代西方翻译理论探索》③ 一书系统地介绍了女性主义翻译理论。许宝强、袁伟编著的《语言与翻译的政治》④ 一书收译了西蒙的“翻译中的性别”，介绍了西蒙的女性主义翻译理论。这些译介开启了国内译学界对该理论的关注和探讨，随后国内学者发表了数量可观的关于女性主义翻译理论的论文⑤。其中用女性主义翻译理论来分析文本的论文很多，大多得出女性翻译与男性翻译不同，各有优劣的结论。但是从翻译史的角度，挖掘整理女性译者史料的论文却并不多见。

笔者认为原因主要有四点：第一，挖掘史料烦琐艰难，尤其是近代的史料庞杂纷繁，错漏频仍，无论男译者还是女译者都有被埋没雪藏的；第二，女性译者的社会地位和社会影响力不能和同时代的男性译者相提并论，比如近现代的严复、梁启超、梁实秋、鲁迅、傅雷、朱生豪、杨宪益等，都对中国文坛、译界产生过重大影响，所以研究者也较多关注他们；第三，女性译者的译作数量相比之下少得多，比如，笔者根据《民国时期总书目・外国文学》统计民国时期的外国文学翻译作品（不包括文艺期刊）约 3800 种，而其中女性译者的译作仅有 81 种，部分女译者只翻译出版了 1 种作品，数量上的悬殊也使女性译者得不到足够的重视；第四，当今学界男性研究者占主导地位，性别因素也会影响到研究者的关注点，目前主要还是女性研究者对女性译者做了较多研究。虽然社会影响力有限，数量不多，但是对于有性别意识的翻译研究来说也是很重要的。

当然，学界对女译者不够关注的状况现在已有好转，不少期刊论文和学位论文开始探讨国内近现代女性译者的翻译活动，但由于尚属起步阶段，因此现有文

---

① Baron, Dennis E.: *Grammar and Gender*. Boston: Yale University Press, 1986.

② Schwartz, Marilyn: *Guidelines for Bias-Free Writing*. Bloomington: Indiana University Press, 1995.

③ 廖七一：《当代西方翻译理论探索》，南京：译林出版社，2000 年。

④ 许宝强、袁伟：《语言与翻译的政治》，北京：中央编译出版社，2001 年。

⑤ 中国期刊网上的统计显示，截至 2016 年，有 1700 余篇学术论文、学位论文、报刊文章、会议文章面世。

献对近代女译者的研究集中在20世纪第一个20年，对五四后至现代的女译者虽有一些研究成果，但比较零散，主要研究了数位知名女译者，如冰心、杨绛、赵萝蕤、张爱玲等。

对清末民初女译者的研究大致可分为三个阶段。第一阶段（2002—2007）的研究主要是挖掘梳理这一阶段女译者的基本史料。其中最有影响力的当属郭延礼的论文。郭于2002年[①]率先研究了1900—1919年的中国女性文学，包括女性小说家群、女性翻译文学家群、女性政论文学家群和南社女性作家群四大作家翻译家群体。他还简要介绍了20世纪初的几位知名女译者，如薛绍徽、陈鸿璧、张昭汉、黄翠凝、汤红绂、凤仙女史、吴弱男、薛琪瑛等，而后分析了这批女译者群体的特点，如地理分布较集中，译者多在国外或在国内教会受过教育，翻译方式多为独立翻译，译文语言为浅显文言文或白话文等。随后，有张筠艇[②]研究19世纪以来的闽籍女翻译家，介绍她们的生平、翻译作品以及翻译观点，并试图总结出这些女译者的相同之处。2006年谭芳、位方芳和杨立学在各自的硕士论文中对20世纪初中国女性翻译家做了简要的梳理和总结[③④⑤]。第一阶段成果数量虽然不多，但是具有开创意义，并以朱静的《清末民初外国文学翻译中的女译者研究》（该文发表在《国外文学》2007年第3期）高调收尾，迎来下一阶段的蓬勃发展。

相比之下，第二阶段（2008—2014）的研究成果更丰富，视角更多元。论文总数15篇。按年代计算，2008年2篇，2009年2篇，2011年1篇，2012年1篇，2013年6篇，2014年3篇，2013年成果最多，达到高潮（图1-1）。

按研究者（论文第一作者）计算，女性研究者对该领域问题的关注度明显高于男性。罗列（女）9篇，郭延礼4篇，康晓倩（女）、刘香（女）、孙晓蓉（女）和蒋林各1篇。

① 郭延礼：《二十世纪第一个二十年近代女性翻译家群体的脱颖》，《中华读书报》，2002年5月8日。

② 张筠艇：《闽籍女性翻译家群体》，《龙岩师专学报》，2004年第2期，第113-114页。

③ 谭芳：《二十世纪中国女性翻译家研究》，《成都理工大学学报》（社会科学版），2007年第1期，第69-74页。

④ 位方芳：《1900—1919中国女性翻译家初探》，中国人民解放军外国语学院，2006年。

⑤ 杨立学：《〈新青年〉与中国早期女性主义翻译——三位女文学翻译家研究》，河北师范大学，2006年。

从图 1-2 可见，这一领域的论文总数与翻译学其他问题相比，还不算多，说明目前这一领域只有少数研究者对此进行过专门研究，而且女性居多，尚未引起学界的广泛关注。

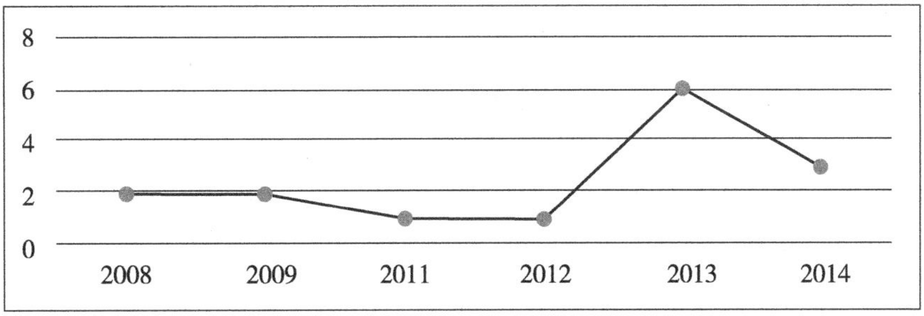

图 1-1　第二阶段（2008—2014）论文数量分布

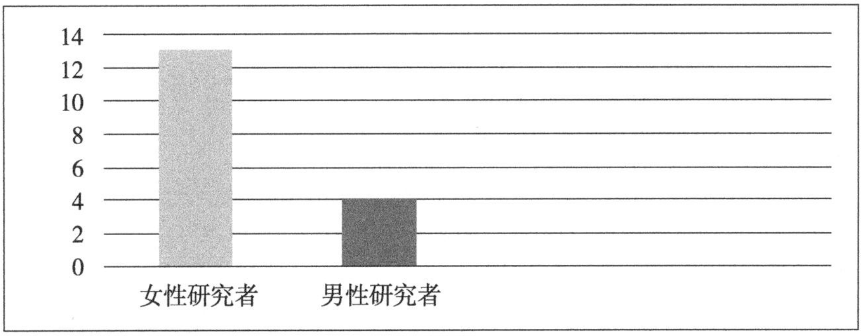

图 1-2　第二阶段（2008—2014）男性女性研究者论文数量对比

这一阶段的论文从研究内容来看，大致可分为三类：（1）综述概貌类；（2）关注 1919 年之前女译者群体体现出来的女性主义和女权意识；（3）分析 1919 年之前女译者的翻译策略和创作策略。总体说来，综述概貌类论文数量最多，占近 50%，分析翻译策略和创作策略的论文数量最少，仅占 23%（图 1-3）。这也从一个侧面说明，史料的收集固然重要，但是收集之后的工作还需要进一步细化深化。另外，民国时期的文献资料残缺不全者多，也给研究者带来了不少的困难。

详细来看，第一类综述概貌类论文共有 8 篇，这类论文与初始阶段的史实梳理类论文相比，既是挖掘工作的延续和拓展，同时也因为有了更多女性研究者的参与而加深了研究内涵。罗列在《论 20 世纪初叶中国女翻译家群体的崛起》[①]中，向读者呈现了一批 20 世纪初叶的女翻译家形象：她们突破传统对女性的禁锢，积极参与文学翻译，从家庭私人空间走进了公共领域，并在以男性为主的翻译活动中插入了女性对异域文化和性别问题的叙述视角和观察体验，为文本的阐释和表达增添了不同于男性的女性视角。康晓倩和刘香[②③]在论文中列举了部分女译者及她们的译作，并简要分析了她们对白话文运动以及女性思想解放所做的历史贡献。孙晓蓉和蒋林[④⑤]梳理了 20 世纪女性翻译家及其译作，分析其对于文学史的影响、意识形态影响等等。

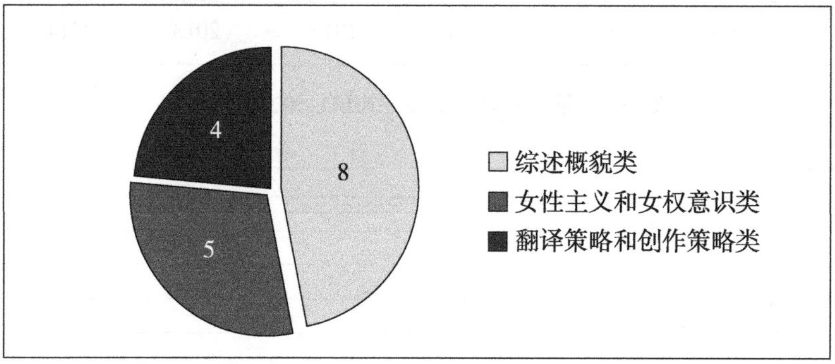

图 1-3 第二阶段（2008—2014）三类论文数量对比

除了丰富研究的性别视角之外，也有女性研究者敏锐地意识到编写女性翻译史的必要性和重要性，并理性地分析了需要考虑的几个问题：寻找科学的理论支撑，采用适当的撰写体例，使用合理的研究方法和重视史料的收集和拓展。[⑥]

---

① 罗列：《论 20 世纪初叶中国女翻译家群体的崛起》，《西南交通大学学报》（社会科学版），2008 年第 2 期，第 69-73 页。

② 康晓倩：《20 世纪初女性翻译文学家杰出人物述略》，《兰台世界：上旬》，2012 年第 7 期，第65-66 页。

③ 刘香：《〈新青年〉中女性戏剧翻译家的历史贡献》，《剑南文学》，2013 年第 7 期，第 159 页。

④ 孙晓蓉：《民国时期女性翻译家研究概述》，《长春理工大学学报》（社会科学版），2013 年第 1 期，第 161-162 页。

⑤ 蒋林、潘雨晴：《世纪回眸：中国女性翻译家管窥》，《中国翻译》，2013 年第 6 期，第 18-22 页。

⑥ 吴书芳：《我国女性翻译史研究的缺失与补苴》，《河南师范大学学报》（哲学社会科学版），2013 年第 4 期，第 112-115 页。

郭延礼的后续研究[①②]描述了处于世纪之交的四大女性作家群体（其中有很多女性作家同时也是翻译家，兼顾翻译与创作）。这些中国近代史上第一代知识女性为中国女性文学走向现代迈出了第一步，也为五四女性小说家的成长奠定了基础。

第二类论文关注 1919 年之前女译者群体表现出来的女性主义和女权意识，主要有罗列 2008 年至 2013 年的系列论文。[③④⑤⑥⑦] 在这些论文中，罗列论述了 20 世纪初叶，中国传统性别秩序在启蒙知识分子的强国话语和西方现代女性观的输入中遭到挑战，女性译者通过翻译塑造作品中的女性形象，积极参与时代性别话语的建构；在 20 世纪初叶中国男性主导的女权话语里，插入女性的声音，在宏大的历史主流叙事中融入了女性自身的性别政治诉求；在审视他者、建构自我的过程中，她们表现出对新潮思想中潜在危险所具有的洞察力和冷静判断以及对塑造女性现代身份的独立思考。

第三类论文分析 1919 年之前女译者的翻译策略和创作策略，数量虽少，但是极具启发性，主要探讨了直译、间接翻译、以译代作等问题，涉及翻译选材和翻译方法等不同层面。罗列[⑧⑨⑩]阐述了清末中国历史上第一批女性译者对直译策略从理论到实践的探索，认为她们的实践推动了清末至五四期间翻译策略从以目

---

① 郭延礼：《20 世纪初中国女性文学四大作家群体考论》，《文史哲》，2009 年第 4 期，第 5-16 页。

② 郭延礼：《20 世纪初叶中国女性文学的转型及其文学史意义》，《上海师范大学学报》（哲学社会科学版），2009 年第 6 期，第 59-66 页。

③ 罗列：《女翻译家薛绍徽与〈八十日环游记〉中女性形象的重构》，《外国语言文学（季刊）》，2008 年第 4 期，第 262-270 页。

④ 罗列：《出走与归来——从易卜生与王尔德戏剧中出走女性的译介看“五四”女权话语的多样性》，《妇女研究论丛》，2008 年第 4 期，第 42-51 页。

⑤ 罗列：《从近代女学析中国第一个本土女性译者群体的生成》，《外语与外语教学》，2011 年第 1 期，第 49-52 页。

⑥ 罗列、穆雷：《女翻译家沈性仁与〈遗扇记〉中的性别意识——“五四”时期〈温德米尔夫人的扇子〉汉译比较研究》，《山东外语教学》，2011 年第 5 期，第 68-75 页。

⑦ 罗列：《翻译、性别与现代身份的建构——论 20 世纪初叶中国女性译者翻译中的性别政治诉求》，《妇女研究论丛》，2013 年第 2 期，第 70-76 页。

⑧ 罗列、穆雷：《论五四前中国女性译者以原文为中心的翻译策略》，《外国语文（双月刊）》，2013 年第 6 期，第 117-122 页。

⑨ 罗列：《启蒙与文学消费的双重需求——论近代中国女性译者身份的凸显》，《社会科学研究》，2014 年第 1 期，第 196-201 页。

⑩ 罗列：《论 20 世纪初中国女性译者的间接翻译及自觉意识》，《外语教学理论与实践》，2014 年第 3 期，第 71-76 页。

标语为中心到以原文为中心的嬗变。同时她还考察了这一时期女性译者群体的间接翻译实践以及她们对待间接翻译的自觉意识。郭延礼[①]分析了20世纪初中国女性小说中“以译代作”的部分文本，认为这是当时女性在创作时，受到西方文学作品中故事情节、人物形象和表现手法的影响，自觉或不自觉地借鉴西方文学作品，女性译者以阅读、翻译外国小说为手段，经过移植、过滤与改造，生成一种新的文本，并表现出本土化的特点。

如果说2008—2014年是我国女性翻译史研究的喷发期，那么2014年之后的研究视野就更加开阔，研究方法也更为多元。刘泽权主持的国家社科基金重点项目“基于语料库的两岸三地百年女性文学翻译史论”（15AYY004）是第三阶段的代表，相关成果6篇[②③④⑤⑥⑦]（与女性翻译史研究密切相关的），其中对香港、台湾地区女译者的研究成为亮点。该项目不仅拓宽了以往研究的时间跨度和地域范畴，而且采用语料库等数字化手段，进行共时、历时语料对比分析，取得了很多令人耳目一新的研究结论。该阶段还有一些零散研究，部分论文仍以清末民初女译者为考察对象，但变换了视角[⑧⑨]。

以上的研究成果为国内女性翻译史研究开辟了良好的开端，但仍然为我们留下了许多值得挖掘的空间：第一，五四至中华人民共和国成立之前这段时期女性译者的研究缺失，不利于找出近代女性翻译的发展脉络；第二，所发表论文中女

---

① 郭延礼：《女性小说书写中的“以译代作”——兼论中西文化交流早期的一个倾向性问题》，《文史哲》，2014年第3期，第5-17，165页。

② 张丹丹、刘泽权：《〈倾城之恋〉英译修改及其经典化过程》，《河南大学学报》（社会科学版），2020年第5期，第102-108页。

③ 刘泽权、林琼磊：《台湾女作家兼翻译家林文月散文与译文风格考察》，《东方翻译》，2020年第2期，第31-41页。

④ 刘泽权、朱利利：《张佩瑶中国翻译话语的体系构建与成果》，《中国翻译》，2019年第5期，第103-111，190页。

⑤ 刘泽权、汤洁：《基于文献计量学的杨绛著译研究现状可视化分析》，《河北大学学报》（哲学社会科学版），2018年第3期，第24-32页。

⑥ 刘泽权：《大陆现当代女翻译家群像——基于〈中国翻译家辞典〉的扫描》，《中国翻译》，2017年第6期，第25-32页。

⑦ 刘泽权：《两岸三地百年女性文学翻译史论构建的意义与方法》，《中国翻译》，2016年第3期，第26-34，128页。

⑧ 郭建鹏、姜绍泽：《二十世纪前二十年女性翻译活动论略》，《通化师范学院学报》，2018年第11期，第125-131页。

⑨ 夏维红：《失语的女性译者——基于近代女权话语对清末民初女性译者群体的考察》，《解放军外国语学院学报》，2019年第2期，第149-157页。

性译者重复率较高，但史料却不足，且有许多女性译者被忽视。当然确定民国时期译者性别首先就是一项耗时费力、难度很大的工程；第三，从西方女性主义翻译理论的角度分析译者主体性有“削足适履”之嫌，因为西方女性主义翻译理论发源于西方两次女性主义运动高潮，这和国内清末民初以及民国时期的女性解放有着本质上的区别，后者某种程度上是父权话语下的“搭车解放”，所以对译者主体性的研究还应从其他角度、其他方法入手才能做到因地制宜。

对五四之后到现代的女译者研究，目前主要集中于 15 名女译者（张爱玲、冰心、杨绛、赵萝蕤、陈鸿璧、沈性仁、磊然、薛琪瑛、杨缤、陈敬容、方于、黄衣青、柳无垢、林文月、张佩瑶）①，数量不足两百篇。对个别女译者的翻译活动简介还可见《中国翻译通史》② 和《中国翻译文学史》。③ 与目前掌握的民国时期女译者总数相比，还有 20 多位女译者至今没有关于她们翻译活动的任何研究，甚至在中国知网上查不到任何文献资料，连生平简介都没有。

国内对女作家张爱玲的翻译研究始于 2003 年。张爱玲的翻译成就一向为文学声名所掩，在此之前，翻译作为完整的张爱玲研究中的重要组成部分，长期处于被忽视的状态。张爱玲的翻译涉及语际翻译（英汉互译、改编等）和语内翻译（从吴方言到国家通用语）。翻译体裁从小说、散文、诗歌到电影剧本等，不一而足。一直以来，国内外学者从阐释学、解构与建构、女性主义和叙事学、翻译的多元系统理论、生态翻译学、“食人主义”翻译观、译者主体性等方面探讨张爱玲的翻译风格和翻译策略，涉及的译本主要有《金锁记》《海上花》和《老人与海》等。④ 另外，还出现了多部评价张爱玲翻译的专著，《到底是张爱玲》⑤点评了张爱玲的自译，《含英吐华——析论张爱玲的美国文学中译》⑥ 追溯了张爱玲对美国文学的翻译。《多元调和：张爱玲翻译作品研究》⑦ 运用多种分析方法系统研究了张爱玲的翻译作品，阐释了张爱玲在中国翻译史上的意义和地位。张爱玲作为译者的价值得到了前所未有的回归。

对冰心的翻译研究起始于 2001 年，此后的 10 年进入繁荣期，主要探讨冰心

① 论文发表刊物等具体信息请见参考文献。
② 马祖毅：《中国翻译通史》，武汉：湖北教育出版社，2006 年。
③ 孟昭毅、李载道：《中国翻译文学史》，北京：北京大学出版社，2005 年。
④ 论文发表刊物等具体信息请见参考文献。
⑤ 刘绍铭：《到底是张爱玲》，香港：三联书店（香港）有限公司，2007 年。
⑥ 单德兴：《翻译与脉络》，北京：清华大学出版社，2007 年。
⑦ 杨雪：《多元调和：张爱玲翻译作品研究》，杭州：浙江大学出版社，2010 年。

的翻译思想和译作风格。2011 年之后国内对她翻译活动的研究热情减弱，成果较少，且主要用女性主义翻译理论分析冰心译作。对杨绛的翻译研究略晚于冰心，起始于 2006 年，且对其翻译思想、策略和风格的探讨仍不够全面深入，这可能是由于杨绛是翻译与创作并举，不仅专注于翻译，而且也创作小说、散文、戏剧以及文学评论等，所以研究者往往会关注她的文学创作成就，却忽视了其翻译作品和创作作品之间的关系。对赵萝蕤的研究较早，区鉷 1988 年在《外国文学评论》上发表论文简要介绍了赵译《草叶集》的一些情况。[①] 1997 年一位美国惠特曼研究专家肯尼思·M. 普莱斯来华访谈赵萝蕤女士，从翻译角度研究惠特曼。他的访谈录由刘树森翻译发表在《外国文学动态》1997 年第 3 期上。[②] 此后，对赵萝蕤的研究又陷入沉寂期。2006—2015 年期间每隔三四年都有一两篇论文，董洪川、崔学新等学者研究了赵萝蕤的《荒原》和《草叶集》在国内的译介策略。[③④⑤] 对其他可查到的 9 位女译者的研究不仅资料少，而且多为硕士论文，基本框架是用国外的一个翻译理论分析某位女译者的某部译作。通过以上研究成果不难发现国内学界对女性译者的高水平、系统深入的研究数量不多，对且译且著的女译者女作家往往更重视她们的创作成就，但对她们的翻译成就却没有给予应有的关注。

笔者对国外相关文献检索后显示：目前尚无国外学者研究民国时期女译者的文献资料，但是国外对女性主义在近现代中国的传播和本土化过程所做的研究以及对近代中国女性生活状态的研究对本书的写作也有借鉴意义。

朱平在《对女性的幻想：二十世纪初中国的性别、种族和民族主义行动》(*The Phantasm of the Feminine*: *Gender*, *Race and Nationalist Agency in Early Twentieth-Century China*)[⑥] 一文中提出“中国的女性主义是由创造性译介西方知识的中国知识分子与全球女性主义者共同书写的”，所以既有全球性内容，也有地区

① 区鉷:《赵萝蕤译惠特曼》,《外国文学评论》, 1988 年第 4 期, 第 140-141 页。

② 肯尼思, 刘树森译:《翻译中的惠特曼——赵萝蕤访谈录》,《外国文学动态》, 1997 年第 3 期, 第 31-33 页。

③ 崔学新:《治学严谨, 务实求真——诗歌翻译家赵萝蕤逝世十周年纪念及其诗歌翻译述评》,《中国翻译》, 2008 年第 3 期, 第 52-54 页。

④ 崔学新:《“形式与内容的血缘关系”——赵萝蕤诗歌翻译思想与实践探索》,《湖州师范学院学报》, 2014 年第 9 期, 第 20-23 页。

⑤ 董洪川:《赵萝蕤与〈荒原〉在中国的译介与研究》,《中国比较文学》, 2006 年第 4 期, 第 111-125 页。

⑥ Ping Zhu: *The Phantasm of the Feminine*: *Gender*, *Race and Nationalist Agency in Early Twentieth-Century China*, *Gender & History*, Vol. 26, No. 1, April 2014, pp. 147-166.

性特征。朱平查证了20世纪初中国有关妇女问题的文献资料（主要是《新青年》和《妇女杂志》上发表的文章），发现“启蒙话语的传播原本旨在揭开两性身体的神秘面纱，而实际上却恰恰印证了殖民话语的霸权逻辑。……随着启蒙运动的展开，出现了另一个明显的思想倒退：将女性再度神化，使其成为赋予中国男性和整个民族力量的神秘源泉。”朱平的研究为我们了解20世纪初国内女性争取平等、解放的真实历史过程提供了一个新的视角，而他提出的“明显的思想倒退”并不是针对国内维新派和资产阶级革命者思想，因为他们对女性平等解放的认识并没有超越“上可相夫，下可教子，近可宜家，远可善种”[①] 的境界，而是针对国际女性主义而言的，因为作为一个半殖民地半封建大国，中国的女性主义发展也是国际女性主义的重要组成部分。

高彦颐、王政主编《女权主义在中国的翻译历程》[②③] 探讨女权主义（女性主义）[④] 在中国各个历史时期的传播和发展历程，通过历时研究得出结论：作为一个全球性的话语，女权主义和帝国主义、资本主义等全球化进程纠缠在一起。这些进程不能简单地一言以蔽之，其中有复杂的、动态的关系，女权主义在一个局部区域内的历史，对理解局部区域与全球之间的互动非常关键，对增进了解现代性形成的微观和宏观过程也非常重要。书中论文按时间排列，始自19世纪末女权概念的译介，随后到20世纪初中国知识分子对本土化女权主义的建构，到20世纪30年代民族主义与女权主义的交织，再到毛泽东时期“大跃进”中的妇女解放运动以及20世纪50年代中国农村的性别分工，和20世纪60年代“文革”时期的性别与劳动，最后是当代女权主义和“身体写作”的矛盾立场，对全面了解国内女性主义的发展大有裨益，同时也是研究女性个体性与社会性、区域性与全球性、传统性与现代性的佳作。

---

① 阎广芬：《西方女学的传入与中国近代女子教育》，《教育研究》，2000年第4期，第76-80页。

② Ko Dorothy, Zheng Wang: *Translating Feminisms in China*, New York: John Wiley and Sons Ltd., 2007.

③ 高彦颐、王政主编：《女权主义在中国的翻译历程》，上海：复旦大学出版社，2016年。

④ “女权主义”一词最早译自日文，后来又出现“女性主义”的译法。张首映认为“女权主义”不仅忽略了占主要部分的女性主义批评，而且成了那些有性别歧视的人的笑柄或谈资（张首映：《西方二十世纪文论史》，北京：北京大学出版社，2001年，第490页）。纵观女性主义的发展过程，早期女性主义者主要为男女同工同酬的权利而斗争，而到了当代，西方女性主义者已逐渐超越争取男女平权的阶段，转向强调女性的主体意识，并用女性的主体意识重新审视整个社会文化及历史传统（刘军平：《女性主义翻译理论研究的中西话语》，《中国翻译》，2004年第4期，第5-11页）。因此，女性的“性别”色彩得到强化，成为该理论中最重要的因素，用“女性主义”取代之前的“女权主义”无疑是贴切的、合乎时宜的。

除了专门的女性主义研究之外，还有对于五四时期及之后女性文学的研究。在很多文学评论家眼中，女性文学在评论之前就已存在，女作家们通常更喜爱探讨和性别相关的主体性问题，以及女性与权力、意义、主流意识形态之间的关系。刘禾（Lydia H. Liu）的论文《发明与干涉：现代中国文学女性传统的缔造》（*Invention and Intervention*：*The Female Tradition in Modern Chinese Literature*）① 关注 1976 年以后中国女评论家们所提出的有趣见解，分析当代中国文学中的女性传统。白露（Taine E. Barlow）编辑的《现代中国的性别政治：写作和女权主义》（*Gender Politics in Modern China*：*Writing and Feminism*，1993）② 关注历史现代性问题和现当代文学文本中的性别化问题。文棣（Wendy Larson）的专著《现代中国的女性和写作》（*Women and Writing in Modern China*，1998）③ 探讨了中国文学现代化的两个重要概念——已解放的新女性和独立自主的新写作。

综合群体研究和个体研究、国内研究和国外研究，笔者发现目前国内学界对五四之前的女性译者有了一定的研究积累，奠定了一个良好的开端，可是五四之后的女性译者研究几乎是空白。鉴于民国时期女性翻译研究是书写我国女性翻译史过程中不可缺少的一部分，本研究拟补上这块空白，找出近代女性翻译的发展脉络，深入探讨近代女译者的翻译活动与当时的社会语境有着怎样的联系。

第三节 研究问题与框架

民国风云变幻的三十多年里，中国女性，“两千多年始终蜷伏于历史地心的缄默女性”，“在这一瞬间被喷出、挤出地表，第一次踏上了我们历史那黄色而浑浊的地平线”。④ 在这些“踏上地平线”的女子身影中也有女译者的身影，她们的译作和翻译活动是书写中国翻译史不可缺少的一部分。然而，正如某些学者

① Lydia H. Liu：*Invention and Intervention*：*The Female Tradition in Modern Chinese Literature*，*Gender Politics in Modern China*：*Writing and Feminism*，Tani E. Barlow（ed.），Durham and London：Duke University Press，1994，pp. 33-57.

② Tani E. Barlow（ed.）：*Gender Politics in Modern China*，Durham and London：Duke University Press，1993.

③ Larson，Wendy：*Women and Writing in Modern China*，Stanford，Calif.：Stanford University Press，1998.

④ 孟悦、戴锦华：《浮出历史地表——现代妇女文学研究》，北京：中国人民大学出版社，2004 年。

指出的，“中国关于女性翻译史的研究仍然是一片空白”[①]。翻译史是翻译研究不可分割的组成部分，缺少女性翻译史的翻译研究是不完整的。“中国现有的译学论著如《中国译学理论史稿》《翻译文化论》《翻译名家研究》等都鲜有提及女性译者的名字。”[②] 因此，尽快发掘女性译者的史料，梳理女性译者的译作和对翻译的思考、论述等对编写女性翻译史至关重要。

本课题主要研究民国时期（1912—1949）女译者的翻译活动、翻译思考和翻译策略，属于翻译史研究范畴。安东尼·皮姆（Anthony Pym）1998 年出版的《翻译史研究方法》（*Method in Translation History*）一书中对翻译史研究制定了四项原则如下：

> （1）翻译应解释为什么译作会出现在那特定的社会时代和地点，即翻译史应解答翻译的社会起因问题，而许多狭窄的实际的研究方法基本上不能进行社会起因的分析。
>
> （2）翻译史的中心对象不应是翻译文本、上下文系统或语言方面的特点，而应该是作为人的译者，因为只有人能对社会起因负责。只有通过人（还包括委托人、赞助人、读者等）及其社会环境，才能理解为什么译作产生于那特定的社会时代和地点。
>
> （3）翻译史重点在译者，故应围绕译者居住和工作的社会环境，即所谓译入语来研究，译者基本上都带有交互文化性。
>
> （4）人们为何要研究翻译史？是为了表达、面对或试图解决影响我们当前实际的问题。概言之，其研究原则是“注重起因，聚焦译者，交互文化，着眼当前”。[③]

从以上原则可以看出，翻译史研究的中心在于译者研究，不仅要探讨译者与两种语言文本（原语文本、译语文本）的关系，而且要探讨其与两种文化（原语文化、译语文化）的关系。有鉴于此，同时立足于国内外研究现状，研究者提

① 胡作友、胡晓娟、李而闻：《女性主义翻译理论在中国的接受》，《学术界（月刊）》，2013 年第 3 期，第 152-160 页。

② 李永红：《寻找“失落”的群体——对我国女性翻译史研究的思考》，《新闻爱好者》，2009 年第 24 期，第 116-117 页。

③ 柯飞：《译史研究，以人为本——谈皮姆〈翻译史研究方法〉》，《中国翻译》，2002 年第 3 期，第 31-32 页。

出了以下研究问题：

（1）民国时期外国文学翻译中的女译者主要分布在哪些地区，她们除了翻译之外，还从事哪些社会职业，产生哪些社会影响？她们的地理分布和社会影响对她们的翻译活动产生了怎样的影响？

（2）民国时期外国文学翻译中的女译者译作都包含哪些体裁，不同体裁的分布情况如何？不同体裁的翻译有什么共同的规律性特征？

皮姆认为翻译史至少可分为3个研究领域：一为翻译考古学（Translation archeology），负责记录和挖掘翻译活动的基本史实，包括翻译活动发生的经过、时间、地点、原因以及译作的影响等；二为历史批评（Historical criticism），负责收集和分析前人对历史上出现的翻译现象的评价；三是解释（Explanation）翻译行为在特定历史时期和特定地点出现的原因及其与社会变迁的关系。[①] 其中，翻译考古学是后面两个领域的基础。因此，本研究的第一个研究问题就是要描述记录民国时期女性译者的翻译活动，为读者呈现特定历史时期女性翻译的基本史实。笔者依据《民国时期总书目（1912—1949）》[②] 查阅到女译者38名，译著81种，其中未被《中国翻译家辞典》[③] 收录的达26名，译著52种，所译体裁包括小说、诗歌、散文、戏剧等，部分译著在民国时期有再版和三版，可见传播效果不错。这些史实都是历史批评和关系阐释的前提。

（3）基于前两个研究问题的史实梳理，运用图里的翻译规范论，深入分析民国时期外国文学翻译中女译者的翻译策略，[④] 包括翻译选材、翻译直接程度、翻译方法等翻译过程中的各个方面。

除当时国内文学界和翻译界的主流声音之外，民国时期女译者的部分译作中包含有译者序、跋、后记，记述了译者对原作的选取过程和对翻译过程的认识，

---

① 李德超：《翻译史研究方法导读》，Pym A.：*Method in Translation History*. Beijing：Foreign Language Teaching and Research Press，2007：X.

② 北京图书馆编：《民国时期总书目》，北京：书目文献出版社，1986年。

③ 《中国翻译家辞典》编写组编：《中国翻译家辞典》，北京：中国对外翻译出版公司，1988年。

④ 国内外对翻译策略的研究非常多（详见参考文献），其中国内著名的有方梦之、韩江洪、黄忠廉、李亚舒、熊兵、王立弟、李德超等人，国外学者如Baker，Bardaji，Chesterman，Gambier，Jaaskelainen，Venuti，Vinay and Darbelnet，Wilss等人。在众多翻译策略研究成果中，一直存在定义不明、多个术语混用的现象。郭亚玲、王立弟（“翻译策略：术语与隐喻”，载于《语言与翻译》2016年第1期，第81—86页）认为策略本身也是隐喻，在识解这个隐喻时，不同的角度和不同的认知主体引致了对策略的多元阐释。笔者认为翻译策略是一种认知图式，是一个多元、综合、立体的系统，既有宏观也有微观，在不同语境下分别例示为翻译方法和翻译技巧等。

这些资料可以帮助我们了解当时女译者的所思所想、翻译策略等，同时对认识当代女译者的翻译活动也有借鉴意义。

（4）身为作家、文学家的女译者如何处理翻译与创作的关系？

民国时期正是我国现代文学建立发展的时期，文学界盛行拟作仿作，通过借鉴翻译文学来丰富我们自己的文学体裁、文学题材、写作方法和技巧等等。通过个案研究张近芬和袁昌英两位译者，我们可以看出女译者如何汲取西方文学流派、文艺思潮，并将其转化为自己文学创作的内部能量。

自20世纪80年代女性主义翻译理论被引介到中国，近30年来该理论一直没能引起国内译学界的广泛关注，其原因除了理论本身的局限性之外，主要还是因为中西方文化不相融。其实，中国历史上并没有出现过真正意义上的女权运动，清末民初的女权意识是父权话语下的女权萌芽，民国时期的妇女运动是民族解放中的搭车解放，国内社会文化的独特性也决定了我国女性译者翻译行为的独特性，因此笔者认为不能简单地将西方女性主义翻译理论引介到我国译学研究中，我们需要的是挖掘史料，让史实说话，通过描述女译者的思想行为，归纳总结出符合我国国情的翻译性别研究。

那么如何才能让史实说话呢？要认识民国时期外国文学翻译中的女译者，不能只把目光局限于文本分析，而要关注在翻译过程中起决定作用的译者以及翻译活动存在的社会环境。传统的规定性的研究方法更多关注文本分析，关注如何忠实于原文，如何译才能不偏离、不背叛原文，而忽略了作为翻译主体的译者能动性，忽略了译文产生及流通的社会人文环境，因此，这种规约式的思维模式和研究方法要么将很多无法成为忠于文本典型范例的译本作为反面教材，要么将其置于研究者视线之外，不加理睬，其结果就是对研究素材的选取有失偏颇，研究视角有失客观，讨论分析囿于既定框架，所得出的结论很难具有普适性和说服力。因此，要进行民国时期文学翻译中女译者的研究，必须首先接纳她们翻译的本来面貌，继而分析其中的问题，摸索隐藏的规律。

根据前文列出的研究问题，本研究所要采用的理论分析视角主要包括女性地理学、人才地理学和图里的翻译规范论，其中最重要的理论分析工具是翻译规范论。下面笔者将详细阐释这些概念的具体所指是什么，以及这些概念怎样与本研究相结合。

20世纪70年代人文地理学者开始把女性主义的分析视角引入人文地理研究中，女性地理学成为地理学的一个分支。女性地理学紧紧围绕地理学的核心概念——空间（space）来进行研究，探讨的核心就是空间因性别不平等而产生中心和边缘的差异，女性如何打破固有空间、从边缘回归中心，这也是女性主义者奋斗的目标之一。人才地理学从某一区域、某一时代的人才现象、分布和问题入手，对区域自然地理和人文地理环境进行全面考察，分析地理环境与人才的相互关系，探究人才分布规律与原因，为国家制定人才发展战略提供依据。[①] 在本书中，笔者将借用女性地理学和人才地理学的研究视角和研究方法，对活跃于民国时期，即1912—1949年间有译著出版的中国籍女译者进行统计分析，考察她们的活动空间和影响领域，从中研究民国时期女译者的地理分布和区域分异，并利用文献法对其分布特征和成因进行诠释。从女性地理学和人才地理学的视角出发对基本史实进行客观描述、归纳和分析。而对女译者的翻译活动，尤其是对其翻译策略的分析同样需要使用描写性研究方法。

20世纪80年代之前，翻译界盛行“信、达、雅”和观其本质的忠实观，两者都着眼于评判译文是否与原文对等，是“以主观意志提出的有关价值判断的原则，涉及‘优劣’或‘应该’‘不应该’”[②]。这种价值判断属于规定性研究，而规定性的研究方式首先以原文文本为中心，赋予原文文本不可动摇的权威地位，译者在翻译过程中必须重现原文意义，力求“忠实、对等”，抹杀译者的创造性和个性化解读。同时，这种研究方式也割裂了文本与文化之间的关系，忽略了文本产生过程中涉及的社会、文化、个体因素，孤立地看待源语文本和译语文本，只进行两种文本语言层面上的主观的价值评判。应该说，在约束译者行为、产生经典译本方面，规定性研究功不可没。可是，正因为受主观价值判断所限，该研究方式在面对纷繁复杂、甚至完全偏离“忠实”的翻译现象时，却显得力不从心。比如，清末民初林纾的翻译就是一个典型的例子。林纾本人不懂英文，需别人口述，而后他笔追，再发挥自己的想象力，或添油加醋，或随意删节，离“忠实”相去甚远，史称“豪杰译”或“讹译”。[③] 可是，就是这样的讹译，传播效果却极佳。类似的翻译现象不仅仅发生在一人身上。民国时期大量的编译、改译、节译、缩译、创译等等，不但没有被打入“伪翻译”的冷宫，反而还得

① 王蕾：《人才地理分布研究综述》，《产业与科技论坛》，2017年第24期，第112-113页。

② 朱志瑜：《翻译研究：规定、描写、伦理》，《中国翻译》，2009年第3期，第5-12页。

③ 钱锺书这样评价林纾的翻译：“碰见他心目中认为是原作的弱笔或败笔，不免手痒难熬，抢过作者的笔代他去写。从翻译的角度判断，这当然也是‘讹’。尽管添改得很好，终变换了本来面目……。”，参见钱锺书：《林纾的翻译》，罗新璋主编：《翻译论集》，北京：商务印书馆，1984年，第703页。

到了读者的青睐，达到了输入异国文化、开启民智的效果。类似的翻译现象也不仅仅出现在一国之内。肖维青曾举例说，“韦理把《西游记》缩短成了一册薄薄的 Monkey，英语读者读得津津有味；若是文本比照，不知要落下多少口实?!”①

以色列学者图里运用“多元系统理论”对希伯来语的翻译文学做了大量“实地研究”（Field study）后发现：语言学和美学在翻译过程中几乎不起什么作用。大部分翻译文本的选材是出于意识形态的考虑。译本尽管存在文本形式的变化，并且与预先的文学翻译理论不一致，但是仍被接受并在希伯来语多元系统中发挥作用。进入希伯来语系统中的翻译文本和原文本在语言和功能方面通常只是部分对等……尽管译文不符合假设的对等翻译模式，但很少在译语文化中被认为是“误译”和“不充分”翻译。译者普遍不关心译文是否“忠实”于原文，不是因为他们不注意原文的文本关系，而是因为他们的主要目的是使译文被译语文化接受。因此，翻译抉择自然是译者这一最初目的的结果，而变化则由译语系统中的文化条件所支配。② 图里的发现在当时无疑是振聋发聩的，他和许多其他翻译研究者一样把目光从文本中移开，看见了翻译活动中的社会历史文化元素。而现实中多姿多彩的翻译活动无疑给传统的规约式理论带来了巨大的挑战。在图里看来：“如果理论不能解释翻译活动中发生的每一种现象，那么有缺陷的，必须改正的，是理论而不是‘有问题’的现象。”③ 由此可见，翻译研究从规定性逐步走向描写性是历史发展的必然。

1953 年，约翰·麦克法兰（John MacFarlane）在《杜伦大学学报》上发表论文《论翻译的模式》，可以被视作描述翻译学的先声。④ 他在论文中援引理查兹（J. A. Richards）在《文学批评原理》里提出的“文学文本的不同读法通常可以共存”的观点，指出：“我们绝不能说‘唯一的’翻译；不同的意义将会不可避免地导致不同的翻译，它们也许同样有效，但没有一个是‘理想的’或‘真正的’翻译……我们的翻译不可能做到绝对准确，因为我们无法确定‘绝对准确’到底包括哪些方面。因此，要求翻译（和原文）同时实现全方面对等毫无意义……接受事实上存在的翻译，而不是我们理想中的翻译；力求洞察翻译的本

① 肖维青：《翻译批评模式研究》，上海：上海外语教育出版社，2010 年，第 85 页。

② Edwin Gentzler：*Contemporary Translation Theories*. Clevedon：Multilingual Matters Ltd.，2001：24-25.

③ 马会娟：《论汉译英的标准：有条件的忠实》，《解放军外国语学院学报》，2008 年第 2 期，第 63-68 页。

④ 彭劲松、李海军：《描述翻译学：发展轨迹及理论创新》，《广西师范大学学报》（哲学社会科学版），2011 年第 4 期，第 50-53 页。

质，而非要求它去完成不可能完成的事情”。① 事实上，约翰·麦克法兰所提出的“接受事实上存在的翻译”就是翻译的描述性研究方式的萌芽。随后，在20世纪60年代，捷克学者列维（Jivi Levy）进一步阐释了这一新的研究思路。在其著作《文学翻译》中列维提出应从如下三个方面研究翻译：“首先，译者作为历史的、社会的代言人所发挥的作用；其次，翻译作为不同民族传统或不同文学时期的诗学之间的差异表达；最后，由于某些规范及人们对翻译的态度所导致的翻译方法。”② 在另一篇题为《翻译是一个决策过程》的论文中，列维借用博弈论分析手段，阐述翻译过程中实践推理（Practical reasoning）引发的决策问题，并首次将社会学的分析方法运用到翻译研究中。③ 列维的研究打破了以原文文本为中心、以源语文化为导向的研究范式，并将社会学中的“规范”概念引入译学研究，为后继学者们正式提出“描述翻译学”奠定了基础。

1972年，第三届国际应用语言学会议在哥本哈根召开，霍尔姆斯宣读了论文《翻译学的名与实》（*The Name and Nature of Translation Studies*），首次正式提出了“描述翻译学”（Descriptive Translation Studies）这个概念。汉普尔曾提出实证科学所具有的两大目标：描写我们身处的世界的特定现象，订立普遍原则以解释和预测这些现象。④ 据此，霍尔姆斯确定了翻译研究这门实证学科的两个目标：“翻译学有两个目标：（1）描述我们所处的世界上出现的翻译过程和翻译成果这类现象；（2）建立普遍原则以解释和预测上述现象。纯翻译学与这两大目标有关的分支可以称为描述翻译学或翻译描述，以及理论翻译学或翻译理论。”⑤ 霍尔姆斯的这篇论文正式宣告了描述翻译学的诞生。作为一门实证学科，翻译研究的研究对象是现实中的事实，而不是从预先假设和理论模式中得出的推断。描述翻译学通过对不同文化、不同时期的翻译现象进行描述，为理论研究和应用研究提供了具体的资料和依据，从而帮助研究人员不断地接近翻译的本质。⑥

---

① Hermans, Theo: *Translation in Systems: Descriptive and System-oriented Approaches Explained*. Manchester: St. Jerome Publishing, 1999: 17-19.

② Hermans, Theo: *Translation in Systems: Descriptive and System-oriented Approaches Explained*. Manchester: St. Jerome Publishing, 1999: 17-19.

③ 王传英：《翻译规范理论的社会学重释》，《上海翻译》，2013年第3期，第14-19页。

④ Toury Gideon: *Descriptive Translation Studies and Beyond*. Amsterdam, Philadelphia: John Benjamins Publishing Company, 1995.

⑤ James S. Holmes: *The Name and Nature of Translation Studies*. Translated, 1988: 67-80.

⑥ 文晓莹、李建华：《描述翻译学理论发展概述》，《天津外国语大学学报》，2011年第2期，第30-35页。

有学者认为，20 世纪 70 年代末期和 20 世纪 80 年代初期是描述翻译学发展的关键时期，描述翻译学派理论体系的形成要归功于三次系列会议，即：1976 年比利时鲁汶会议、1978 年以色列特拉维夫会议以及 1980 年比利时安特卫普会议。[①] 第一次会议论文结集为《文学与翻译》(1978)，第二次会议论文构成《今日诗学》(*Poetics Today*) 的一期专刊 (1981 年第 2 卷第 4 期)，第三次会议论文于 1982 年发表在符号学杂志第 7 期上。[②] 在这期间，描述翻译学派的代表人物有来自以色列特拉维夫大学的埃文-佐哈尔 (Itama Even-Zohar) 和他的学生图里 (Gideon Toury)。埃文-佐哈尔在其代表性论文《翻译文学在多元系统中的位置》中指出，翻译实践完全由翻译文学在多元系统内的位置主导。翻译文学占据中心位置时，译文会注重“充分性” (Adequacy)，即尽量忠于原文结构、内容；反之，译文的“充分性”则不足，即为了迁就译者，尽量采用他们熟悉的语言、结构甚至内容，因而牺牲了原文。因此，翻译并非一个本质和界限早已确定的、一成不变的现象，而是一种随文化系统内的各种关系而变化的活动。[③] 图里在《翻译理论探索》中强调理论的历史本质，并以实例描述型研究为基础，通过大量的个案分析，研究影响翻译行为的各种各样的“规范”，重新界定翻译研究的性质。[④] 自 20 世纪 80 年代起，又有赫曼斯 (Hermans)、巴斯奈特 (Bassnett)、诺德 (Nord) 等一批著名学者陆续加入，描述翻译学由此取得了长足的发展。在所有研究者当中，图里对描述翻译学的理论建构及研究内容作了最为翔实的阐述，他的阐述也因此成为描述翻译学研究的出发点与讨论焦点。

总体来看，图里的描述翻译研究可以划分为两个阶段：第一阶段始于 20 世纪 70 年代，图里对 1930—1945 年出版的英语、法语、德语、俄语以及意第绪语的希伯来语译本进行社会学分析，揭示出影响这些翻译行为的社会文化传统，力图重构特定历史时期内影响译者翻译活动的各种规范，[⑤] 并于 1977 年发表了《翻译规范与 1930—1945 年希伯来语文学翻译》一文；第二阶段在此基础上进行了更为全面的理论性研究，于 1980 年出版了《翻译理论探索》(*In Search of a Theory of Translation*)。前一阶段的工作运用了多元系统理论框架，实际操作也是

---

① 林克难：《翻译研究：从规范走向描写》，《中国翻译》，2001 年第 6 期，第 43-45 页。

② 韩子满、刘芳：《描述翻译研究的成就与不足》，《外语学刊》，2005 年第 3 期，第 97-101 页。

③ 陈德鸿、张南峰编：《西方翻译理论精选》，香港：香港城市大学出版社，2000 年，第 116-122 页。

④ 陈德鸿、张南峰编：《西方翻译理论精选》，香港：香港城市大学出版社，2000 年，第 149 页。

⑤ 仝亚辉：《西方翻译规范研究特点分析》，《山东外语教学》，2009 年第 1 期，第 83-88 页。

与埃文-佐哈尔共同展开的，后一阶段虽仍以多元系统为基础，但在理论模型的建立上已经与埃文-佐哈尔区别开来。[①] 1995 年，图里出版了《翻译理论探索》的更新版本《描述翻译学及其他》(*Descriptive Translation Studies and Beyond*)。

根茨勒认为，图里的理论在四个方面推动了翻译学研究的发展：(1) 放弃了一对一的对应观念以及文学与语言学对等的可能性（除非偶然）；(2) 将目的语文化的文学倾向包含在影响翻译文本的要素中；(3) 动摇了固化的原文本信息概念；(4) 将目的语文本与原语文本置于互相交织的文化符号网络系统中。[②] 正如图里在《描述翻译学及其他》的前言中所述，任何一门经验性学科都必须以描述、解释以及预测该学科研究的现象为主要目标，理论性研究与描述性研究在本质上互相补充。[③] 描述翻译学将翻译当作文化事实（Cultural facts)，认为翻译都具有不完整性（Partiality)，译者身处文化中总会受到语言、文学、政治、意识形态等因素的影响，而任何翻译都在一定程度上受到译者的操控（Manipulation)。这些影响翻译行为的因素在描述翻译学的框架下被统称为规范，“规范在翻译行为和翻译活动中处于中心地位”,[④] 研究者的中心任务是找到影响翻译行为的规范，解释已有的和现有的翻译现象以及预测以后的翻译趋势。

“规范”这一概念来自社会学，最早把规范与翻译研究结合起来的是列维。列维认为翻译是一个决策过程，译者从文本的选择到句子结构、措辞、标点，甚至拼写，都面临众多的可能性，而每一个既定的选择又会影响后续的取舍。译者的选择除了纯粹的主观意愿之外，必须面临原语文本和译语文本两套规范的制约。[⑤] 后来的很多学者都研究了这一问题，其中最著名的是图里和切斯特曼(Chesterman)。[⑥] 两人对规范有不尽相同的理解，但是他们的共同之处在于都从行为主义的角度来探讨规范，认为规范是社会关于正确行为的准则，它使行为有“可预测性”。

---

① Gentzler, Edwin. *Contemporary Translation Theories*. Clevedon: Multilingual Matters Ltd., 2001: 123-131.

② Gentzler, Edwin. *Contemporary Translation Theories*. Clevedon: Multilingual Matters Ltd., 2001: 131.

③ Toury, Gideon. *Descriptive Translation Studies and Beyond*. Amsterdam: John Benjamins Publishing Company, 1995.

④ Toury, Gideon. *In Search of a Theory of Translation*. Tel Aviv Dniversity: Porter Institute for Poetics and Semiotics, 1980.

⑤ 廖七一:《翻译规范及其研究途径》,《外语教学》, 2009 年第 1 期，第 95-98 页，第 103 页。

⑥ Chesterman, Andrew. *Memes of Translation*. Amsterdam, Philadelphia: John Benjamins Publishing, 1997: 64-70.

切斯特曼的翻译规范研究从模因入手，图里则从文本内、文本外两个方面入手。切斯特曼的规范分为期待规范和专业规范，后者受制于前者，两者是上下级关系。而图里的三个规范是平级关系，只是在翻译过程的不同阶段有不同的规范在起作用。切斯特曼的规范论只适用于专业译者，而图里的规范论适用于所有译者，适用范围更广。

图里认为，约束翻译行为的因素分布在两个极端之间的一个连续体上，一端是客观的、绝对的规则（Rules），另一端是完全主观的特异倾向（Idiosyncrasies），在这两端之间的地带一般称为规范（Norms）。规范是翻译能力（Competence）和翻译实际行为（Performance）之间的中介，翻译能力指译者在理论上拥有的所有选择的可能性，而翻译行为则是译者在种种制约因素的影响之下做出的具体抉择。规则、特异倾向与规范三者之间并没有明确的界限，规范也可发展为强大的规则，也可变成弱小的特异倾向。①

在翻译的每个阶段以及在生产译文的每个层次上，翻译规范都在起着作用。据此，图里将“翻译规范”分为三种——初始规范、预备规范、操作规范：

（1）初始规范（Initial norms），指译者在原语规范系统和译语规范系统之间做出选择。若译者选择遵循原语规范，则可确保译文的充分性（Adequacy）（翻译方法上倾向于“直译”或“异化”）；若译者选择服从译语规范，译文将不可避免地偏离原文，但可确保译文的可接受性（Acceptability）（翻译方法上倾向“意译”或“归化”），而在多数情况下译者将结合使用这两种策略。②

（2）预备规范（Preliminary norms）分为两类。一类是翻译政策，指特定时期内，支配选择什么文本进入特定文化的因素，即对选取原文（译什么）的规范。另一类是翻译的直接程度（Directness），即从原文直接翻译（考虑其文本类型、出版年代等），还是从其他语言的译本进行转译？从何种原语、何种篇章类型、什么时期进行翻译时禁止、允许、容忍、可用某一特定翻译形式？是否有倾向、义务表明译文是从某种中介语文本翻译而来？或忽略、隐瞒、否认这一事实？如果提及这一事实，是否要明确中介语的身份等等。

（3）操作规范（Operational norms），即支配翻译过程中所做的各种决定。它

① Toury, Gideon: *In Search of a Theory of Translation*. Tel Aviv University: Porter Institute for Poetics and Semiotics, 1980: 50-52.

② Toury, Gideon: *A Handful of Paragraphs on "Translation" and "Norms"*. C. Schaffner (ed.). Translation and Norms. Current Issues in Language and Society, 1998, 5 (1-2): 10-32.

直接或间接地决定原语文本和译语文本之间的关系，即什么最有可能在翻译过程中维持不变，什么最有可能发生变化。它分为“宏观架构规范”（Matricial norms）和“篇章语言学规范”。前者决定译文的宏观结构，如翻译全文还是部分（即翻译的充分程度）、各部分的位置是否变化以及文本的结构变化、文本分割、省略、增添、位移等。后者影响译文的微观结构，制约译者如何选择合适的语言成分组织译文。篇章语言学规范可能是适用于一切翻译的一般规范，也可能是只适用于某一特殊文本类型或特殊翻译方式的特殊规范。①②

本研究将以图里的翻译规范论作为理论框架，对民国时期外国文学翻译中女译者的翻译史实进行分析和解释。本研究的起点是对第一手资料进行力所能及的挖掘和整理，解读史料，力求贴近史实，贯彻描写翻译研究的客观性原则，尽量避免现代性论述对历史研究所造成的限制，以及西方理论对中国历史研究的主导。

首先，本研究确立史料梳理收集的原则，采集数据，对女译者的生平、翻译阶段等进行叙事描述，并对她们的译作等进行数量上的统计分析，制作图表和清单。

其次，对整理出的翻译作品进行具体的文本阐释，对其采取的翻译策略等进行对比分析，并结合民国时期的时代背景和历史语境，探讨生产这些中译本过程中的翻译规范，对女译者与特定历史时期社会语境之间的互动关系做内容分析。其中既包括非实证研究，也包括实证研究。

最后，本研究还将结合整体研究和个案研究。个案研究就是对单一的研究对象进行深入而具体研究的方法。个案研究的对象可以是个人，也可以是个别团体或机构。在本研究中，笔者将首先根据不同的文学体裁，描绘每一类译者的译作特征和翻译活动特征，这是群体研究。同时，为了深入探讨民国时期翻译与创作互相影响、互相渗透的关系，对女译者中兼顾翻译与创作的个案，如医学专业人士、文学研究会会员张近芬和“学者型作家”、珞珈三女杰之一的袁昌英，笔者将另辟一章详细阐述。

全书共包含六章。第一章为绪论，笔者交代研究缘起，分析研究现状与存在

---

① 韩庆果：《翻译规范与文本性——整合文本性的翻译规范理论初探》，《中国翻译》，2006 年第 2 期，第 14-20 页。

② 彭劲松、李海军：《描述翻译学：发展轨迹及理论创新》，《广西师范大学学报：哲学社会科学版》，2011 年第 4 期，第 50-53 页。

的问题，提出研究问题，梳理研究方法与框架。第二章笔者将从女性地理学视角考量民国时期的外国文学女译者们都进入了哪些公共空间，发挥了怎样的影响；同时，还将借用人才地理学方法对活跃于民国时期的外国文学女译者进行统计分析，从中研究民国时期女译者的地理分布，并利用文献法对其分布特征和成因进行诠释。第三章勾勒女译者翻译活动概貌，主要包括女译者的戏剧翻译活动、诗歌散文翻译活动、小说翻译活动、儿童文学翻译活动和散文翻译活动。第四章笔者应用图里的翻译规范理论分析女译者翻译活动中的初始规范、预备规范和操作规范，如独立翻译与合作翻译，直接翻译与间接翻译，直译与意译，翻译与变译等。第五章从张近芬和袁昌英的个案研究入手，探讨民国时期文学翻译与文学创作的关系。第六章为结论，总结民国时期女译者翻译活动的意义，反思本研究的不足，并展望今后的发展。

第二章　女译者的影响领域和地理分布

皮姆认为翻译史至少可分为三个研究领域：一为翻译考古学（Translation archeology），负责记录和挖掘翻译活动的基本史实，包括翻译活动发生的经过、时间、地点、原因以及译作的影响等；二为历史批评（Historical criticism），负责收集和分析前人对历史上出现的翻译现象的评价；三是解释（Explanation）翻译行为在特定历史时期和特定地点出现的原因及其与社会变迁的关系①。其中，翻译考古学是后面两个领域的基础。因此，本研究的第一个研究任务就是要描述记录民国时期女性译者的总体情况，具体包括女译者主要分布在哪些地区，她们除了翻译之外，还从事哪些社会职业，产生哪些社会影响；她们的地理分布和社会影响与国内近现代人才分布相比，有何异同；社会文化因素、自然因素等如何作用于女译者的地理分布和区域分异等。完成该研究任务需要借用女性地理学和人才地理学的研究视角。

第一节　女性地理学与人才地理学

女性地理学（Feminist geography），又称作女性主义地理学。约翰斯顿编写的《人文地理学辞典》中定义道："女性地理学是利用女性主义的政策和理论来探究性别和地理学是如何互相建构和转换的。"② 1973 年派特·波纳特（Pat Burnett）发表论文《性别与城市结构》，扎林斯基（Zelinsky）出版《地理学中的女

① 李德超：《翻译史研究方法导读》，Pym A.：*Method in Translation History*. Beijing：Foreign Language Teaching and Research Press，2007：X.

② Johnston R. J.，Gregory D.，Smith D.：*The Dictionary of Human Geography*（*Third Edition*）. Oxford：Blackwell，1994.

性：简要的事实综述》（*Women in Geography*：*A Brief Factual Account*），这两个事件被视作女性主义地理学的初步诞生。1980年英国皇家地理学会成立了“女性与地理研究团体”（Women and Geography Study Group），此后人文地理学者开始把女性主义的分析视角引入人文地理研究中，这样一来，女性主义就同后结构主义和后现代主义一起，成为人文地理学中三大哲学运动。① 至此，女性地理学也被纳入人文地理学，成为其分支学科。女性地理学紧紧围绕地理学的核心概念——空间（Space）来进行研究，探讨的核心就是空间在不同社会的性别差异中以何种方式体现。

公共空间与私人空间的二元对立一直是两个世纪以来女权主义斗争的焦点，是女权主义运动的内容。很多女性主义地理学者认为，社会空间因为性别不平等而产生了中心和边缘的区分，表现为“在所有社会里，男人通常占据舞台中心，而女人局限于边缘。”② 在父权制社会，空间经常被分为男性、公共、政治的与女性、私人、家庭的。这种性别对应的公私领域的划分，反映了社会对于女性活动空间的限制。女性走出家庭的私人空间，投入更广阔的社会公共空间，发挥其影响力，是女性主义斗争的目标之一。在本章中，笔者也将考量民国时期的外国文学女译者们都进入了哪些公共空间，在哪些领域发挥了她们的影响力。

人才地理学作为人文地理学的一个新兴学科于1986年被提出，③ 它从某一区域、某一时代的人才现象、分布和问题入手，对区域自然地理和人文地理环境进行全面考察，分析地理环境与人才的相互关系，探究人才分布规律与原因，为国家制定人才发展战略提供依据。④ 人才地理学研究绝大多数与时段、区域、主题三要素相结合，以往研究主要探讨了古代到近现代知识分子（如状元、举人、文学家、文化人物等）和政治人员的地理分布。时段上主要是按照朝代区分，如唐代、宋代、明代、清代等因文化发达，故而一直是人才地理学

---

① William Norton：*Cultural Geography*：*Themes*，*Concepts*，*Analysis*. Toronto：Oxford University Press，2000.

② 琳达·麦道威尔：《性别、认同与地方：女性主义地理学概说》，徐苔玲、王志弘译，台北：群学出版有限公司，2006年，第2页。

③ 徐宝芳：《人才地理学体系构建》，《干旱区资源与环境》，1999年第1期，第147-152页。

④ 王蕾：《人才地理分布研究综述》，《产业与科技论坛》，2007年第24期，第112-113页。

的研究热点。[1][2][3][4][5] 区域方面均按照行政区域划分，如研究安徽省、福建省、江西省等地区人才的分布。[6][7][8] 主题上包括特定地区的地理环境对人物所起的决定性作用[9][10][11]，由人才分布归纳总结出文学的地域性、政治派别的地域性、文化迁移的规律等。[12][13][14][15][16][17] 以上研究统计被研究对象的籍贯、区域分布、区域人才密度等，考察各类人才地理分布的特征和原因，分析人才分布与自然、人文环境的关系。

本章以《中国翻译家辞典》[18]《民国时期总书目（1912—1949）》[19] 和《民国才女书影知见录》[20] 中所统计的数据为基础，借用女性地理学和人才地理学的研究视角、研究方法对活跃于民国时期的，即 1912—1949 年有译著出版的中国籍女性译者进行统计分析，考察她们的活动空间和影响领域，从中研究民国时期女译者的地理分布和区域分异，并利用文献法对其分布特征和成因进行诠释。

---

① 梅介人：《中国状元及其地理分布》，《中国人才》，2002 年第 12 期，第 25-27 页。

② 陈国生：《明代人物的地理分布研究》，《学术研究》，1998 年第 1 期，第 55-61 页。

③ 姜传松：《清代江西举人的地理分布及特点——明清比较的视角》，《教育与考试》，2010 年第 6 期，第 40-44 页。

④ 叶晔：《晚明党争人物的地理分布和特征》，《中国历史地理论丛》，2005 年第 2 期，第 87-94 页。

⑤ 刘锡涛、蔡慧茹：《福建明代人才地理分布研究》，《福建地理》，2005 年第 3 期，第 48-50 页。

⑥ 林家虎、徐国利：《安徽近代文化人物的地理分布与特征》，《中国历史地理论丛》，2009 年第 4 期，第 81-89 页。

⑦ 叶晔：《晚明党争人物的地理分布和特征》，《中国历史地理论丛》，2005 年第 20 期，第 87-94 页。

⑧ 林家虎、徐国利：《安徽近代文化人物的地理分布与特征》，《中国历史地理论丛》，2009 年第 4 期，第 81-89 页。

⑨ 陈国生：《明代人物的地理分布研究》，《学术研究》，1998 年第 1 期，第 55-61 页。

⑩ 姜传松：《清代江西举人的地理分布及特点——明清比较的视角》，《教育与考试》，2010 年第 6 期，第 40-44 页。

⑪ 叶晔：《晚明党争人物的地理分布和特征》，《中国历史地理论丛》，2005 年第 2 期，第 87-94 页。

⑫ 曾大兴：《中国历代文学家的地理分布——兼谈文学的地域性》，《学术月刊》，2003 年第 9 期，第 88-94 页。

⑬ 刘锡涛、蔡慧茹：《福建明代人才地理分布研究》，《福建地理》，2005 年第 2 期，第 48-50 页。

⑭ 任泉香、朱竑、李鹏：《近现代中国女性人才的地理分布和区域分异》，《地理学报》，2007 年第 62 期，第 211-220 页。

⑮ 陈国生：《明代人物的地理分布研究》，《学术研究》，1998 年第 1 期，第 55-61 页。

⑯ 叶晔：《晚明党争人物的地理分布和特征》，《中国历史地理论丛》，2005 年第 2 期，第 87-94 页。

⑰ 叶晔：《晚明党争人物的地理分布和特征》，《中国历史地理论丛》，2005 年第 2 期，第 87-94 页。

⑱《中国翻译家辞典》编写组编：《中国翻译家辞典》，北京：中国对外翻译出版公司，1988 年。

⑲ 北京图书馆：《民国时期总书目》，北京：书目文献出版社，1986 年。

⑳ 朱文洁：《民国才女书影知见录》，上海：上海远东出版社，2010 年。

为了尽量挖掘并还原这一时期女性文学译者翻译活动的历史真相，为后面的分析评论奠定坚实的基础，笔者选取研究对象的原则只有两点：（1）女性；（2）文学译者。第二个原则主要是因为民国时期史料浩繁，又限于本研究的篇幅、时间，本次研究只能关注其中一点，至于女科技译者、女口译者、女军事译者等都不在本次研究范围之内，留待今后研究。

第二节　译者数量和影响领域

《中国翻译家辞典》分为古代篇和现代篇，古代篇多收录佛教僧人和基督教传教士，180 名译者均为男性；现代篇收录了民国初期至 20 世纪 80 年代的翻译家 944 人，女性仅 71 人，占 7.5%。

为更全面地了解并掌握民国时期外国文学女译者群体的状况，笔者还查阅了《民国时期总书目（1912—1949）》和《民国才女书影知见录》，共包含女译者 38 名，其中未被《中国翻译家辞典》收录的达 26 名，民国时期女译者文学译著共 81 部，未被《中国翻译家辞典》收录的达 52 部。女译者所译体裁包括小说、诗歌、散文、戏剧等。具体见表 2-1。

表 2-1　民国时期文学翻译女译者译作数量

序号	译者	译作	译作体裁	是否收入《中国翻译家辞典》
1	安娥①	在某一国家内 ［魏尔塔（H. E. Вирга，1906—　）著］	戏剧	否
2	冰心②	先知 ［（黎巴嫩）凯罗·纪伯伦（Kahlil Gibran，1883—1931）著］	诗歌	是

---

① 安娥（1905—1976），原名张式沅，曾用名何平、张菊生，地下工作化名张瑛。河北省获鹿县范谈村（今石家庄市长安区）人。中国著名剧作家、词作家、诗人、记者、翻译家、社会活动家。其丈夫为《义勇军进行曲》词作者田汉。在百代唱片公司（中国唱片社上海分社）工作期间和著名作曲家聂耳为同事。参见 https：//baike. so. com/doc/6137491-6350654. html。

② 冰心（1900—1999），原名谢婉莹，福建长乐人，笔名冰心女士、男士等。中国民主促进会（民进）成员。中国诗人，现代作家，翻译家，儿童文学作家，社会活动家，散文家。参见《民国才女书影知见录》第 12-13 页，《中国翻译家辞典》第 122-123 页，https：//baike. so. com/doc/5352236-5587694. html。

续表

序号	译者	译作	译作体裁	是否收入《中国翻译家辞典》
3	陈鸿璧①	(1) 捕鬼奇案 (侦探小说，原著者不详) (2) 盗面 (中篇小说) (3) 苏格兰独立记 (长篇历史小说)	小说	否
4	陈敬容②	(1) 巴黎圣母院（上、下册） (维克多·雨果著) (2) 丑小鸭 (安徒生著) (3) 天鹅 (安徒生著) (4) 太阳的宝库 (普里希文著)	小说 儿童文学	是
5	陈秋帆③	无家儿 (爱克德曼罗著)	小说	是
6	陈学昭④	阿细雅 (屠格涅夫著)	小说	是

① 陈鸿璧（1884—1966），原名陈碧珍，广东新会人。少年时就读于上海中西女塾。清光绪三十三年（1907），在上海女子中学和育贤女学校任教。辛亥革命时期，任《神州日报》主编，后任《大汉日报》编辑。参见 https：//baike. so. com/doc/1337465-1413972. html。

② 陈敬容（1917—1989），女，原名陈懿范，曾用笔名蓝冰、成辉、默弓、文谷等，原籍四川乐山。曾任重庆北碚文史杂志社编辑、重庆文通书局编辑，是中国现代创作时间跨度最大，艺术生命最长的女诗人，为九叶派诗人，著名翻译家。参见《民国才女书影知见录》第 61 页，《中国翻译家辞典》第 150 页，https：//baike. so. com/doc/5670410-5883075. html。

③ 陈秋帆（1909—1984），广西柳州人，女。笔名陈秋子、阿启、砾子等。中国民主同盟盟员，文学家，翻译家。参见《中国翻译家辞典》第 155-156 页。

④ 陈学昭（1906—1991），女，汉族，原名陈淑英、陈淑章，笔名学昭、野渠、式徽、惠、玖等。浙江海宁人，祖籍河南潢川。作家、翻译家。参见《民国才女书影知见录》第 27 页，《中国翻译家辞典》第 165 页，https：//baike. so. com/doc/5666197-5878856. html。

续表

序号	译者	译作	译作体裁	是否收入《中国翻译家辞典》
7	方于①	(1) 西哈诺 [曷斯当(Edmond Rostand, 1868—1918)著] (2) 可怜的人(1—9) (嚣俄著,《悲惨世界》的前两部。)	小说	否
8	冯之安(郑安娜)②	(1) 今日的间谍 (华德著) (2) 我是史比上将号的俘虏 (贝契·德甫著) (3) 牛郎忆语 [哈里斯(F. Harris, 1856—1931)著] (4) 风流云散 (密契尔著)	传记文学 小说	否
9	黄翠凝③	牧羊少年(上、中、下卷) (却而斯士著)	小说	否
10	黄九如④	菊池宽戏曲集	戏剧	否

① 方于(1903—2002),我国著名文学翻译家、音乐教育家、云南艺术学院教授。她与丈夫李丹先生合译了法国文豪雨果的名著《悲惨世界》,历时半个多世纪。方于还译了《西哈诺》《诗人海涅的爱》《毋宁死》《克里斯丁》等剧本。参见 https://baike. so. com/doc/4259936-4462610. html。

② 郑安娜(1913 年 1 月 1 日(农历)—1991 年 1 月 7 日),上海人,中国著名翻译家、出版家、随笔作家冯亦代之妻。参见 https://baike. so. com/doc/2156658-2281955. html。

③ 黄翠凝,生卒年月不详,广东番禺人,清末民初职业女小说家,翻译家。懂英、日文,丈夫早逝,以写作与翻译为生。黄翠凝的译作有英国却而斯士的言情小说《牧羊少年》。另,她还和日本留学生陈信芳合作,自日文重译过西方小说《地狱村》(日人雨乃舍主人原译,刊《小说林》9 至 12 期)。参见马勤勤. 以"女小说家"为职业——清末民初小说场域性别秩序的松动[J]. 中国现代文学研究丛刊,2013(5):56-66.

④ 黄九如,1900 年生,笔名碧遥,湖南资兴人。先后在杭州女中、松江女中、麦伦中学、上海南屏女中任教。1953 年 4 月在华东速成实验学校任教,1954 年 9 月并入上海师专(上海师大前身),在地理系任教。1964 年退休。著有《长舌两年》《祖国的山岳》《浙江省文化地理概要讲义》《中国女名人列传》(两册),译有《菊池宽戏曲集》。参见周育民. 关于黄九如的生平[EB/OL],http://blog. sina. com. cn/s/blog_ 52043a580100senh. html。

续表

序号	译者	译作	译作体裁	是否收入《中国翻译家辞典》
11	黄衣青（黄懿青①）	小火柴人 （罗杰·巴齐尼著）	儿童文学	是
12	磊然②	（1）旗子 （卡达耶夫著，收入《海上英雄》短篇小说集） （2）丰功伟绩 （拉甫列乌夫著，收入《海上英雄》短篇小说集） （3）没有号码的房子 （柯热夫尼柯夫著，收入《卫国战》短篇小说集） （4）鲍列司 （高尔基著，收入《高尔基早期作品集》） （5）妻 （卡达耶夫著） （6）真正的人 ［波列伏依（B. H. 1908—1981）著］ （7）日日夜夜（英雄城史大林格勒的故事） （西蒙诺夫著） （8）外科医生 ［叶密良诺娃（H. Eme）著］	小说	是

① 黄懿青，1914年生，笔名绮心、怡青，女，福建仙游人，中共党员。曾留学日本，为《儿童晨报》撰稿。历任中华书局《小朋友》编辑，少年儿童出版社《小朋友》主编。著有专集《黄衣青童话》《黄衣青作品选》及小说、童话、散文、诗歌和剧本170余篇，译著《猎熊的孩子》《灰脖鸭》《欢乐家》《小天鹅》《奇妙的七色花》《一只眼睛的猫》《跳舞的奴隶》（合译）等。参见《中国翻译家辞典》第289-290页和中国作家网：http：//www. chinawriter. com. cn/zxhy/member/9003. shtml。

② 磊然（1918—2009），上海人，女，原名许怡曾。中国资深苏俄文学研究家和翻译家。1941年开始为上海时代出版社的《时代周刊》和《苏联文艺》月刊翻译苏联文学作品。1944年到时代出版社编辑部，从事翻译、编辑工作。后担任人民文学出版社苏联现代文学编辑，一直从事翻译工作。参见《民国才女书影知见录》第125页和《中国翻译家辞典》第330页。

续表

序号	译者	译作	译作体裁	是否收入《中国翻译家辞典》
13	刘小蕙①	(1) 朝鲜民间故事 (2) 法国中古短笑剧 [东朵 (M. Dondo) 著] (3) 苏莱曼东游记 (苏莱曼原著)	故事 戏剧 游记	否
14	刘文贞②	鸟与兽 [哈德生 (W. H. Hudson, 1841—1922) 著]	故事	否
15	柳无垢③	(1) 阿莱凯姆短篇集 [(犹太) 阿莱凯姆 (1859—1910) 著] (2) 喀特雅最幸福的人 [(犹太) 阿莱凯姆著] (3) 实情如此 (马尔兹著) (4) 大年夜 (马尔兹著) (5) 人类的喜剧 (萨洛杨著) (6) 天性的研究 (Noel Coward 著) (7) 铁蒂姨母 (Noel Coward 著) (8) 敌人 [赛珍珠 (Pearl Buck) 著] (9) 裘儿——一个法国集中营的故事 [瓦尔夫 (Friedrich Wolf) 著] (10) 祝福 (鲁迅原著, 汉译英)	小说	否

① 刘小蕙，刘半农长女，江苏江阴人，上海外国语学院教授、翻译家。译有法文版《朝鲜民间故事》《苏莱曼东游记》等。参见《民国才女书影知见录》第124页。

② 刘文贞，著名文学家、翻译家李霁野先生的夫人，天津人（?），也是著名文学家、翻译家。曾任教于台北师大附中（今台湾师范大学附属高级中学）。参见曾重郎．春风化雨忆恩师——怀念李霁野教授及夫人刘文贞老师［J］．台声，2014（5）：68.

③ 柳无垢，柳亚子次女，江苏吴江人，字小宜，笔名淑之、郑留芳，化名唐淑仪，曾任宋庆龄的秘书。哥哥柳无忌、姐姐柳无非都是翻译家。柳无垢与无非、无忌合著《菩提珠》（1931年），译著有《大年夜》《再会》《现代英语会话》、沃尔夫的《裘儿》（英汉对照）、美国萨洛扬的《人类的喜剧》《阿莱罕姆短篇小说集》，还英译了鲁迅的《祝福》等，此外，还与柳无非合编有《柳亚子诗词选》。1954年后，她参加了宋庆龄文集《为新中国奋斗》的翻译工作。参见《民国才女书影知见录》第122-123页。

续表

序号	译者	译作	译作体裁	是否收入《中国翻译家辞典》
16	刘韵琴①	乳姊妹（上、下册） （长篇小说，菊池幽芳著）	小说	否
17	罗洪②	新生 （岛崎藤村著）	小说	否
18	罗玉君③	（1）婀丽女郎 （杜德著） （2）母爱与妻爱 ［聂芳（Paul Nivoix）著］ （3）红与黑（上、下册） （斯坦达尔著） （4）青鸟（童话） ［柏乐尔（C. Perrault）著］④	戏剧 小说 儿童文学	是

① 刘韵琴，我国最早的女新闻记者，清光绪九年十月三十日（1883 年 11 月 28 日）出生于兴化城西城内城隍庙东巷祖宅内，是清末著名文艺评论家刘熙载的孙女。刘韵琴不但能创作优美的古体诗词，而且坚持用白话文进行小说、散文、新闻通讯写作以及外国文学翻译，因而在中国近代文学史上有较高地位。参见 https：//baike. baidu. com/item/刘韵琴/10939938？fr=aladdin。

② 罗洪，作家、翻译家朱雯先生的夫人，上海松江人。除翻译之外，主要从事文学创作。罗洪于 1930 年开始发表作品，第一篇作品随笔《在无聊的时候》发表于当年 5 月号《真美善》月刊。主要创作小说，第一篇小说《不等边》，发表在同一杂志 1930 年 10 月出版的 16 卷 11 期上。先后出版《腐鼠集》《儿童节》《这时代》《践踏的喜悦》等十二部短篇小说集，《春王正月》《孤岛时代》《孤岛岁月》等三部长篇小说，以及散文集一种。参见施蛰存，罗洪．其人及其作品［J］．沈阳师范大学学报（社会科学版），2002（6）：60-61.

③ 罗玉君（1907—1987），女，原名罗正淑，笔名玉君、萍、蜀、镇蜀（以上笔名，三四十年代，分别用于《东方杂志》《中学生》《青年世界》《文潮》《大公报》等），四川岳池人，著名翻译家。1927 年赴法留学，入巴黎大学文学系攻读法国文学，1933 年获博士学位后回国任教。参见《民国才女书影知见录》第 33 页和《中国翻译家辞典》第 421-422 页。

④ 此处为讹误，《青鸟》不是柏乐尔的作品，而是他收集在册的中篇童话。《青鸟》是“比利时的莎士比亚”莫里斯·梅特林克的最著名的代表作。梅特林克是比利时籍法语作家。《青鸟》原是六幕梦幻剧。后经梅特林克同意，由其妻乔治特·莱勃伦克将该剧改写成童话故事，以便更适合小读者阅读。

续表

序号	译者	译作	译作体裁	是否收入《中国翻译家辞典》
19	彭慧①	(1) 草原 (契珂夫著) (2) 小姑娘们 (班台莱耶夫著) (3) 哥萨克 (莱翁·托尔斯泰著)	小说 儿童文学	是
20	沈性仁②	(1) 林肯 [德林瓦脱 (J. Drinkwater, 1882—1937) 著] (2) 玛丽玛丽 [占姆士·司蒂芬士 (James Stephens, 1882—1950) 著] (3) 法郎士集 [法郎士 (Anatole France, 1844—1924) 著]	小说	否
21	世弥③ (罗淑)	(1) 归来 (巴比塞等著) (2) 何为 [巧尔尼雪夫斯基 (H. T. ЧерНwШеВ-ckий, 1828—1889) 著]	小说	否

① 彭慧(1907—1968),女,安徽安庆人。原名涟清,笔名慧中。中国现代诗人、翻译家穆木天的夫人,是我国新文化运动时期的著名女作家、外国文学翻译家、学者。参见《民国才女书影知见录》第121页和《中国翻译家辞典》第457页。

② 沈性仁,出生于浙江嘉兴。曾在日本长崎活水女学求学,因为父病回国,后入北京女高师。1917年与北大教授、著名社会学家陶孟和结婚。五四时期,她的戏剧翻译作品《遗扇记》发表于《新青年》。此后,她与徐志摩共同翻译了《玛丽玛丽》等文学作品。1920年,她与丈夫陶孟和合译的《欧洲和议后的经济》被纳入“新青年丛书”第六种出版。荷裔美国科普作家房龙的成名作《人类的故事》于1921年出版后仅四年,就由沈性仁翻译成中文由商务印书馆出版(1925年),并在中国掀起了一股经久不衰的“房龙热”。参见邱下山.民国才女沈性仁[J].名人传记月刊,2015(4):44-49.

③ 罗淑(1903—1938),四川简阳人,原名罗世弥,笔名世弥(见其译著)。1936年罗淑发表《生人妻》,载《文学月刊》,1938年8月上海文化生活出版社出版单行本。她也偶用笔名石每,一生从事写作和翻译工作。参见张衍芸.独具特色的乡土女作家——罗淑[J].宁夏大学学报(人文社会科学版),1985(4):35-40.

续表

序号	译者	译作	译作体裁	是否收入《中国翻译家辞典》
22	石璞①	(1) 希腊三大悲剧（上、下） (埃司克拉斯、沙福克里斯、尤里比底斯著) (2) 弗拉西 (渥尔芙著)	小说	是
23	微林②	悲惨世界 第一部：芳汀（上、下册） (雨果著)	小说	否
24	吴曙天③	(1) 托尔斯泰情书 (托尔斯泰著) (2) 雅歌	书信 诗歌	否
25	许广平④	煤的故事 [至尔妙伦（Hermynia zur Mühlen，1883—1951）]	儿童文学	否
26	许粤华⑤	卓别麟漫游记（童话） [果儿特（M. Gold）著]	儿童文学	否

① 石璞，1907年生，女，四川成都市人。曾用名蕴如，笔名小石、侬、秋侬。1933年毕业于清华大学外国语言文学系，获文学学士学位。1936年回到成都历任四川大学外文系及中文系讲师、副教授、教授，是我国著名的女翻译家。参见《中国翻译家辞典》第500页。

② 周微林（1918—2005），江苏南京人。1940年毕业于国立浙江大学外国语文学系。1944年开始发表作品，译著有《悲惨世界》（[法] 维克多·雨果著）、《海的女儿》（[丹麦] 安徒生著）、《简爱》（缩写本）、《我的安东妮亚》（[美] 薇拉·凯瑟著）、《王尔德童话》（全集），《"黎明使者"号航行记》（[英] C. S. 刘易斯著）等。参见勉思．微姐和我［J］．新文学史料，2007（1）：113-115.

③ 吴曙天，（？—1942），山西翼城人，是中国新文学史上继石评梅之后不多的几个山西女文学家之一。当年的几大副刊和《妇女评论》等有许多她的文字，"曙天女士"是五四新文学几位"女士"写家之一。中国现代出版史上唯一一家"女子书店"的编辑，就有吴曙天与凤子等。当时该店在出版书籍之外，还出版有一本《女子月刊》，吴曙天也在儿童书局撰写和出版过许多历史人物的传记。参见散木．章衣萍之妻：吴曙天［J］．书屋，2005（6），http：//www. newconcept. com/jixi/mingren/zhangyiping_ 12. html。

④ 许广平（1898—1968）广东番禺人。笔名景宋，鲁迅的第二任夫人。中华人民共和国成立后，历任中央人民政府政务院副秘书长、全国妇联副主席、全国文联主席团成员等职。参见 https：//baike. baidu. com/item/许广平/1362254？fr=aladdin。

⑤ 许粤华（1912—2011），著名英美文学翻译家许天虹胞妹，浙江海盐人，笔名雨田，也是翻译家、散文家。许粤华于1926年嘉兴秀州女中毕业，于1929年与黄源结婚。1941年2月24日许粤华与黎烈文结婚，育有一女一子。参见张蓉，陈毛英．难忘许粤华女士［J］．鲁迅研究月刊，2009（11）：41-45.

续表

序号	译者	译作	译作体裁	是否收入《中国翻译家辞典》
27	薛琪瑛①	(1) 哥哥 [祁恩史屈顿卜土(J. S. Porter, 1776—1850)著] (2) 杨柳风 (长篇童话,格莱亨著) (3) 蓝窗 (田贝立著)	小说	否
28	杨缤②	傲慢与偏见(上、下) (奥斯登著)	小说	否
29	杨绛③	一九三九年以来英国散文作品 [(英)约翰·黑瓦德(John Hayward)著]	散文	是
30	杨云慧④	文艺家之岛 (莫洛怀著)	小说	否
31	于绍芳	(1) 诗人的信件 (亨利·詹姆士著) (2) 柏林大饭店 [韦基·鲍姆(Vicki Baum, 1888—1960)著]	小说	否

---

① 薛琪瑛,生卒年月不详,江苏无锡人。毕业于苏州景海女学英文高等学科,后出国留学,通晓英语、法语、拉丁语。参见余世磊.朱湘与二嫂薛琪瑛[J].江淮文史,2010(1):112-118.

② 杨缤(1905—1957),祖籍湖北沔阳,出生于江西萍乡,原名杨季征,后更名杨刚。从小性格刚强果敢。1928年至1932年就读于北平燕京大学英国文学系。1933年用英文写了短篇小说《日记拾遗》,收入斯诺编译的中国现代短篇小说选《活的中国》。1938年任香港《大公报》副刊《文艺》主编。1948年任天津《进步日报》副总编辑。1950年调北京任周总理办公室主任秘书,中宣部国际宣传处处长,《人民日报》副总编辑。参见孙晓蓉.从杨缤译《傲慢与偏见》看意识形态对翻译实践的操纵[J].安徽理工大学学报(社会科学版),2010(3):70-72.

③ 杨绛(1911—2016),女,祖籍江苏无锡,出生于北京。原名杨季康。系钱锺书夫人,是优秀戏剧家、散文家、文学评论家、文学翻译家。杨绛通晓英语、法语、西班牙语,由她翻译的《唐·吉诃德》被公认为最优秀的翻译佳作,到2014年已累计发行70多万册。参见《中国翻译家辞典》第633页,https://baike.so.com/doc/5381896-5618240.html.

④ 民国时期名人、中国共产党秘密党员杨度的长女,湖南湘谭人,出生年月不详。后任上海科教片厂编导。参见 http://www.iceo.com/cn/mag2013/2014/0619/292704.shtml。

续表

序号	译者	译作	译作体裁	是否收入《中国翻译家辞典》
32	袁昌英①	玛婷 痛苦的灵魂 (斑拿著)	戏剧	否
33	张近芬②	(1) 梦 [须莱纳尔(Olive Schreiner，1855—1920) 著] (2) 纺轮的故事 [孟代(A. C. Mendes，1841—1909) 著] (3) 旅伴 (安徒生著) (4) 浪花 (张近芬著译，1927 年上海北新书局初版，14+217 页)	小说 儿童文学	否
34	张默君③	盗面 (中篇小说)	小说	否
35	张宛青④	浮云流水(三幕剧) (米尔波著)	戏剧	否
36	张允和⑤	书的故事 (伊林著)	小说	否

① 袁昌英(1894—1973)，湖南醴陵人，字子兰、兰紫，笔名昌英，亦称杨袁昌英。与苏雪林、凌叔华合称“珞珈三女杰”。参见康咏秋．简论袁昌英［J］．求索，1989(6)：104-107.

② 张近芬(？—1939)，我国现代儿童文学的先驱、同时又是我国医学界出类拔萃的人物，字崇南，笔名有近芬、芬、CF、CF 女士等，江苏南翔(现上海市嘉定区南翔镇)人。她是嘉定第一个医学博士、民国时期同德医学院院长张近枢的妹妹，文学女青年张近溦的姐姐。她是和老舍、冰心、叶圣陶、朱自清、俞平伯、顾颉刚、刘半农、丰子恺等 172 人一起参加文学研究会的会员。著有诗集《浪花》(阳光社文学小丛书之一)，译作《梦》(南非须莱纳尔的小说)、《纺轮的故事》(法国孟代的童话)、《旅伴》(丹麦安徒生童话、与林兰合译)等，散文有《游德的观察》《行善的人》等。参见 http：//www.jiadingbao.cn/Article/index/170334.html。

③ 张默君(1883—1965)，湖南湘乡人，原名张昭汉，英文名莎非亚，是近代著名的妇女活动家、教育家、书法家、记者、诗人、作家和翻译家。参见 https：//baike.baidu.com/item/张默君/8688503？fr=aladdin。

④ 上海女作家，出生年月不详。

⑤ 张允和，“合肥四姊妹”之二，生于安徽合肥，长于江苏苏州。张允和毕业于上海光华大学历史系，曾为高中历史老师、人民教育出版社历史教材编辑。参见宋宇晟，海龙．“民国最后闺秀”的爱情和诗［J］．人民周刊，2016(6)：74-75.

续表

序号	译者	译作	译作体裁	是否收入《中国翻译家辞典》
37	赵萝蕤①	死了的山村（原名：方塔马拉） （L. Silone 著）	小说	是
38	赵洵②	（1）勇敢的人们 （2）静静的顿河（一）（二） （M. 梭罗诃夫著）	小说	是

（以上按译者姓名汉语拼音排序）

在这里需要说明一点，根据笔者的统计，《中国翻译家辞典》未收入的民国时期女性译者达26人，其中可能有部分是因为疏忽或史料不全而导致遗漏，但也有部分原因是受到了该辞典编写原则的影响。该辞典的编者说明③中明确列举了该辞典收录条目的标准（引文中着重号为笔者标注）：

> 1. 在我国古代和现代翻译史上起过较大影响的翻译家。
>
> 2. 中华人民共和国成立以来在文学、社会科学等领域翻译出版过有价值的名著、其译作有较高水平或具有一定社会影响的中青年翻译工作者。
>
> 3. 长期献身于翻译事业，在实际工作中有较突出贡献的专职翻译人员，其中包括外事口译、新闻、广播和少数民族语文翻译。
>
> 4. 对翻译出版事业、翻译理论和翻译史研究及大型翻译工具书的编写作出过较大贡献的专家学者和有关人士。

① 赵萝蕤（1912—1986），女，浙江杭县人。1932年毕业于燕京大学英语系，同年考取清华大学外国文学研究所。不久赴美留学，获硕士及哲学博士学位。回国后，先后任教于燕京大学西语系与北京大学西方语言文学系。参见《中国翻译家辞典》第714页。

② 赵洵（1917—1988），女，吉林省吉林市人。笔名杜克展，满族。1962年毕业于莫斯科大学语文系，研究生。1936年参加工作。历任上海塔斯社翻译，晋察冀华北联大教师，延安鲁艺研究员，哈尔滨外语学院副院长，中国社科院语言研究所副所长、苏联东欧研究所副所长。1936年开始发表作品。1988年加入中国作家协会。著有《致友人的二十封信》《同斯大林的谈话》，译著长篇小说《静静的顿河》（第二、三部，合译）、《故园》《贵族之家》，诗集《夏夜集》，《苏联百科辞典》（主译审）等。译著长篇小说《钢铁是怎样炼成的》获鲁迅文学奖。参见《中国翻译家辞典》第718页和中国作家网：http://www.chinawriter.com.cn/zxhy/member/7368.shtml。

③ 《中国翻译家辞典》编者说明，《中国翻译家辞典》，北京：中国对外翻译出版公司，1988年。

叶君健先生在该辞典的序中这样写道（引文中着重号为笔者标注）：

> 这部《中国翻译家辞典》在某种意义上讲，也是经验的一种总结。这里所收集的基本都是一些严肃的翻译家。在有关他们的条目中我们可看到我们古代、现代和当代的翻译家是怎样工作和抱一种什么样的态度去工作的。离我们还不是太远的朱生豪，在贫病交加的环境中翻译了莎士比亚，以丰富我们的文学宝藏。他作出了他最大的努力，直到他不能执笔为止。这种勤奋的精神和明确的目的性，对我们今天从事这种工作的人和出版部门应该说仍具有极现实的启发意义。所以这部辞典除了是一本很有用的参考书外，也是一本很值得我们不时翻阅的读物。[①]

由此可见，要被收入该辞典，首先要是严肃的翻译家，通俗文学、传记文学等的翻译者都不包含在内。其次，还要是有名望的、有影响力的翻译家。民国时期虽说女性已逐渐步入社会历史舞台，各行各业都有了女性的身影，但较之男性仍然势单力薄，没有太大的社会影响力。最后，受到政治立场和阶级地位的影响，有些国统区的女性译者也没有被收入该辞典。未被该辞典收入的26名译者如下：安娥、陈鸿璧、方于、郑安娜、黄翠凝、黄九如、刘小蕙、刘文贞、柳无垢、刘韵琴、罗洪、罗淑、沈性仁、吴曙天、许广平、许粤华、薛琪瑛、杨缤、杨云慧、于绍芳、袁昌英、张近芬、张默君、张宛青、张允和、周微林。

随着19世纪中期西方资本主义生产方式进入中国和中国女子教育的兴起，中国女性开始慢慢进入社会大众的视野，逐渐涉足一些原本由男性支配的职业领域，并取得了很多令人瞩目的成就，翻译就是其中之一。民国时期的译者多为兼职翻译（男性译者也是如此），换言之，译者自己还有其他谋生的职业，还涉足其他的社会公共空间，有不同于翻译的其他影响领域。笔者将这些女译者的影响领域进行了分类，大致可分为以下四类：A. 军事政治领域；B. 科学教育领域，主要指教育工作者；C. 文学艺术领域，主要指在文学创作等方面具有一定影响力的女性；D. 新闻出版领域，包括记者、编辑等。

① 叶君健，《中国翻译家辞典》序，《中国翻译家辞典》，北京：中国对外翻译出版公司，1988年。

民国时期外国文学翻译女译者的影响领域见表 2–2：

表 2–2　民国时期文学翻译女译者影响领域

序号	姓 名	A. 军事政治	B. 科学教育	C. 文学艺术	D. 新闻出版
1	安娥	√		√	√
2	冰心	√		√	
3	陈鸿璧	√	√		√
4	陈敬容			√	√
5	陈秋帆	√		√	
6	陈学昭			√	
7	方于		√		
8	郑安娜				
9	黄翠凝			√	
10	黄九如		√	√	
11	黄衣青			√	√
12	磊然				√
13	刘小蕙		√		
14	刘文贞		√	√	
15	柳无垢	√			
16	刘韵琴			√	√
17	罗洪			√	
18	罗玉君		√		
19	彭慧			√	
20	沈性仁				
21	罗淑			√	
22	石璞		√		
23	周微林				
24	吴曙天			√	√

续表

序号	姓 名	A. 军事政治	B. 科学教育	C. 文学艺术	D. 新闻出版
25	许广平	√			
26	许粤华			√	
27	薛琪瑛				
28	杨缤	√		√	√
29	杨绛		√	√	
30	杨云慧				
31	于绍芳				
32	袁昌英		√	√	
33	张近芬		√	√	
34	张默君	√	√	√	√
35	张宛青			√	
36	张允和		√		
37	赵萝蕤		√		
38	赵洵			√	
合计（人次）		8	13	22	9

依据表 2-2，不难计算出女译者影响领域占比和排名（表 2-3）。

表 2-3　民国时期文学翻译女译者影响领域占比和排名

影响领域	民国时期文学翻译女译者		
	数量（人次）	占比（%）	排名
A. 军事政治类	8	21.05	4
B. 科学教育类	13	34.21	2
C. 文学艺术类	22	57.89	1
D. 新闻出版类	9	23.68	3

从表 2-3 中可以看出，排名第一的职业类型是文学艺术类，女译者数量占近 60%，这和我国现代文学汲取国外翻译文学而形成、发展的局面是一致的，要进行新文学创作，就必须向外国的文学作品学习，文学研究与文学翻译并重是多数女译者的工作常态。

排名第二的科学教育类占比 34.21%，这和女性自身的性别特征有很大的关系，同时也与近现代女子教育事业的发展密不可分。五四运动前，据当时教育部统计，全国初等小学（1918—1919 年度）女生达 190882 人，占初等小学学生总数的 4.3%；高等小学女生达 24744 人，占高等小学学生总数的 5.5%。女子中学 9 所，学生 622 人。全国师范学校（1916—1917 年度）女生近 5800 人，占师范生总数的 23.2%；全国女子职业学校（1916—1917 年度）学生达 1866 人。到五四运动前夕，我国也自办了一所女子高等学校，那就是 1918 年由原北京女子师范学校改建的北京女子高等师范学校。①

新闻出版领域的女性较多从事编辑、译审等，也有少数记者。国内的新闻出版业萌芽于近代，所以相对来说，女性较少。最后是活跃于军事政治领域的女译者，仅有 8 人，占比 21.05%，由此可见，虽然民国时期社会动荡不安，冲击了原有的社会秩序，女性慢慢也开始加入军事政治领域，但是总体看来，数量不多，可见女子参政在民国时期还未形成趋势，女性也普遍缺乏参政议政的觉悟。

第三节 地理分布和区域分异

据统计，民国时期外国文学女译者 38 人中，除一人出生地不详外，其余 37 人分别来自全国 16 个省区市，其中华北、东北地区三省两市（吉林、河北、山西、北京和天津），西南地区两省（四川、云南），华中地区两省（湖南、江西），华东地区三省一市（浙江、江苏、安徽和上海），华南地区两省一区（福建、广东、广西）。详见表 2-4：

① 刘巨才：《中国近代妇女运动史》，北京：中国妇女出版社，1989 年，第 392-393 页。

表 2-4　民国时期文学翻译女译者出生地

序号	姓 名	出生地	数量	地区	数量	占比（%）	位次
1	赵洵	吉林	1	东北地区	1	2.63	6
2	安娥	河北	1	华北地区	4	10.53	5
3	杨绛	北京	1				
4	刘文贞	天津	1				
5	吴曙天	山西	1				
6	陈敬容	四川	4	西南地区	5	13.16	3
7	罗玉君						
8	罗淑						
9	石璞						
10	方于	云南	1				
11	黄九如	湖南	4	华中地区	5	13.16	3
12	杨云慧						
13	袁昌英						
14	张默君						
15	杨缤	江西	1				
16	冰心	福建	2	华南地区	6	15.79	2
17	黄衣青						
18	陈鸿璧	广东	3				
19	黄翠凝						
20	许广平						
21	陈秋帆	广西	1				
22	陈学昭	浙江	4	华东地区	16	42.11	1
23	沈性仁						
24	许粤华						
25	赵萝蕤						
26	郑安娜	上海	4				

续表

序号	姓 名	出生地	数量	地区	数量	占比（%）	位次
27	磊然	上海	4	华东地区	16	42. 11	1
28	罗洪						
29	张宛青						
30	刘小蕙	江苏	6				
31	柳无垢						
32	刘韵琴						
33	周微林						
34	薛琪瑛						
35	张近芬						
36	彭慧	安徽	2				
37	张允和						
38	于绍芳	不详	1	不详	1	2. 63	6
合计			38			100	

根据表 2-4 中各地区女译者占总数的百分比，计算出累计百分比，可以得出图 2-1：

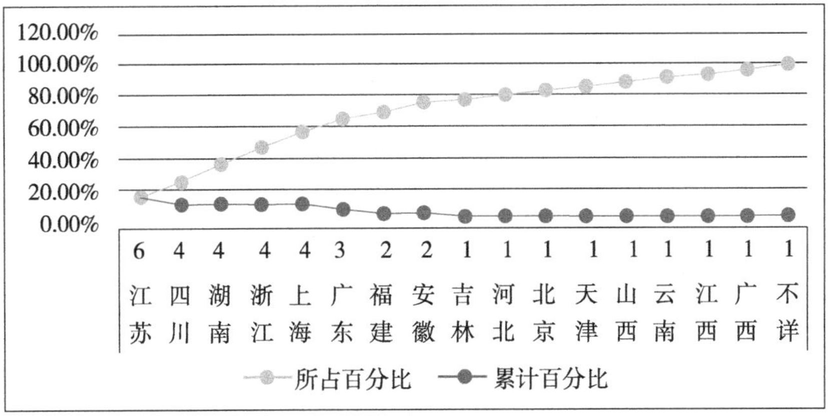

图 2-1 各省区市民国时期文学翻译女译者比例

通过进一步分析可以看出：

（1）华东、华南地区女译者总数占比 57.90%，主要集中在江浙一带。其次是华中、西南地区，女译者总数占比 26.32%，主要集中在川湘两省。北部地区和东南部地区相比，女译者人数少得多，仅占比 13.16%，其中京津两市占比 5.26%。

（2）女译者人数累计百分比曲线向上凸出，前半段陡升，后半段平稳，表明女译者地理分布不平衡，具有集中性特征。江苏、四川、湖南、浙江、上海、广东、福建和安徽这些地区女译者总数占比超过 70%，其他地区占比不足 30%。

根据任泉香等人的研究，“近现代女性人才主要分布在中国的东部、东南沿海地区以及中部和西南地区的某些省份。东部和东南沿海地区又可分为三个区域：东南沿海的广东、福建省；东部沿海的浙江、江苏、上海三省市；东北部环渤海的山东、河北、天津、北京四省市。中部的河南、安徽、湖北、湖南、江西五省和位于西南的四川省也聚集了大量的女性人才。”[①] 民国时期女译者的分布与这一分布态势基本吻合。东部南部地区的女译者们要么有深厚的家学渊源，要么接受过良好的教育，有些还有出国留学经历，或者因为婚姻的关系与丈夫共同翻译、共同创作。民国时期译者（不只是女译者）多集中于东部地区，主要是因为相对于其他地区而言，这些地区社会稳定，自古以来就是我国文化中心，文化积淀厚重，社会各阶层自然都兴教重学；而且东部通商口岸多，商业繁荣，经济发达。与外界交往得多了，自然少了很多禁锢，易于接受并乐于传播西方思想文化。

笔者结合女译者影响类型和地理分布两项，进一步分析女译者分布的区域分异，探讨女译者地理分布背后的原因。

从图 2-2 可看出，除西南地区之外，其他地区排名第一的均为文学艺术类。民国时期多数女译者都从事文学研究和文学创作，而文学翻译则是她们开展研究和创作的途径。华东、华中、华北地区排名第二的均为科学教育类。这与这些地区教育发达、经济发达、文化气息浓厚有直接的关系。以江苏、浙江两省为例，这里自古以来社会稳定、经济繁荣，自唐宋以来就一直是我国文化的中心所在。[②] 随着国门的打开，这里又成为接受西方文化的桥头堡。教育事业蓬勃发

① 任泉香、朱竑、李鹏：《近现代中国女性人才的地理分布和区域分异》，《地理学报》，2007 年第 2 期，第 211-220 页。

② 王会昌：《中国文化地理》，武汉：华中师范大学出版社，1992 年，第 171-182 页。

展，江浙两省的女子教育在民国时期翘楚全国。据清廷 1907 年对全国女子学堂的统计，直隶第一，有女子学堂 81 所；江苏第二，有女子学堂 72 所，但女学生数量却居全国第一；浙江省有女子学堂 32 所，居全国第 4 位，女学生数量居全国第 5 位。① 女子教育普及，女性知识水平高，就业机会多，大多女性都选择从事学校教员这样的职业。

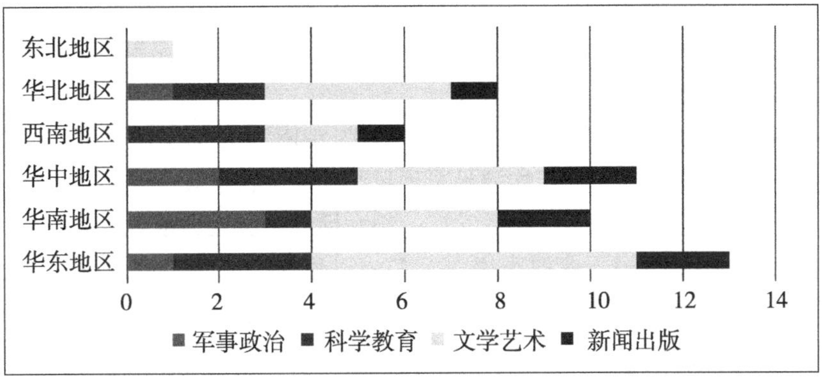

图 2-2 民国时期文学翻译女译者区域分异

西南、东北地区与其他地区相比，女译者的影响领域并不全面。东北地区因为人数太少，仅有赵洵一人。而西南地区偏安一隅，女性不像其他地区的女性那样具有明确的参与政治的意识。随着抗日战争的爆发，国民党迁都重庆，西南地区逐渐成为新的文化中心，科学教育和文学研究、文学翻译事业也逐渐繁荣起来，出现了一些来自四川和云南的女译者。

相比之下，华南地区（以广东为代表）和华中地区（以湖南为代表）从事军事政治的女性更多，这两个地区和毗邻东部地区的安徽等省份作为辛亥革命的发源地，不仅有较好的经济基础，而且也有较为激进的反帝反封建革命气息。湖南、广东两省在中国近现代史上一直都是革命策源地和中心地，强烈的政治氛围影响了几代人的思想和行动，女性译者身处其中，自然受到熏陶。

① 李华兴：《民国教育史》，上海：上海教育出版社，1997 年，第 716 页。

第四节 影响领域、地理分布对翻译活动的影响

译者是社会的人，所从事的各种社会活动（包括翻译）往往都是相互影响、相互渗透、相互促进的。女译者进入的社会公共空间（也即其影响领域）和所处地区的人文自然环境等对她们的翻译活动都有一定的影响。其中较为典型的例子就是陈鸿璧和张默君。

两人的出生地（陈鸿璧为广东，张默君为湖南）分别位于华南地区和华中地区，除文学翻译之外，两人均涉足军事政治领域、科学教育领域和新闻出版领域，且二者都是近现代著名社会活动家、妇女活动家和教育家。两人都致力于翻译历史小说、科学小说、侦探小说等，其中以侦探小说为最多，如两人合译的《盗面》，陈独译的《尸光记》《薛蕙霞》等，历史小说如《苏格兰独立记》。两人的翻译选材虽然说与当时的社会文化大语境密切相关，但也体现了不同于一般女性作家、翻译家之处。且陈鸿璧先是在刊物上发表翻译小说连载，后自己出资将译稿整理汇编、出版单行本译著，这也超越了同时代的女译者。

无论是历史小说还是科学小说、侦探小说，都符合开启民智、救亡图存的社会需求。历史小说为国内革命人士和知识分子提供了可资借鉴的范本，在警醒世人之余鼓舞了他们的勇气和信心。科幻小说和侦探小说是清末民初自西方引进的小说种类，讲究科学推理，与国内传统的才子佳人小说迥然不同，因而得到了许多翻译家的推崇。鲁迅曾这样评价科学小说：

> 盖胪陈科学，常人厌之，阅不终篇，辄欲睡去，强人所难，势必然矣。惟假小说之能力，被优孟之衣冠，则虽析理谈玄，亦能浸淫脑筋，不生厌倦。彼织儿俗子，《山海经》《三国志》诸书，未曾梦见，而亦能津津然识长股奇肱之域，道周郎、葛亮之名者，实《镜花缘》及《三国演义》之赐也。故掇取学理，去庄而谐，使读者触目会心，不劳思索，则必能于不知不觉间，获一斑之智识，破遗传之迷信，改良思想，补助文明，势力之伟，有如此者！我国说部，若言情谈故刺时志怪者，架栋汗牛，而独于科学小说，乃如麟角。知识荒隘，此实一端。故

苟欲弥今日译界之缺点，导中国人群以进行，必自科学小说始。[①]

陈鸿璧、张默君两人的翻译不能说没有受到她们社会活动经历和政治经历的影响。根据刘巨才的研究：辛亥革命后，广东妇女界争取女性参政权的斗争是全国最为激烈的，其次就是湖南。

> （广东）女子参政同盟会应运而生。女子参政同盟会，由唐群英联络张汉英、王昌国、林宗素、陈鸿璧、沈佩贞、吴木兰、蔡蕙等人发起成立。唐群英任该会会长，宗旨“在要求中央政府给还女子参政权”。[②]
>
> ……
>
> 唐群英等人从南京到北京，接连五次上书大总统和参议院，要求妇女参政，结果都以失败告终。有鉴于此，1913 年 1 月，唐群英返回长沙，准备把湖南变为女子参政同盟会的基地。……湖南支会于 2 月 2 日正式成立，会员达 800 余人，由唐群英任支部长。16 日，又创办机关报《女权日报》，旋即创建女子美术学校和自强职业学校。[③]
>
> ……
>
> 向警予回忆说：“记得民国元年唐群英、张汉英等所领导的女子参政同盟会，她们最肯替女界打抱不平。长沙妇女或受丈夫蹂躏，或被别人侮辱，都哭哭啼啼告在唐、张跟前，她们居然成为女界的裁判官，替女界判决了不少的案件，激动了不少的群众。其时一般社会虽给唐、张加上些‘叫嚣’‘猖獗’的徽号，而长沙妇女偏有一部分爱戴她们，在她们的旗帜之下。”[④]

不难看出，陈鸿璧、张默君等早期妇女活动家将翻译、出版视为表达自己教育主张和政治主张、推进女性教育的有效途径。虽然女子参政运动并没有获得任

---

① 鲁迅：《月界旅行辨言》，《鲁迅全集（第十一卷）》，上海：上海图书馆、上海科学技术文献出版社，1938 年，第 10–11 页。

② 刘巨才：《中国近代妇女运动史》，北京：中国妇女出版社，1989 年，第 359 页。

③ 刘巨才：《中国近代妇女运动史》，北京：中国妇女出版社，1989 年，第 365–366 页。

④ 向警予：《向警予文集》，长沙：湖南人民出版社，1985 年，第 146 页。

何实质性的成果,[①] 但是她们的女权主义斗争仍在民国史册上留下了浓墨重彩的一笔。

从民国时期外国文学女译者的影响领域、地理分布和区域分异等方面来看：第一，尽管女译者数量同男性比较仍存在很大差距，但是女译者却超越了家庭的私人空间，在以往那些由男性独霸的领域里争取了一定的发展空间，这在女性解放的历程上无疑是一个很大的进步。不可否认，民国时期女译者的出现并不是偶然的，而与同时期的女性解放运动紧密联系。从太平天国出现男女平等意识的雏形，到资产阶级维新派倡导女子教育，再到五四新文化运动，女性逐渐获得身体的自由、受教育权以及就业机会和参政权利。

第二，民国时期外国文学女译者的地理分布与近现代国内女性人才分布具有共同点：那就是集中在东南地区，沿海多于内地，南方多于北方。女性人才的分布除江浙闽粤一带较为密集外，其余皆为点状分布，集中在西南、华中、华北等地的城镇，人才的密度与“欧风美雨”的浸润程度成正比。

第三，民国时期，虽然女性享有了一定的解放，可是相对于男性而言，女性的成才更多的带有家族依附性和被动性。时至今日，这样的特征依然存在，可见女性要获得与男性一样的真正的意识、精神平等，获得整个社会对性别差异的认可和接受，还有很长的路要走。

---

① 对于民国初年的妇女参政运动，中国共产党早期妇女运动领袖向警予曾这样评价：“中国女子参政运动随辛亥革命成功而发轫，其时颇有组织，有领袖，有行动，因而亦激起少数群众，然北洋军阀第一首领袁世凯掌握政权，民党失败，政治上之反动日甚一日，此新苗之嫩芽不旋踵而与民权同斩。”参见向警予：《向警予文集》，长沙：湖南人民出版社，1985 年，第 84-85 页。

第三章　女译者的翻译活动

根据王克非的划分，从1840年（道光二十年）起到1912年70多年的时间，这一时期的翻译状况约略可分作三个阶段：1840—1894年是第一期，是翻译事业的开端，所译的大半属“格致”之学；1895—1910年是第二期，从自然科学的翻译转到社会科学方面，同时也是译述西洋文学的开始。1911年后到民国前后几十年间是第三期，所翻译的是文学作品，同时也是现代西洋文学介绍的曙期。[①] 民国期间，西方文学各种体裁、各种流派纷纷涌入国门，翻译文学呈现出一片繁荣景象，其中不时闪现出女性译者的身影。

笔者依据《民国时期总书目（1912—1949）》[②] 和《民国才女书影知见录》[③] 查阅到女译者38名，文学译著81部，其中未被《中国翻译家辞典》[④] 收录的女译者达26名，译著52部，所译体裁包括小说、诗歌、散文、戏剧等，各体裁占比不均，以小说翻译为最多，共49种，占比60.5%；儿童文学翻译次之，共12种，占比14.8%；戏剧翻译再次之，共10种，占比12.3%；最后是散文和诗歌翻译，分别为8种和2种，占比9.9%和2.5%。详见图3-1。

---

① 王克非：《翻译文化史论》，上海：上海外语教育出版社，1997年，第67页。

② 北京图书馆编：《民国时期总书目》，北京：书目文献出版社，1986年。

③ 朱文洁：《民国才女书影知见录》，上海：上海远东出版社，2010年。

④ 《中国翻译家辞典》编写组编：《中国翻译家辞典》，北京：中国对外翻译出版公司，1988年。

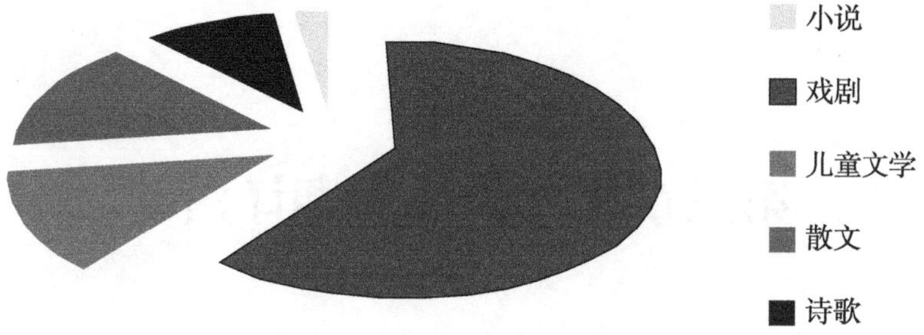

图 3-1　女译者译作体裁分布

以下，笔者将根据译著（译文）的文学体裁分类描述这些女译者的翻译活动。

第一节　小说翻译活动

鸦片战争后，中国知识分子认为西方列强的强盛主要是因为其船坚炮利，于是本着“师夷长技以制夷”的理念学习西方先进的科学技术。当时的文人，很瞧不起文学，以为“文无所用”，不如“实学”那样能够切实地“经世致用”。可是中日甲午战争的惨败，极大地震撼了中国的知识分子阶层，正如梁启超在《戊戌政变记》中所说，“唤起吾国四千年大梦，实自甲午一役始也。”① 这次失败使中国一批救亡图存的仁人志士转变了原先的认识，更加青睐文化教育与文化传播，因为“泰西之强，不在军兵炮械之末，而在其士人之学，新法之书。”② 新式学堂陆续建立，留学生成群结队地涌出国门，近代报刊也随之逐渐兴起。

与哲学社会科学类等“新法之书”（如赫胥黎著、严复译的《天演论》）一同涌进国门的还有外国文学书籍，社会各界从政治的角度出发对外国文学的重视诱发了翻译文学热。外国文学的译介数量十分可观，其中小说更是文学翻译的热点，占到总翻译量的 80%左右。许多资产阶级改良派的人物从其他国家的经验中看到小说翻译启迪普通民众的作用。1897 年，严复在《本馆附印说部缘起》中指出：“且闻欧、美、东瀛，其开化之时，往往得小说之助。”1898 年，梁启超

① 郭延礼：《中国近代翻译文学概论》，武汉：湖北教育出版社，1998 年，第 28 页。

② 梁启超：《读〈日本书目志〉书后》，《分类精校饮冰室文集·教育（上）》，上海：广智书局，1909 年，第 64 页。

在《译印政治小说序》中明确阐述了政治小说的重要性："彼美、英、德、法、奥、意、日本各国政界之日进，则政治小说，为功最高焉。……今特采外国名儒所撰述，而有关切于今日中国时局者，次第译之，附于报末，爱国之士，或庶览焉。"1902 年，梁启超在《论小说与群治之关系》中正式提出了"小说界革命"的概念，他开门见山地指出："欲新一国之民，不可不先新一国之小说。故欲新道德，必先新小说；欲新宗教，必新小说；欲新政治，必新小说；欲新风俗，必新小说；欲新学艺，必新小说；乃至欲新人心，欲新人格，必新小说。何以故？小说有不可思议之力支配人道故。"① 梁启超彻底改变了小说被视为"小道"的传统观念，制造了一个西方国家以小说立国的"神话"②，声称"小说为文学之最上乘也"③。

众多有识之士的奔走呼号和身体力行汇成小说翻译的滚滚浪潮，在这股浪潮中女性译者犹如溅起的几朵浪花，足以让人惊叹。统计资料显示，1912—1949 年，女译者 26 人共翻译出版小说 49 种。其中，英文小说 24 种，占比 49.0%；俄文小说 14 种，占比 28.6%；法文小说 7 种，占比 14.3%；中文小说 1 种，占比 2.0%；日文小说 2 种，占比 4.1%；意大利文小说 1 种，④ 占比 2.0%。小说名称、著译者信息和出版信息详见表 3-1：

表 3-1 民国时期女译者小说翻译情况⑤

英文小说 24 种					
序号	译者	小说名	原著者	出版社	出版时间
1	陈鸿璧 张默君	盗面	白乃杰	上海华英印务公司	1911 年

① 陈平原：《二十世纪中国小说史》，北京：北京大学出版社，1989 年，第 5 页。

② 陈平原：《二十世纪中国小说史》，北京：北京大学出版社，1989 年，第 5 页。

③ 王宏志：《翻译与创作：中国近代翻译小说论》，北京：北京大学出版社，2000 年，第 53 页。

④ 这里依据原著语言分类。例如，中篇小说《阿细雅》原著者屠格涅夫，原著语言为俄语，陈学昭根据法译本转译，但是仍然算作俄文小说。转译等将在下一章详述。

⑤ 该表中所列译作的原著者外文名字部分来自《民国时期总书目》，部分为笔者添注。原著者生卒年月为笔者标注。有部分书目原著者外文名缺失，还有少部分只有外文名，中文译名缺失，因译本中并未标注，且年代久远，所选作家作品中部分并非名家名著，所以尚未查到相关信息，今后还需继续拓展资料来源。

续表

英文小说 24 种					
序号	译者	小说名	原著者	出版社	出版时间
2	陈鸿璧	捕鬼奇案	不详	上海广智书局①	1912 年 9 月
3	陈鸿璧	苏格兰独立记	不详	上海小说林总发行所	不详
4	黄翠凝	牧羊少年（上、中、下卷）	却而斯士	上海中国图书公司和记	1915 年 12 月
5	张近芬	梦	须莱纳尔（Olive Schreiner）	北京阳光社	1923 年 7 月
6	沈性仁	玛丽玛丽	占姆士·司蒂芬士（James Stephens）	上海新月书店②	1927 年 8 月
7	薛琪瑛	哥哥	祁恩史屈顿卜土（J. S. Porter）	上海广学会③	1928 年 7 月
8	薛琪瑛	蓝窗	田贝立	上海广学会	1937 年
9	杨缤	傲慢与偏见（上、下）	奥斯登	上海商务印书馆④	1935 年 6 月
10	石璞	弗拉西	渥尔芙	上海商务印书馆	1935 年 12 月

① 成立于 20 世纪初，是一家以发行翻译著作为主的出版机构，属于保皇会，幕后指挥梁启超。从成立伊始，该书局便带有秘密政治组织的性质。广智书局翻译出版了大量介绍西方新学术、新思想的著作，是晚清西学东渐大军的领跑者。后因诸多原因，广智书局经营不佳，勉勉强强维持到 1925 年停业。停业后出盘给广益、世界两书局。参见 https：//baike. so. com/doc/1349841-1427075. html。

② 成立于 1927 年 6 月，创始人有胡适、宋春舫、张歆海、张禹九、徐志摩、徐新六、吴德生、余上沅。新月书店不仅出版了一批文学名著和新著，而且还以创办月刊《新月》闻名。

③ 1887 年（光绪十三年）英、美基督教新教传教士和外交人员、商人等在中国上海创立的出版机构。初期主要出版介绍西方科学知识的书籍，民国十六年，出版重点转移到宗教灵修书籍方面，读者对象转移到信徒或与基督教有关的人士方面。出版的主要报刊有《万国公报》《中西教会报》《大同报》《女铎报》《福幼报》等。

④ 1897 年创办，是中国历史最悠久的现代出版机构，与北京大学同时被誉为中国近代文化的双子星。由于当时上海资本主义工商业发达，商业中所需大量的账单、簿记等需要印刷，夏瑞芳、高凤池等人见有利可图而成立此馆。从“商务”二字便可昭显其源起。以编印新式中小学教科书为主要业务，还出版各种中外文工具书、刊物和学术著作。1932 年“一·二八”淞沪抗战中被日军焚毁。抗战爆发后，总管理处迁到长沙，后移至重庆，抗战胜利后迁回上海。参见《三十五年来之商务印书馆》和《中国出版通史》（民国卷）。

续表

英文小说24种					
序号	译者	小说名	原著者	出版社	出版时间
11	张允和	书的故事	伊林	上海中华书局①	1936年6月
12	郑安娜	牛郎忆语（My Reminiscenes as a Cowboy）	哈里斯（F. Harris）	重庆古今出版社	1943年8月
13	郑安娜	风流云散（Gone with the Wind）	密契尔	重庆美学出版社	1945年3月
14	柳无垢	天性的研究（Nature Study）	Noel Coward	桂林文化供应社	1943年
15	柳无垢	铁蒂姨母（Aunt Tittie）	Noel Coward	桂林文化供应社	1943年
16	柳无垢	大年夜（短篇小说集）	马尔兹	桂林远方书店	1943年12月
17	柳无垢	实情如此（短篇小说集）	马尔兹	桂林远方书店	1943年12月
18	柳无垢	敌人	赛珍珠（Pearl Buck）	桂林现代外国语文出版社	1944年 1946年
19	柳无垢	裘儿——一个法国集中营的故事	瓦尔夫（Friedrich Wolf）	桂林远方书店	1944年
20	柳无垢	阿莱凯姆短篇集	阿莱凯姆	桂林耕耘出版社	1944年3月
21	柳无垢	人类的喜剧（The Human Comedy）	萨洛杨	重庆文光书店	1944年11月
22	柳无垢	喀特雅最幸福的人②	阿莱凯姆	上海耕耘出版社	1947年2月
23	于绍芳	诗人的信件	亨利·詹姆士	重庆人生出版社	1945年7月
24	于绍芳	柏林大饭店	韦基·鲍姆（Vicki Baum）	北平五十年代出版社	1949年5月

① 成立于1912年1月1日，陆费逵预见清王朝即将灭亡，旧时代的教科书将被淘汰，于是筹划新式教科书的撰写与出版。参见《中国出版通史》（民国卷）。

② 该小说是《阿莱凯姆短篇集》中的一篇。

续表

俄文小说 14 种					
序号	译者	小说名	原著者	出版社	出版时间
1	罗淑（世弥）	何为（自法译本转译）	巧尔尼雪夫斯基	上海文化生活出版社 重庆文化生活出版社	1936 年 4 月 1943 年 5 月
2	陈学昭	阿细雅（自法译本转译）	屠格涅夫	上海商务印书馆	1936 年 9 月
3	赵洵	静静的顿河（一）（二）	M. 梭罗诃夫	上海光明书局	1936 年 12 月
4	赵洵	勇敢的人们	A. 托尔斯泰	晋冀鲁豫军区政治部（1947 年版）	不详，约 1947 年
5	彭慧	草原	契珂夫	桂林新光书局	1942 年 7 月
6	彭慧	哥萨克	托尔斯泰	上海文通书局	1948 年 9 月
7	磊然	妻	卡达耶夫	上海时代书报出版社	1945 年
8	磊然	外科医生	叶密良诺娃	上海时代书报出版社	1945 年
9	磊然	日日夜夜（英雄城史大林格勒的故事）	西蒙诺夫	上海时代书报出版社	1946 年
10	磊然	真正的人	波列伏依	上海时代书报出版社	1946 年 6 月
11	磊然	旗子（收入《海上英雄》）	卡达耶夫	上海时代书报出版社	1946 年 7 月
12	磊然	丰功伟绩（收入《海上英雄》）	拉甫列乌夫	上海时代书报出版社	1946 年 7 月
13	磊然	没有号码的房子（收入《卫国战》）	柯热夫尼柯夫	上海时代书报出版社	1947 年 5 月
14	磊然	鲍列司（收入《高尔基早期作品集》）	高尔基	上海时代书报出版社	1948 年
法文小说 7 种					
序号	译者	小说名	原著者	出版社	出版时间
1	沈性仁	法朗士集	法朗士（Anatole France）	上海商务印书馆	1925 年 4 月
2	方于	可怜的人（1—9）（《悲惨世界》的前两部）	嚣俄（雨果）	上海商务印书馆	1929 年

续表

法文小说 7 种					
3	杨云慧	文艺家之岛	莫洛怀	上海第一出版社	1935 年 8 月
4	罗淑（世弥）	归来	巴比塞等	上海中流书店	1941 年 5 月
5	微林	《悲惨世界》第一部：芳汀（上、下册）	雨果	重庆自强出版社	1944 年 10 月
6	罗玉君	红与黑（上、下册）	斯坦达尔	上海正中书局	1949 年 3 月
7	陈敬容	巴黎圣母院（上、下册）	雨果	上海骆驼书店	1949 年 4 月
中文小说 1 种（中译英）					
序号	译者	小说名	原著者	出版社	出版时间
1	柳无垢	祝福	鲁迅	上海世界英语编译社	1947 年
日文小说 2 种					
序号	译者	小说名	原著者	出版社	出版时间
1	刘韵琴	乳姊妹	菊池幽芳	上海中国图书和记	1916 年 6 月
2	罗洪	新生	岛崎藤村	上海开华书局	1934 年 4 月
意大利文小说 1 种					
序号	译者	小说名	原著者	出版社	出版时间
1	赵萝蕤	死了的山村（原名：方塔马拉）（自英译本转译）	西龙（I. Silone）	重庆独立出版社	1943 年 8 月

仅通过表 3-1 并不足以反映作品和著者背后隐藏的信息，为了更好地理解译者的活动，分析其中的规律，还需要对上述作品有一个详细的了解。表 3-1 所列作品分别来自英、俄、法、日、意等国家，其中的转译（有时也称重译）现象较为普遍，这一点将在后文中详述。

表 3-1 所列侦探小说系民国时期“真正独立翻译外国文学作品的女翻译家”① 陈鸿璧所译。陈鸿璧起初在《小说林》发表译作，后因该刊物停刊，自己

① 郭延礼：《陈鸿璧，一位被遗忘的近代女翻译家》，《中华读书报》，1998 年 6 月 17 日。

出资在上海的出版社出版单行本译作，如《捕鬼奇案》[①]《盗面》[②] 等。陈鸿璧的译文虽仍为文言文，但文字浅近易懂、通畅流利，且比较忠实于原著。在“豪杰译”仍然盛行的民国初期，陈鸿璧的译作无疑算是上流的作品。

黄翠凝和陈鸿璧一样也是独立翻译，并以翻译和写作为生。她所译的《牧羊少年》属于言情小说。晚清林纾的一卷《茶花女》开启了爱情小说翻译的大门，几千年来的婚姻制度遭到了质疑和挑战。在宣扬“恋爱自由、婚姻自由”的呼声中，一大批言情小说蜂拥而至，质量上就难免参差不齐，比如薛琪瑛在其所译《蓝窗》的序言中就有这样的评论：

> 现今青年男女都喜讲爱情，读爱情小说，看爱情影片，视爱情若生命。一般投机的书局为牟利起见，便层出不穷地印行此类书籍以供阅者的要求。然所出的大概提倡浪漫主义，偏重物质，而不能节之以礼；血气未定的青年读之，往往陷入迷途，贻害身心，实在不浅。广学会有鉴于斯，特选欧美言情小说中，富有兴趣，而兼宗旨高尚的，译成中文，以备青年学生课余之暇，作为正当的消遣品。从这本《蓝窗》佳话，我们可以明晓爱情的妙谛，感悟人生的真乐。[③]

同是描述情爱的小说，沈性仁与徐志摩合译的《玛丽玛丽》就引起了民国初期文化界的广泛注意。《玛丽玛丽》是爱尔兰作家詹姆斯·斯蒂芬斯的长篇小说，描述少女的初恋。书中把怀春少女的朦胧初恋、懵懂情欲和纯净情爱刻画得细致入微，精妙传神。该书于 1912 年首次出版，一百多年来被译为多种文字，影响深远，享誉世界。

杨缤所译《傲慢与偏见》（*Pride and Prejudice*）和郑安娜所译《风流云散》（*Gone with the Wind*）分别是英国和美国爱情小说的经典之作。《傲慢与偏见》是英国著名小说家简·奥斯汀（Jane Austen，1775—1817）在 21 岁时完成的代表作，初始题名《最初的印象》，十几年后，《最初的印象》经过改写，换名为

---

① 陈鸿璧所译英文小说《捕鬼奇案》系近代侦探小说，书中故事发生在美国，又名《捉鬼奇案》，参见郭延礼《二十世纪第一个二十年近代女性翻译家群体的脱颖》，《中华读书报》，2002 年 5 月 8 日。中国国家图书馆缩微文献阅览室里提供的版本名为《捕鬼奇案》。

② 和南社著名女诗人张默君合译，美国白乃杰的作品。

③ 薛琪瑛：《〈蓝窗〉序》，《蓝窗》，田贝立著，薛琪瑛译，上海广学会，1937 年，第 1 页。

《傲慢与偏见》。奥斯汀的作品主要关注乡绅家庭女性的婚姻和生活，以女性特有的细致入微的观察力和活泼风趣的文字真实地描绘了她周围的小天地。《风流云散》后译为《乱世佳人》或《飘》，是美国女作家玛格丽特·米切尔（Margaret Michelle，1900—1949）唯一的作品。小说以亚特兰大以及附近的一个种植园为故事背景，描绘了内战前后美国南方人的生活。作品刻画了那个时代的许多南方人的形象，他们的习俗礼仪、言行举止、精神观念、政治态度，成功地再现了南北战争期间林肯领导下美国南方地区的社会生活。《乱世佳人》（《飘》）已发行了三千多万册，至今仍为畅销的小说之一。玛格丽特·米切尔1937年获得普利策奖。其作品改编的电影于1939年上映，成为好莱坞影史上最卖座的电影，还得到十项奥斯卡的殊荣。

张近芬所译《梦》和石璞所译《弗拉西》是民国时期十分难得的女性主义文学作品（关于女性主义意识的萌芽将在下一章详细阐述）。张近芬所译南非作家、反战运动者须莱纳尔（Olive Schreiner，1855—1920）的《梦》（*Dreams*）发表于1890年。须莱纳尔的父亲是德国教士，母亲是英国人。《梦》这个小说集共包含小说十一篇，都是比喻体（Allegoria），"仿佛《天路历程》一流，文体很是简朴，仿新旧约书的"。[①] 须莱纳尔的这部小说集艺术价值很高，"正如惠林顿女士（Amy Wellington）所说，'通观她著作全体，包含政治或论辩的文章在内，在她的情绪被感动了的时候，她便画出思想来，同她的《艺术家的秘密》里的艺术家一样，她从人生的跳动的心里流出她脑中图画的灼热的色彩。'她这文艺的价值或者还未为职业的批评家所公认，唯据法国洛理蔼（F. Loliee）在《比较文学史》说，'诃耳士（W. D. Howells）与詹谟思（Henry James）都是十九世纪末，二十世纪初，最好的英文小说的作者；我们又加上南非洲有才能的小说家，专为被虐的人民奋斗的选手须莱纳尔，新时代的光荣的题名录就完全了。'我们从这里，可以大约知道这女著作家应得的荣誉了。"[②]

《弗拉西》全书名为 *Flush—A Biography*（《弗拉西——一个传记》），作者为弗吉尼亚·伍尔芙（Virginia Woolf，1882—1941），英国女作家、文学批评家和文学理论家，意识流文学代表人物，被誉为二十世纪现代主义与女性主义的先锋。两次世界大战期间，她是伦敦文学界的核心人物，同时也是布卢姆茨伯里派（Bloomsbury Group）的成员之一。《弗拉西》从狗的视角出发，含蓄、深刻而严

---

① 周作人：《〈梦〉序》，《梦》，须莱纳尔著，张近芬译，北京阳光社，1923年，第1页。
② 周作人：《〈梦〉序》，《梦》，须莱纳尔著，张近芬译，北京阳光社，1923年，第7页。

肃地描述了狗主人——英国著名女诗人伊丽莎白·勃朗宁的成长过程，讲述了女诗人在男权社会的坎坷经历。

周领顺等在《译者群体行为研究思路——主体以江苏籍翻译家群体翻译行为研究为例》一文中探讨了家族关系对翻译家的影响，其中柳家兄妹三人都是极有成就的翻译家。长兄柳无忌和长女柳无非主要从事散文和小说的英译汉工作，所译作品包括《英国文学史》《莎士比亚时代抒情诗》《凯撒大将》《恰佩克选集——小说散文》等。次女柳无垢主要从事小说和政论文章的英译汉、汉译英工作，译作有《裘儿》《人类的喜剧》《祝福》等。

柳无垢所译《人类的喜剧》（*The Human Comedy*）是美国小说家、剧作家威廉·萨洛扬（William Saroyan，1908—1981）的第一部长篇小说，发表于1943年，被公认为美国一部大有成就却极其单纯的长篇小说，内容是描写战时美国一个家庭的故事。萨洛扬生于美国加利福尼亚小镇，一生都在他乡书写着故乡的人和事。《人类的喜剧》是萨洛扬为他父亲写的一部半自传性质的小说。他描绘了虽然正值第二次世界大战前后物质贫困、但却温情满满的加州小镇；他描写干瘪精瘦但拥有绝对权威的祖父和族长，他们古老的智慧与美国开放自由的生活方式碰撞出奇异的火花；他聚焦美国移民无法治愈的忧伤，虽然衣食无忧、不用担心街上随时会出现便衣纳粹把他们投进集中营，却总是忍不住把目光定格在故国的方向；他讲述家人的故事：英年早逝的父亲、坚韧贤惠的母亲、独立自强相亲相爱的兄弟姐妹。字里行间点缀着幽默乐观，富有感染力。

柳无垢所译短篇小说集有《实情如此》和《阿莱凯姆短篇集》。《实情如此》内收《再会》《游戏》《看铁锤的工人》《实情如此》4篇作品，作者马尔兹（A. Albert Maltz，1908—1985）是美国“左倾”小说家、剧作家。1930年毕业于哥伦比亚大学，后在耶鲁大学、纽约大学攻读戏剧，曾任美国剧联和作家协会理事，参加过许多工会组织和进步团体。第二次世界大战后在麦卡锡的反共高潮中被列为第一批“清洗”对象，是“好莱坞十君子”之一。1947年受“非美活动委员会”的传讯，1950年以藐视国会罪被监禁一年。1951年起避居墨西哥，后回国在好莱坞从事电影编剧工作，并继续创作小说与剧本。《阿莱凯姆短篇集》共178页，收录了阿莱凯姆的7部作品：《三个小头儿》《倍儿·阿萨克讲美国珍闻》《从倍诺斯·爱勒来的人》《高等学校》《征兵》《录取了》和《喀特雅最幸福的人》，书后还附有亚龙·葛斯坦的《论夏洛姆·阿莱凯姆》。夏洛姆·阿莱凯姆（Sholom Aleichem），笔名所罗门·籁冰诺维支（Solomon Rabinovich）

(1859—1916)，生于乌克兰，后在俄国和美国生活，著名的意第绪语短篇小说家、戏剧家。

表3-1所列俄文小说作者都系俄罗斯或苏联的著名作家，比如张允和所译《书的故事》的作者米·伊林（1896—1953）是我国读者十分熟悉的苏联著名科普作家、工程师、儿童文学作家。该书用一个又一个的小故事引出主题，或在知识的介绍中穿插相关的故事，介绍了文字和书籍的发展史，例如文字是如何产生的，书籍是如何演变成今日我们所看到的样子的。全书分为“上篇”和“下篇”两部分。“上篇”从神话传说讲起，经过结绳记事，以物品、图画和符号来记录和传达意见，直至讲到文字的出现及其演变。“下篇”讲述书的载体、书写工具以及书籍制作的演变过程。人们先在石头与金属上刻字，后来发现了芦叶、蜡版、羊皮等新的载体，直到真正意义上的纸张的发明。

又比如罗淑（世弥）所译《何为》（该书后来译为《怎么办》）是俄国革命家、哲学家、作家和批评家，人本主义的代表人物车（巧）尔尼雪夫斯基(Nikolay G. Chernyshevsky，1828—1889）的代表作之一，这是他在监狱中写下的长篇小说，被誉为“生活教科书”。《阿细雅》（陈学昭译）系伊凡·谢尔盖耶维奇·屠格涅夫（1818—1883）早期作品之一，创作于1858年。屠格涅夫是19世纪俄国著名现实主义艺术大师，他的小说迅速地反映了当时的俄国社会现实。他与陀思妥耶夫斯基、列夫·托尔斯泰三人并称为“俄罗斯三大小说家”。

《静静的顿河》（赵洵译）是苏联作家梭罗诃夫（肖洛霍夫）（Mikhail Aleksandrovich Sholokhov，1905—1984）花14年时间写成的长篇巨著，共4部8卷，于1940年全部出齐。小说以1914年第一次世界大战爆发前夕到1922年俄国国内战争结束的历史性转折为背景，以1917年十月革命引起顿河地区哥萨克社会急剧深刻的变化为题材，着重写了顿河地区建立苏维埃政权后哥萨克发动叛乱及其被平定的经过。该小说被公认为是一部史诗性长篇小说，一部既磅礴壮观又细腻委婉、扣人心弦的悲剧史诗。1965年，肖洛霍夫以“他对顿河流域的史诗般描写，以有力的艺术和真诚的创造性反映了俄罗斯人民的一个历史阶段”获诺贝尔文学奖。他的作品迄今已被译成80多种语言，在全世界广泛传播。

《勇敢的人们》（赵洵译）是阿·托尔斯泰①（1883—1945）的作品。阿·托尔斯泰（也称小托尔斯泰）是著名的俄国作家，出生于萨马拉一贵族家庭。早

① 阿·托尔斯泰又被称为小托尔斯泰，而列夫·托尔斯泰则被称为老托尔斯泰，两人不是同一个人，也没有血缘关系。阿·托尔斯泰是一位跨越了沙俄和苏联两个历史时期的俄罗斯作家。

年醉心于象征派诗歌，1907 年出版《抒情集》。在第二部诗集《蓝色河流后面》（1911）之后转向现实主义小说的创作，出版过中篇小说集《伏尔加河左岸》、长篇小说《跛老爷》和《苦难历程》等。

《草原》（彭慧译）描写一位男孩子随着舅父和神父到城里读书过程中的所见所闻。草原风光、民风民俗、独特人物，处处笼罩着俄罗斯式的忧郁。孩子穿过大草原的同时也见到了他永生难忘的人和事、情和景。契诃夫，全名安东尼·巴甫洛维奇·契诃夫（1860—1904）是俄国的世界级短篇小说巨匠和俄国 19 世纪末最后一位批判现实主义艺术大师，与莫泊桑和欧·亨利并称为“世界三大短篇小说家”，被认为是 19 世纪末俄国现实主义文学的杰出代表。

《哥萨克》（彭慧译）系列夫·托尔斯泰（1828—1910）[①] 的中篇小说，通过塑造文明之子奥列宁与自然之女马莉安卡之间的爱情悲剧，揭示了文明与自然的冲突，凸显了自然作为人类理想精神家园的特质，批判了现代都市文明对人性的扭曲与破坏。列夫·托尔斯泰（1828—1910），19 世纪末 20 世纪初俄国最伟大的文学家，也是世界文学史上杰出的作家之一，他的文学作品在世界文学中占有第一流的地位。代表作有《安娜·卡列尼娜》《战争与和平》《复活》以及自传体小说三部曲《幼年》《少年》《青年》。

《鲍列司》（磊然译）被收入《高尔基早期作品集》。高尔基（1868—1936），原名阿列克塞·马克西莫维奇·彼什科夫，苏联作家，是社会主义、现实主义文学奠基人，政治活动家，苏联文学的创始人。《童年》《在人间》《我的大学》是高尔基自传体三部曲。代表作还有长篇小说《母亲》和剧本《小市民》等。

《日日夜夜》（英雄城史大林格勒的故事）（磊然译）创作于 1942—1943 年，生动地反映了第二次世界大战中重要的战役之一——波澜壮阔的斯大林格勒战役。苏联作家、小说家、诗人、剧作家西蒙诺夫（Konstantin Mikhailovich Simonov，1915—1979）在战争年代作为随军记者亲临了许多战斗，对战争中战士的生活和战斗经历非常了解。小说发表后，读者反应强烈，获得斯大林资金，多次被再版并翻译成多种文字，被誉为“半个世纪以来影响和激励了亿万人的不朽之作”。

表 3-1 所列法文小说也都是出自名家之手。沈性仁翻译的《法朗士集》是

① 列夫·尼古拉耶维奇·托尔斯泰，又被称为老托尔斯泰，是 19 世纪末 20 世纪初俄国最伟大的文学家，也是世界文学史上杰出的作家之一。

法国作家、文学评论家、社会活动家阿纳托尔·法朗士（Anatole France，1844—1924）的作品集。法朗士本名蒂波·法朗索瓦，出生于巴黎一书商家庭。“法朗士”是他父亲名字法朗索瓦的缩写，又因他爱祖国法兰西，故以祖国的名字作为自己的笔名。罗淑译的《归来》是法国作家亨利·巴比塞（1873—1935）的作品。巴比塞出生于法国一个新闻工作者和剧作家家庭，受父亲熏陶，从小爱好文学。16岁开始在报刊发表作品，1895年出版诗集《泣妇》，从此献身于文学事业。他先后创作长篇小说《哀求者》和《地狱》。第一次世界大战使巴比塞的思想和创作发生了根本性变化。经过战争的教训，他走向了革命，写出了反战小说《火线》，随后又写了《光明》。

《悲惨世界》（方于译，微林译）和《巴黎圣母院》（陈敬容译）都是维克多·雨果（Victor Hugo，1802—1885）的代表作，在国内也有多种译本。维克多·雨果是19世纪前期法国积极浪漫主义文学的代表作家，人道主义的代表人物，法国文学史上卓越的资产阶级民主作家，被人们称为“法兰西的莎士比亚”。一生写过多部诗歌、小说、剧本、各种散文和文艺评论及政论文章，在法国及至全世界有着广泛的影响力。《悲惨世界》发表于1862年，该长篇小说揭露了资本主义社会的尖锐矛盾和贫富悬殊，描写了下层人民的痛苦命运，猛烈抨击了资产阶级法律的虚伪，受到全世界人民的欢迎。《巴黎圣母院》（上、下册）（该书港译《钟楼驼侠》，台译《钟楼怪人》）的场景设定在1482年的巴黎圣母院，内容围绕一名吉卜赛少女（拉·爱丝梅拉达）和由副主教（克诺德·弗罗洛）养大的圣母院驼背敲钟人（加西莫多）展开。

《红与黑》（上、下册）（罗玉君译）是法国著名作家司汤达（Stendhal，又译斯坦达尔）（1783—1842）① 的代表作。小说发表后，当时的社会流传“不读《红与黑》，就无法在政界混”的谚语。它开创了后世“意识流小说”“心理小说”的先河，现在仍被公认为欧洲文学皇冠上一枚最为璀璨精致的艺术宝石，是文学史上描写政治黑暗的经典著作之一。100多年来，被译成多种文字广为流传，并被多次改编为戏剧、电影。司汤达是19世纪法国杰出的批判现实主义作家，以准确的人物心理分析和凝练的笔法而闻名，被誉为最重要和最早的现实主义实践者之一，代表著作为《阿尔芒斯》《红与黑》《巴马修道院》。

刘韵琴所译西方小说《乳姊妹》转译自日本菊池幽芳的译本。罗洪所译日

① 司汤达原名马里·亨利·贝尔（Marie-Henri Beyle），司汤达是他的笔名。

文小说《新生》是日本诗人、小说家岛崎藤村（1872—1943）的忏悔作品。岛崎藤村在女儿、妻子相继离世之后，由侄女驹子照料多年，1913 年因与侄女发生不伦之恋导致驹子怀孕，并被她的父亲发现。藤村为了躲避亲戚家族的谴责而躲避到法国，回国后发表《新生》。藤村以第一本浪漫诗集《若菜集》，开创了日本近代诗的新境界。之后转向小说发展，发表了《破戒》，开创了日本自然主义文学。

意大利文小说《死了的山村》（赵萝蕤译）是意大利作家西龙尼（西龙，1900—?）的第一部长篇小说。全书采用第一人称叙述法，描写了一个名叫“丰塔玛拉”（方塔玛拉）地方的人民，在法西斯压榨下经受各种灾难和悲哀的故事，从侧面反映了意大利当时的社会状况和人民的生活及愿望。这部作品是作者 1933 年流亡瑞士时创作的，现已被译成多种文字。西龙尼（西龙）1900 年 5 月 1 日出生于佩希纳的一个小土地所有者的家庭。他在年轻时，就积极参加政治活动，后成为意共和意大利共产主义青年联盟的早期领导人之一。他是一位多产作家，著有长篇小说、剧本、政论文集十余部以及许多短篇小说、杂文，主要作品有《丰塔玛拉》《面包和酒》《雪地下面的种子》。

第二节　戏剧翻译活动

现代中国戏剧既包括古典戏曲，也包括近现代话剧。古典戏曲是中国传统文化的重要组成部分，被誉为“国粹”，其中最有代表性的是“中国戏曲三鼎甲”——京剧、豫剧和越剧。古典戏曲表演形式富有艺术魅力，不仅为我国人民所喜闻乐见，而且在世界剧坛上也占有一席之地，与古希腊悲喜剧、印度梵剧并称为世界三大古剧。而近现代话剧则是清末民初自西方引入中国的，经历了与中国本土文化之间的最初碰撞后，逐渐形成了“文明新戏”类型。五四运动后，西方现实主义戏剧的译介兴盛一时，这种戏剧被称为“新剧”，1928 年改称“话剧”，以示与“文明新戏”之区别。

五四新文化运动期间，正值中国文化的转型期，而文化的转型势必要求文学和文学观念的转型。这样的转型仅仅依靠自身传统的民族文化是远远不够的，由于受到西方自由民主、适者生存等思想的影响，当时不少戏剧改良者对我国传统戏剧持极端态度，认为它脱离了社会现实，无法为传播新思想服务，因此大力倡导翻译介绍外国戏剧，可以说，戏剧翻译的出现顺应了当时文化、文学和文学观念转型的背景与要求。与同一时期的其他文学种类相比，戏剧具有非常明显的“目的—功能”导向。洪深在论及胡适时说“胡适的教人学习西洋戏剧的方法，写作白话剧，改良中国原有的戏剧，他底目的，是要把戏剧做传播思想，组织社会，改善人生的工具”。① 当时的许多政治家、文学家和翻译家也持此观点。欧阳予倩曾说“中国旧剧，非可不存，惟恶毒习惯太多，非汰洗净尽不可。……多翻译外国剧本以为模范，然后试行仿制……格式作法，必须认定”。② 因此，五四时期的戏剧翻译出于社会、文学功能的需要，主要译介写实主义作家的作品，如易卜生的作品。③ 1918 年《新青年》第 4 卷第 6 期推出“易卜生专号”，发表了罗家伦、胡适合译的《娜拉》《傀儡家庭》《国民公敌》和《小爱友夫》的节译，刊载了胡适的《易卜生主义》，集中介绍了被称为“（欧洲）现代戏剧之父”的易卜生。此外，《新潮》《晨报》等也都大力译介外国剧本。

以易卜生为开端，国内迅速形成了介绍外国戏剧理论、翻译和改编外国戏剧创作的热潮。民国时期三四十年代的文学翻译中，戏剧翻译的数量仅次于小说翻译，超过了此前戏剧翻译的总量。据不完全统计，1917—1924 年全国 26 种报刊和 4 家出版社共发表、出版了翻译剧本 170 余部，涉及 17 个国家的 70 多位剧作家，如莎士比亚、易卜生、萧伯纳、泰戈尔、王尔德、高尔斯华绥、契诃夫、果戈理、托尔斯泰、席勒、莫里哀等。西方戏剧史上各种流派——从现实主义、浪漫主义戏剧到现代象征派、未来派、表现派、唯美派、新浪漫派的戏剧几乎同时涌进了中国，带来了不同于中国传统戏曲、多元的戏剧观念、戏剧美学、戏剧形式与技巧，这就为中国现代话剧的创作者提供了新的、广阔的戏剧想象空间与戏剧艺术探讨的可能性；不同思想与文学倾向、不同艺术趣味与修养、不同个性的中国剧作家对外国戏剧作品做出了不同的借鉴，从一开始即形成了现代话剧多元创作的局面④。

戏剧翻译的兴盛也体现在女译者译作当中。统计资料显示，1912—1949 年，女译者 9 人共翻译出版戏剧 10 种。其中，法文戏剧 6 种，占比 60%；俄文戏剧 1

---

① 洪深：《中国新文学大系 · 戏剧集 · 导言》，《中国新文学大系 · 现代戏剧集》，上海：上海文艺出版社，1982 年。

② 欧阳予倩：《予之戏剧改良观》，《新青年》，第 5 卷第 4 期，戏剧改良专号，1918 年 10 月。

③ 徐剑：《“五四”前后外国戏剧译介的目的论研究》，《徐州教育学院学报》，2005 年第 3 期，第 111-113 页。

④ 张鸿声：《中国现当代文学》，2008 年 12 月 5 日，http：//www10. zzu. edu. cn/wenxue/。

种、英文戏剧 1 种、日文戏剧 1 种、希腊文戏剧 1 种（转译自英文），各占比 10%。小说名称、著译者信息和出版信息见表 3-2：

表 3-2 民国时期女译者戏剧翻译情况①

法文戏剧 6 种					
序号	译者	戏剧名	原著者	出版社	出版时间
1	方于	西哈诺	曷斯当 （Edmond Rostand）	上海春潮书局 上海商务印书馆	1929 年 1 月 1931 年 7 月 1933 年 2 月②
2	罗玉君	婀丽女郎	杜德	上海商务印书馆	1930 年 11 月 1933 年 3 月③
3	罗玉君	母爱与妻爱	聂芳（Paul Nivoix）	上海商务印书馆	1934 年 6 月
4	袁昌英	玛婷 痛苦的灵魂	斑拿	上海商务印书馆	1930 年 8 月 1934 年 1 月④
5	刘小蕙	法国中古短笑剧	东朵（M. Dondo）	上海中华书局	1937 年 5 月
6	张宛青	浮云流水（三幕剧）	米尔波	上海海天书店	1940 年 12 月 1941 年 3 月
俄文戏剧 1 种					
序号	译者	戏剧名	原著者	出版社	出版时间
1	安娥	在某一个国家内	魏尔塔	北平天下图书公司	1949 年 8 月

① 该表中所列译作的原著者外文名字部分来自《民国时期总书目》，部分为笔者添注。原著者生卒年月为笔者标注。有部分书目原著者外文名缺失，还有少部分只有外文名，中文译名缺失，因译本中并未标注，且年代久远，所选作家作品中部分并非名家名著，所以尚未查到相关信息，今后还需继续拓展资料来源。表中按小说原文语种及出版时间排序。

② 国难后 1 版。“国难”指 1932 年“一·二八”日本发动的侵华战争而言，当时设在上海闸北宝山路的商务印书馆毁于日军炮火。

③ 国难后 1 版。“国难”指 1932 年“一·二八”日本发动的侵华战争而言，当时设在上海闸北宝山路的商务印书馆毁于日军炮火。

④ 国难后 1 版。“国难”指 1932 年“一·二八”日本发动的侵华战争而言，当时设在上海闸北宝山路的商务印书馆毁于日军炮火。

续表

英文戏剧 1 种					
序号	译者	戏剧名	原著者	出版社	出版时间
1	沈性仁	林肯	德林瓦脱 (J. Drinkwater)	上海商务印书馆	1921 年 12 月 1923 年 1 月 1931 年 7 月 1933 年 3 月① 1935 年 4 月②
日文戏剧 1 种					
序号	译者	戏剧名	原著者	出版社	出版时间
1	黄九如	菊池宽戏曲集	菊池宽	上海中华书局	1934 年 9 月
希腊文戏剧 1 种					
序号	译者	戏剧名	原著者	出版社	出版时间
1	石璞	希腊三大悲剧 (上、下) (自英译本转译)	埃司克拉斯 沙福克里斯 尤里比底斯	上海商务印书馆	1937 年 3 月

每一部作品都是译者与作者的对话，是原著穿越时间、空间在新的国度寻求新生的过程。译者的选材、翻译的原则、出版的状态无一不影响该作品在新文化中的传播效果。至于女译者为什么要选取上述戏剧作品，下面的简介也许能够回答这个问题。

表 3-2 所列法文戏剧中，《西哈诺》（方于译）是法国剧作家、诗人、法兰西学院院士爱德蒙·罗斯丹（1868—1918）的代表作品。这部喜剧运用对照的手法，塑造了一个其貌不扬却才华出众的诗人形象，表现了具有强烈的荣誉观和自我牺牲精神的特殊个性。此剧演出的成功标志着浪漫主义的复兴和发展。

19 世纪法国著名现实主义作家、小说家、龚古尔学院院士阿尔封斯·都德的作品民国时期译介较多，特别是他的《最后一课》《柏林之围》等作品被重译多次。1869 年都德出版短篇故事集《磨坊书简》，他用朴实而略带伤感的笔调将

① 国难后 1 版。“国难”指 1932 年“一·二八”日本发动的侵华战争而言，当时设在上海闸北宝山路的商务印书馆毁于日军炮火。

② 国难后 2 版。“国难”指 1932 年“一·二八”日本发动的侵华战争而言，当时设在上海闸北宝山路的商务印书馆毁于日军炮火。

家乡普罗旺斯的日常生活、风土人情融入其中，还用了好几页的篇幅记录阿莱城姑娘的故事。之后，都德以这个故事为基础创作了一部三幕悲剧《婀丽女郎》(后译《阿莱城的姑娘》，法语：*L'Arlésienne*)。1930 年，上海两家不同出版社先后出版发行。1930 年 5 月上海开明书店出版张志渊译本，张志渊是朝鲜近代史上著名的新闻工作者、社会活动家。1930 年 11 月上海商务印书馆出版罗玉君译本。

聂芳（Paul Nivoix，后译为保罗・尼瓦）是法国著名剧作家。他的作品《母爱与妻爱》于 1934 年由商务印书馆出版。罗玉君版本封面上冠有“世界文学名著”的字样，同时注有书名、原著者名和译者名，都是中英文对照。译本最后有译者记“一九三〇，九，二十一译完于巴黎国家图书馆。”后此书于 1971 年在台湾“商务印书馆”再版。

《玛婷；痛苦的灵魂》（袁昌英译）是两个剧作《玛婷》和《痛苦的灵魂》的合刊本。这两部剧作运用了弗洛伊德的精神分析法和戏剧创作中的静默手法。译者袁昌英将这些方法和技巧成功地运用到自己的戏剧创作中，详见第五章。

中华书局 1937 年 5 月出版《法国中古短笑剧》由著名学者、新文化运动健将刘半农的长女刘小蕙翻译。当时 21 岁的刘小蕙，在父亲的帮助与指导下，初试译笔，就出手不凡，于 1937 年 5 月在中华书局同时推出了两本译作，一本是与其父合译的《苏莱曼东游记》，另一本就是她个人编译的《法国中古短笑剧》。这两本译作，还得到了蔡元培的赞赏，亲自为之两度题笺。①

《浮云流水》(三幕剧）共 300 页，封面、封二上均标注“世界文学名著法国米尔波原著 张宛青编译”。译文之前有译者的自序，首先引用了唐朝诗人韦应物的《淮上喜会梁州故人》：“江汉曾为客，相逢每醉还。浮云一别后，流水十年间。欢笑情如旧，萧疏鬓已斑。何因不归去？淮上有秋山”。然后译者详细阐释了自己的翻译目的和翻译原则。原著者米尔波（1848—1917）是法国记者，文艺批评家，旅行作家，时事评论家，小说家和剧作家，他的作品被翻译成 30 余种语言。

俄文戏剧家魏尔塔（1906—1976），又称维尔塔，微尔塔，生于乡村神甫家庭，1923 年开始写作。她的剧作《在某一个国家内》已汇编入“苏联名剧译丛”，并被评为 1949 年斯大林奖金首奖剧本。

---

① 参见《中华书局的作者勘误提示函》，《北京晨报》，2016 年 7 月 7 日。

英国诗人、戏剧艺术家德林瓦脱于1918年编写的历史剧《林肯》一上演便轰动一时。该剧本有英国版和美国版，译者在翻译时参考了两个译本。德林瓦脱是英国诗人、戏剧艺术家，曾任伯明翰剧院的艺术主任。

《菊池宽戏曲集》是日本小说家、戏剧家菊池宽（1888—1948）的话剧剧本，内收《藤十郎的恋》《玄宗的心情》《义民甚兵卫》《丸桥忠弥》四部剧本。菊池宽1916年毕业于京都大学英文科。读书期间潜心研究英国近代戏剧，并与芥川龙之介等主办第三次和第四次《新思潮》杂志，成为新思潮派代表作家。

《希腊三大悲剧》（上、下）由石璞自英译本转译，其中包括古希腊三大悲剧家埃司克拉斯（现译为埃斯库罗斯）的《被缚的普罗米修斯》，沙福克里斯（现译为索福克勒斯）的《俄底浦斯王》，尤里比底斯（现译为欧里庇得斯）的《美狄亚》。此三大悲剧在戏剧领域内有着不可磨灭的艺术成就，因为它们把悲剧重在写神逐步转到写人，把写理想化的英雄转变为写现实中的人，这是悲剧走向现实的标志之一。

第三节　儿童文学翻译活动

从清代晚期的第一本童话集《新庵谐译》到现如今风靡的《哈利·波特》系列，儿童文学翻译已经走过了上百年的历史。学术界一般依据儿童观的转变将中华人民共和国成立前儿童文学翻译活动划分为清末民初、五四时期和20世纪三四十年代。①

晚清是我国儿童文学翻译的萌芽期。胡从经曾这样评价该时期的儿童文学事业：

> 晚清时期的儿童文学如同繁星璀璨的夜空，呈现了一片绚烂多彩的

① 王泉根指出儿童观的三次转型分别是五四时期、20世纪30年代和新时期。特别是在20世纪30年代经历了第二次转型的儿童观，深刻影响了儿童文学观，这一变化一直延续到五六十年代。

参见王泉根：《儿童观的转变与20世纪中国儿童文学的三次转型》，《娄底师专学报》，2003年第1期，第68-73页。王泉根：《〈百年百部中国儿童文学经典书系〉总序》，2007年7月1日，http：//www. zww. cn/100b/htm/7/7. shtml，2010年10月25日。

> 景象。……中国近代知名的思想家、文学家、艺术家、翻译家以及诗人，诸如梁启超、黄遵宪、吴趼人、周桂笙、曾志忞、林纾、李叔同、沈心工等，都为儿童文学事业的拓展起了筚路蓝缕的草创之功；为推翻封建帝制而奔走呼号的资产阶级革命家们，也创办了儿童报刊，编印了儿童读物，并使儿童文学反映了民族民主革命思潮的波光浪影，从而开辟了近代儿童文学的新生面；中国新文学的奠基人鲁迅以及著名作家茅盾、叶圣陶、刘半农等，在他们文学生涯迈步伊始之时，都曾致力于儿童文学的垦殖，有的甚至是从儿童文学创作起步的……凡此种种，促成了晚清一代儿童文学创作与翻译十分繁盛的局面，为五四之后勃兴的现代儿童文学作了充分的絪缊与准备。[①]

随着西学东渐中妇女教育和儿童教育的引进，国人开始认识到儿童作为国家未来的重要性[②]，可是这时的认识仍服从于“开启民智”的政治诉求，并非真正的“儿童本位”观。因此这一时期的翻译内容以鞭策儿童树立远大志向、激发儿童爱国自强精神为主。在翻译题材的选择方面，译者较多关注教育、探险、科幻等小说；在翻译原则和方法上缺乏明确的儿童读者意识，体现出“成人本位”的做法，多随意增删、改编和添加按语；在语言使用方面，大多使用文言文，很难达到生动活泼、通俗易懂的传播效果。

中国的儿童文学作为独立的类别始于五四时期，因为这一时期国内学界逐渐确立了“儿童本位”的儿童观和儿童文学观，注重培养不同于成人的、儿童的独立人格，满足儿童的自我需求。随着对儿童体认的逐渐深化，儿童文学翻译越来越贴近儿童世界[③]。这一时期的选材集中于能反映儿童心理的寓言、童话、故事、小说等，如《阿丽斯漫游奇境记》《安徒生童话》等；在翻译方法上，译者越来越忠实于原文，尽量向国内读者传达原文天真烂漫的趣味；在翻译语言上，也受到当时“白话文运动”的影响，抛弃了原先的文言文，转而使用白话文和西式标点符号。

---

① 胡从经：《小引》，《晚清儿童文学钩沉》，北京：少年儿童出版社，1982年，第2-3页。

② 最著名的如梁启超的《少年中国说》（1900年）。参见梁启超：《饮冰室合集》，北京：中华书局，1989年，第238页。

③ 秦弓：《五四时期儿童文学翻译的特点》，《中国社会科学院研究生院学报》，2004年第4期，第114-118页。

五四之后，新文化运动落潮。进入三十年代后，“民族救亡”的时代命题迫使儿童的自我需求让位于“一切革命斗争”，因此儿童文学从“儿童性”“文学性”走向“阶级性”“革命性”①。这一时期的译介题材政治性较强，并开始译介苏联的儿童文学作品，凸显“革命”“阶级”与“救亡”的主题。

国外儿童文学的译介和国内儿童文学的确立离不开一批文化先驱的积极参与和引导，如鲁迅、周作人、赵景深、赵元任、夏丏尊、穆木天、徐志摩、梁实秋等。鲁迅主张有必要“将（国外）崭新的童话，绍介一点进中国来，以供孩子们的父母、师长，以及教育家、童话作家来参考”②。著名作家茅盾、郑振铎等还是从翻译儿童文学开始慢慢走上文学创作道路的。在以男译者为主体的儿童文学译坛中，女译者出现虽晚（主要出现在20世纪三四十年代），但她们的翻译活动还是符合历史主流的。

统计资料显示，1912—1949年，女译者9人共翻译出版儿童文学作品12种。其中，英文2种、丹麦文3种、法文4种，分别占比16.7%、25.0%、33.3%，俄文2种，占比16.7%，德文（转译自日文）1种，占比8.3%。作品名称、著译者信息和出版信息详见表3-3：

表3-3　民国时期女译者儿童文学翻译情况③

英文儿童文学2种					
序号	译者	作品名	原著者	出版社	出版时间
1	许粤华	卓别麟漫游记	果儿特	上海前锋书店	1933年7月
2	黄懿青	小火柴人	罗杰·巴齐尼	上海中华书局	1948年9月
丹麦文儿童文学3种					
序号	译者	作品名	原著者	出版社	出版时间
1	林兰、张近芬	旅伴（自英译本转译）	安徒生	北京新潮社	1924年10月

① 李文娜、朱健平：《从“儿童的发现”到“为儿童而译”——中国儿童文学翻译观之嬗变》，《外语教学理论与实践》，2015年第2期，第80-87页。

② 鲁迅：《鲁迅全集：第十四卷》，上海图书馆、上海科学技术文献出版社，1938年版，第298页。

③ 该表中所列译作的原著者外文名字部分来自《民国时期总书目》，部分为笔者添注。原著者生卒年月为笔者标注。有部分书目原著者外文名缺失，还有少部分只有外文名，中文译名缺失，因译本中并未标注，且年代久远，所选作家作品中部分并非名家名著，所以尚未查到相关信息，今后还需继续拓展资料来源。

续表

丹麦文儿童文学3种					
2	陈敬容	丑小鸭 （自英译本转译）	安徒生	上海骆驼书店	1948年4月 1949年3月
3	陈敬容	天鹅 （自英译本转译）	安徒生	上海骆驼书店	1948年7月
俄文儿童文学2种					
序号	译者	作品名	原著者	出版社	出版时间
1	陈敬容	太阳的宝库	普里希文	三联书店	1947年
2	彭慧	小姑娘们	班台莱耶夫	上海文化供应社	1947年11月
法文儿童文学4种					
序号	译者	作品名	原著者	出版社	出版时间
1	张近芬	纺轮的故事	孟代 （A. C. Mendes）	上海北新书局	1924年5月
2	薛琪瑛	杨柳风	格莱亨	上海北新书局	1936年3月
3	陈秋帆	无家儿 （自日译本转译）	爱克德曼罗	上海商务印书馆	1938年6月 1938年11月 1948年3月 （4版）
4	罗玉君	青鸟①	柏乐尔 （C. Perrault）	上海济东印书社	1949年3月
德文儿童文学1种					
序号	译者	作品名	原著者	出版社	出版时间
1	许广平	煤的故事 （自日译本转译）	至尔妙伦	译文出版社	1940年5月

表3-3所列作品既有能反映儿童天真烂漫心理的寓言、童话、故事、小说，也有以“民族救亡”为主题，关注“阶级性”“革命性”的作品。

汉斯·克里斯蒂安·安徒生（1805—1875）是19世纪丹麦著名的童话作家，世界文学童话的代表人物之一，被誉为“世界儿童文学的太阳”。1833年出版长篇小说《即兴诗人》，为他赢得国际声誉，是他成人文学的代表作。他最著名的

① 此处为讹误，《青鸟》不是柏乐尔的作品，而是他收集在册的中篇童话。

童话故事有《小锡兵》《海的女儿》《拇指姑娘》《卖火柴的小女孩》《丑小鸭》《皇帝的新装》等。他的作品《安徒生童话》已经被译为150多种语言在全球陆续出版和发行。

苏联儿童文学作品有《太阳的宝库》和《小姑娘们》。《太阳的宝库》作者米哈伊尔·米哈伊洛维奇·普里希文（1873—1954），苏联作家。1907年开始发表《在飞鸟不惊的地方》等特写，第一次世界大战期间当过战地记者。1933年发表中篇小说《人参》而名声大噪，另外写有自传体长篇小说《恶老头的锁链》《日记选》、童话《太阳的宝库》等。《小姑娘们》系苏联儿童文学作家班台莱耶夫（Leonid Panteleev，也译作"潘捷列耶夫"）的作品。班台莱耶夫是一位深受俄罗斯儿童喜爱的作家。他的许多作品早已成为俄罗斯儿童文学的经典之作，比如小说《什基德共和国》（与别雷赫合著）、《表》、《文件》、《我们的玛莎》，以及高尔基、马尔夏克等的回忆录。

张近芬译《纺轮的故事》就是经典欧洲童话《睡美人》，但并不是孟代的作品。《睡美人》拥有多个改编版本，其中最著名的是法国作家夏尔·佩罗（Charles Perrault，民国时期曾译为柏乐尔）于1697年出版的《鹅妈妈的故事》中收录的版本以及《格林童话》中的版本，两个版本基本一致。睡美人的故事传至世界各地，成为耳熟能详、家喻户晓的童话故事之一。

薛琪瑛译《杨柳风》是法国作家格莱亨的长篇童话，薛琪瑛自英译本转译。法国著名家庭小说作家爱克德·曼罗的作品《无家儿》（陈秋帆译）描述了一个玩把戏的孩子辗转流浪、举目无亲、孤苦伶仃的故事，陈秋帆自日译本转译。罗玉君所译《青鸟》不是柏乐尔的作品，而是他收集在册的中篇童话。《青鸟》是"比利时的莎士比亚"莫里斯·梅特林克的最著名的代表作。梅特林克是比利时籍法语作家。《青鸟》原是六幕梦幻剧。后经梅特林克同意，由其妻乔治特·莱勃伦克将该剧改写成童话故事，以便更适合小读者阅读。

《煤的故事》是许广平自日译本转译的，当时许广平正在鲁迅的指导下学习日文，翻译也是学习语言的一种手段。《煤的故事》作者海尔米尼亚·至尔·妙伦（Hermynia Zur Mühlen，1883—1951）是奥地利革命女作家和翻译家。

第四节　诗歌翻译活动

诗歌是一种抒情言志的文学体裁。中国古代不和乐的称为诗，和乐的称为歌，后来统称诗歌。中国有悠久的诗歌传统，然而清末以降，随着国内外形势的变化，国内诗歌的发展也酝酿着一次巨大的改变。清末，梁启超、谭嗣同等人发起“诗界革命”，倡导新诗，新诗运动由此展开。“诗国革命何自始？要须作诗如作文，琢镂粉饰丧元气，貌似未必诗之纯”①②，可是，中国的诗歌如何才能摆脱旧体诗的局限呢？当然需要借助外国诗歌翻译。这也就是为什么胡适在《尝试集》的再版自序中就总结说“我自己只承认十四篇是‘白话新诗’，其中《关不住了》（译诗）是我的新诗成立的纪元”。《尝试集》是我国新文学初期第一部白话诗集。由此可见，英诗汉译在我国文学变革和建设过程中发挥了重要的作用。

有学者将20世纪50年代以前的英诗翻译活动划分为四个阶段：第一阶段从清末到1919年五四前夕，为萌建期；第二阶段自1919年至1937年，为发展期；第三阶段为涵盖整个抗战阶段的艰难期；第四阶段自1945年抗战胜利至20世纪50年代前夕的1949年，为繁荣期。③

第一阶段缺乏系统的、有计划的诗歌译介，所译作品或为西洋传教士的宗教诗篇，或为外国文学作品中的零星片段，或为西洋诗人的单篇诗作，多数发表在当时的文艺期刊上。第二阶段恰巧伴随着五四新文学运动，众多文学团体纷纷投入诗歌翻译活动中，如新月社、新青年社、文学研究会、创造社、左联等等，这些译诗大多刊登在各个文学团体创办的新文学杂志上。第三阶段是全国人民艰苦卓绝的抗战时期。在此期间，白话文翻译诗歌已成为主流。第四阶段中，英美诗歌翻译更有目的性、计划性和系统性。

在所有的文学体裁中，应该说诗歌是一个民族语言的精粹，其翻译的难度远较其他文学体裁更大，是翻译文学中的极致。英国诗人雪莱曾说过诗不能翻译，译诗是徒劳的。罗伯特·弗罗斯特（Robert Frost）认为“诗就是在翻译中丧失掉的东西”。④ 诗歌翻译之难关键在于神韵和形式的统一，即意义精神与语

---

① 沈卫威：《自古成功在尝试——关于胡适》，北京：北京广播学院出版社，2000年，第57页。

② 乐黛云、王宁主编：《西方文艺思潮与二十世纪中国文学》，北京：中国社会科学出版社，1990年，第328页。

③ 张旭：《历史的重构：一部中国英诗汉译断代批评史的构想》，《外语研究》，2009年第2期，第72-76页。

④ 根据曹明伦的研究，弗罗斯特的原话为“I could define poetry this way：It is that which is lost out of both prose and verse in translation.”其出处为POIRIER，RICHARD，MARK RICHARDSON. Robert Frost：Collected Poems，Prose and Plays［M］. New York：Library of America，1995：856. 参见曹明伦，《翻译中失去的到底是什么？——Poetry is what gets lost in translation出处之考辨及其语境分析》，《解放军外国语学院学报》，2009年第5期，第65-71页。

言形式的统一。① 诗歌翻译有难度，对译者的水平有较高要求，而且其传播也对受众的鉴赏水平有较高要求，因此在女译者译作当中数量较少。在本书的研究中，笔者依据《民国时期总书目》只查到女译者 2 人，翻译诗集 2 种。见表 3-4：

表 3-4　民国时期女译者诗歌翻译情况②

英文诗歌 2 种					
序号	译者	作品名	原著者	出版社	出版时间
1	吴曙天	雅歌	不详	上海北新书局	1930 年
2	冰心	先知	(黎巴嫩) 凯罗·纪伯伦	上海新月书店 桂林开明书店 重庆开明书店	1931 年 9 月 1944 年 3 月 1948 年 5 月 (沪再版) 1949 年 2 月 (沪三版) 1945 年 11 月

民国时期女译者翻译的诗歌作品都带有浓厚的宗教色彩。吴曙天所译《雅歌》取自《圣经》，“所罗门的歌，是歌中的雅歌”，是希伯来宗教文学。《雅歌》在民国时期还有许地山译本和陈梦家译本。

《先知》为黎巴嫩诗人凯罗·纪伯伦的代表作品，1923 年出版，以英文诗体构成。书中借由主人翁先知阿穆斯塔法之口，阐述人生哲理，包括爱、自由、孩子、法律、善恶等 26 个主题。表 3-4 信息显示冰心翻译的这本散文诗集陆续在三个出版社初版、再版甚至三版，可见其受欢迎的程度。纪伯伦是黎巴嫩著名诗人和作家，阿拉伯现代文学史上的重要流派——“旅美派”的领袖，“笔会”主席，也是阿拉伯现代小说和散文诗的奠基者之一，被西方学者誉为“数百年来东方送给我们的最好礼物”。罗斯福总统评价他“不仅是东方的风暴，而且给西方

① 刘立、张德让：《权力话语理论和晚清外国诗歌翻译》，《山东师大外国语学院学报》，2002 年第 4 期，第 57-61 页。

② 该表中所列译作的原著者外文名字部分来自《民国时期总书目》，部分为笔者添注。原著者生卒年月为笔者标注。有部分书目原著者外文名缺失，还有少部分只有外文名，中文译名缺失，因译本中并未标注，且年代久远，所选作家作品中部分并非名家名著，所以尚未查到相关信息，今后还需继续拓展资料来源。

带来了鲜花”。1883年纪伯伦生于黎巴嫩北部山乡贝什里，12岁时他与母亲、兄妹赴美谋生，青年时期又回到祖国学习，并曾随艺术大师罗丹学习绘画，接受了西方文明的多方面熏陶，因此他在精神和文化上都体现出东西文化兼容并包的特点。他发表了用英语创作的大量作品，赢得了广泛的世界声誉。纪伯伦的散文诗包含了人生哲学、社会批判、民族与世界、法律与自由、正义与真理、爱与美的真谛等方面主题，其中贯穿着作者鲜明的人文主义思想。纪伯伦的《先知》文字轻柔凝练，流畅洒脱，不追求严密的科学性，而是饱含想象和炽烈的感情。他隽秀的独特风格被称为“纪伯伦风格”，多层次、多角度地传达出东方文化的气韵，创造了一个神秘多彩的艺术世界。

第五节 散文、故事翻译活动

根据目前较为流行的分类方法，文学体裁包括小说、戏剧、诗歌、童话（儿童文学的一种）、散文、民间故事等。散文是“集诸美于一身”的文学体裁。通常来说，小说、诗歌、戏剧无论是在结构上，还是在格律、剪裁、对话等安排布局上，都有很严格的要求。而散文却可以自由些，可是，形式自由不代表主题不集中，无论散文的内容多么广泛，表现手法多么灵活，无不是为了更好地表达主题而服务。因其形式自由多变，散文所包含的类别也最多，游记、回忆录、报告文学、杂文等都可以算作散文。

民间故事则是一种民间口头创作、口头流传，经过不断修改加工而形成的文学形式。民间故事的情节生动奇特，语言朴素明快，常用夸张、比喻等修辞手法，艺术感染力强。民间故事反映的多是民间生活，但常有神话式的幻想情节，充满神奇色彩。

民国时期的外国文学译介中，除了小说、戏剧、诗歌、儿童文学等的大量引入外，还有小部分的散文和故事类。参见表3-5。

表 3-5　民国时期女译者散文、故事翻译情况①

英文散文、故事 5 种					
序号	译者	作品名	原著者	出版社	出版时间
1	张近芬	浪花		上海北新书局	1927 年
2	冯之安（郑安娜）	今日的间谍（回忆录）	华德	重庆大时代书局	1940 年 1 月 1941 年 3 月 （三版）
3	冯之安（郑安娜）	我是史比上将号的俘虏（报告文学）	贝契・德甫	重庆大时代书局	1941 年 2 月 1942 年 10 月 （三版）
4	刘文贞	鸟与兽（故事）	哈德生（W. H. Hudson，1841—1922）著	台北台湾书店	1947 年 6 月
5	杨绛	一九三九年以来英国散文作品	（英）约翰・黑瓦德（John Hayward）著	上海商务印书馆	1948 年 9 月
朝鲜文故事 1 种					
序号	译者	作品名	原著者	出版社	出版时间
1	刘小蕙	朝鲜民间故事	H. Garine	上海女子书店	1932 年 6 月 1933 年 3 月
阿拉伯文散文 1 种					
序号	译者	作品名	原著者	出版社	出版时间
1	刘半农、刘小蕙	苏莱曼东游记	苏莱曼	中华书局	1937 年 5 月
俄文散文 1 种					
序号	译者	作品名	原著者	出版社	出版时间
1	吴曙天	托尔斯泰情书	托尔斯泰	上海北新书局	1935 年 11 月

① 该表中所列译作的原著者外文名字部分来自《民国时期总书目》，部分为笔者添注。原著者生卒年月为笔者标注。有部分书目原著者外文名缺失，还有少部分只有外文名，中文译名缺失，因译本中并未标注，且年代久远，所选作家作品中部分并非名家名著，所以尚未查到相关信息，今后还需继续拓展资料来源。

客观地说，散文和民间故事的翻译不像小说、戏剧、儿童文学等目的明确，即“为政治服务”，更多的应该是取决于译者自己的喜好和自身的能力。比如，郑安娜所译的回忆录和报告文学与当时全国上下的抗战氛围很有关系。郑安娜于1937年春毕业于上海沪江大学英语系。其夫冯亦代1936年毕业于上海沪江大学，专业为工商管理，念大二时结识英文剧社成员郑安娜。冯亦代曾回忆说：“和一个英文天才结婚，不搞翻译才怪。”由此可见，郑安娜的英文水平是很高的，在当时翻译一些与时局相关的文学作品也是不足为奇的。冯亦代也在她的影响下确定了自己后来从事翻译事业的文学发展方向。

刘半农携其长女刘小蕙翻译的《苏莱曼东游记》（一译《中国印度见闻录》）则是中世纪阿拉伯人所著最早关于中国和印度的旅游记。原著为阿拉伯文抄本，系根据唐代来华的阿拉伯商人苏莱曼等人的见闻所撰，汇集时间为唐宣宗大中五年（851），880年续成。其中关于中国的记述很有意思，同中国人自己记述的不同，角度特异。该书是先于《马可·波罗游记》约4个半世纪问世的关于远东的一部最重要的著作。

刘文贞所译《鸟与兽》是英国作家威廉·亨利·赫德森（哈德生）的作品，是一本鸟兽故事集，包括《动物的友谊》《红冠雀》《邻人的鸟的故事》《玛丽的小绵羊》《知更雀巢里的布谷》《在威尔斯的林鶚》6篇。系选译自作者的《禽鸟记异》和《博物学者的书》等书。威廉·亨利·赫德森的创作来源多取自南美大草原的生活，但他真正的创作生涯是从英国开始的。他一生中著有20余本书，有散文、小说，也有自传。他的小说《紫色大地》（*The Purple Land*，1885）、《翁布树》（*El Ombu*，1902）及《绿色寓所》（*Green Mansions*：*A Romance of the Tropical Forest*，1904），仅从书名上来看，就散发着异国他乡的风情。其中，《绿色寓所》（一译《绿厦》）是最成功的一部，讲述了一个委内瑞拉诗人、博物学家及政治流放者与热带雨林中一个鸟姑娘里玛的浪漫故事。有人评论该作品在气氛渲染与感情深度上可与艾米莉·勃朗特的《呼啸山庄》相媲美。赫德森的自传《远方与往昔》（*Far Away and Long Ago*，1918）被《朗曼英国文学指南》称为现代自传文学中“罕有伦比”的作品。然而，那些关于南美旷野及英格兰乡村的散文才是赫德森作品的精华，正如托马斯在《英格兰文学朝圣》（*A Literary Pilgrim in England*，1917）一书中所述：“一代又一代的学童都熟悉他（赫德森）的《英国鸟类》，人们都记得《在巴塔哥尼亚的悠闲岁月》……”

通过表 3–5 的统计以及对作品和作家的详细介绍，我们对民国时期外国文学翻译中的女译者活动可得出以下几点结论：

第一，民国时期文学翻译中的女译者以翻译英语、法语、俄语文本为主，其他语言较少。究其原因，两次鸦片战争让中国社会认识到以英法为主的西方国家之强大，因此“师夷长技以制夷”“效法西方”等首要指的都是英法等西欧国家。当时的知识分子、有识之士也纷纷将目光投向英法等国的社科作品和文学作品。那时的留学生，无论公派还是私人，也大多选择英国、法国、德国等地深造。除此之外，很多女译者并没有出国留学经历，只是就读于国内的新式学堂或教会学校，因而也是以英法德等欧洲语言为主。而五四运动之后，随着马克思列宁主义在中国的传播，俄语和俄国文化文学也渐渐得到重视。

第二，译者中有三人（分别是黄懿青、罗玉君和许粤华）长期为国内儿童报刊撰稿，或担任儿童报刊编辑、或从事教育工作。由于妇女和儿童的天然联系，女性对儿童文学有一种天然的喜爱和关注，这与男性出于政治目的关注儿童教育大相径庭。黄懿青，曾留学日本，为《儿童晨报》撰稿。历任中华书局《小朋友》编辑，少年儿童出版社《小朋友》主编。罗玉君，原名罗正淑，笔名玉君、萍、蜀、镇蜀（以上笔名，三四十年代，分别用于《东方杂志》《中学生》《青年世界》《文潮》《大公报》等），著名翻译家。1927 年赴法留学，入巴黎大学文学系攻读法国文学，1933 年获博士学位后回国任教。许粤华，1937 年曾在上海文化生活出版社参加《少年读物》（半月刊）编辑、校对工作，1938 年 6 月初随同黎烈文去福建永安，参加改进出版社工作，曾任《现代儿童》（月刊）主编。

第三，民国时期女译者译（文）著萌芽于 20 世纪初，兴盛于三四十年代，四十年代的译（文）著数量是民国初期译（文）著数量的 12 倍之多。其中的原因较复杂，既有鸦片战争之后的革新运动和五四运动之开启民智，也有革命时期女性地位的逐渐提高，还有现代教育及出版业之大力推动。

第四，出版社集中于上海、重庆两地，上海 17 家，重庆 7 家，桂林 3 家，北平 1 家。而从出版时间上看，重庆、桂林的图书出版主要兴盛于 40 年代，因为抗战后国民政府迁都重庆。而上海则跨越了民国初期至中华人民共和国成立初期整个历史时期，这与上海在中国近代史上通商口岸的身份密不可分。1843 年 11 月，上海被迫开埠，麦都思于 1843 年在上海创办墨海书馆，其后，美华书馆、土山湾印书馆、益智书会、格致书室、广学会等国外教会出版机构先后在上海成立。1897 年夏瑞芳等 7 人创办商务印书馆，1912 年初，陆费逵等创立中华书局。1915 年，陈独秀在上海创办《新青年》，五四以后，中共中央先后建立新青年社、人民出版社、上海书店、长江书店、华兴书店等出版机构。20 世纪 20 年代，一批文化人和出版商创立大东书局、世界书局、良友图书印刷公司、光华书局、创造社出版部、开明书店、现代书局、新月书店、春野书店、大江书铺、昆仑书店、朝花社、南强书局等 50 多家中小书店，原来在北京出版鲁迅译著的北新书局总店于 1927 年也迁来上海。至 20 世纪 30 年代，上海集中了大约 250 家出版社，全国出版物的十之八九是上海出版的，形成了中国出版业的第一次聚集。

清末以降，辛亥革命、五四运动、新文化运动接踵而至，本土文化被质疑、被拒绝，而西方文化“逐渐敷布东土，犹之长江、黄河之水，朝宗于海，自西东流，昼夜不息，使东方固有文化，日趋式微，而代以欧洲文化。”① 在这样一个西风东渐的时代，女译者们通过阅读国外作品接触到西方世界的女权思想，唤起对自身身份、社会角色、生命价值的思考，同时通过翻译这个途径向国民介绍国外的思想、理论、风土人情，试图唤醒国内女性的自主、平等意识，建构女性的独立人格。在梳理了她们的译作之后，下一章将在此基础上分析她们的翻译策略，以求更加深入地了解民国时期这些女译者的翻译活动。

① 张星：《欧化东渐史》，商务印书馆，2000 年，第 3 页。

第四章　女译者的翻译策略

第二章和第三章的史实梳理帮助我们初步了解了民国时期文学翻译中的女译者活动，也为我们深入分析女译者的翻译策略提供了基础。提到翻译策略，译学界一直存在定义不明、多个术语混用的现象。比如 Wolfgang Lorscher 将其分为局部策略（Local strategy）与全局策略（Global strategy）两类，[①] 而 Chesterman 则从解决问题的维度将 Strategy 视为“一定语境下所实施的一种方案”。[②] 郭亚玲、王立弟认为策略本身也是隐喻，在识解这个隐喻时，不同的角度和不同的认知主体引致了对策略的多元阐释。[③] 策略一般包括可以实现目标的方案集合和根据形势发展而制定的行动方针和斗争方法。[④] 翻译策略也是如此，是一种认知图式，是一个多元、综合、立体的系统，既包括宏观层面的方针和方案，译者怎样处理自己和作者、读者之间的关系，也包括微观层面的翻译方法、翻译技巧，可以具体化到字、词、句、段、篇等不同层面。

国内外译学界对翻译策略的研究非常多（详见参考文献），所选取的理论视角和研究范式也多样化，如韦努蒂的解构主义、纽马克的交际论、图里的规范论、诺德的功能主义、勒弗维尔的文化操纵理论等。本章拟采用图里的翻译规范论回答以下几个问题：民国时期女译者在翻译选材、直译/意译、归化/异化、全译/变译、翻译/创作等方面采用了哪些翻译策略？不同层面的翻译规范如何制约女译者的翻译行为？女译者的翻译行为又如何参与建构不同层面的翻译规范？

---

① Lorscher Wolfgang. *Translation Performance, Translation Process and Translation Strategies: A Psycholinguistic Investigation*. Tubingen: Gunter Narr, Verlag, 1991.

② Chesterman Andrew. *Problems with Strategies* // Klandy Kinda. *New Trends in Translation Studies: In Honor of Kinga Klaudy*. Budapest: Akadémiai Kiadó, 2005: 26.

③ 郭亚玲、王立弟：《翻译策略：术语与隐喻》，《语言与翻译》，2016 年第 1 期，第 81-86 页。

④ https://baike.so.com/doc/5382594-5618957.html.

第一节　翻译选材

图里曾提出“翻译是一种受规范制约的行为”，涉及至少两种语言和两种文化传统。①译者在这两套系统中面对译出语文化规范和译入语文化规范的抉择。如果译者遵循前者，那么译文就会更忠实于原文，相对于原文而言，更具有“充分性”；如果译者遵循后者，那么译文在译入语文化中的“可接受性”就会大大提高。由此可见，图里的翻译规范论继承了佐哈尔“多元系统论”中的“充分性”和“可接受性”概念。图里的翻译规范是一个描述性范畴，贯穿于翻译活动的始终。图里认为，约束翻译行为的因素分布在两个极端之间的一个连续体上，一端是客观的、绝对的规则（Rules），另一端是完全主观的特异倾向（Idiosyncrasies），在这两端之间的地带一般称为规范（Norms）。规范是翻译能力（Competence）和翻译实际行为（Performance）之间的中介，翻译能力指译者在理论上拥有的所有选择的可能性，而翻译行为则是译者在种种制约因素影响之下做出的具体抉择。图里将“翻译规范”分为三种——预备规范、初始规范、操作规范。其中，预备规范（Preliminary norms）分为两类。一类是翻译政策，指特定时期内，支配选择什么文本进入特定文化的因素，即对选取原文（译什么）的规范。另一类是翻译的直接程度（Directness）——从原文直接翻译（考虑其文本类型、出版年代等），还是从其他语言的译本进行转译？从何种原语、何种篇章类型、什么时期进行翻译时禁止、允许、容忍、可用某一特定翻译形式？是否有倾向、义务表明译文是从某种中介语文本翻译而来？或忽略、隐瞒、否认这一事实？如果提及这一事实，是否要明确中介语的身份等等。这两类规范毫无疑问都在描述或制约翻译行为的发端。现实生活中，影响译什么的因素很多：客观因素如国家政策、主流意识形态、出版商、读者需求等，主观因素如译者自身的语言水平、兴趣爱好等。这些因素交织在一起共同制约译者的选材和翻译的直接程度。

从历史上看，中国的翻译活动一直是以译入语文化，即以中华文化为中心，换言之，中国的翻译活动“基本上是在单一文化框架内以‘引进’的方式进行

① Toury, Gideon. *Descriptive Translation Studies and Beyond*. Shanghai Foreign Language Education Press, 2001: 56.

运作的”①。直到鸦片战争、甲午海战之后，中国的知识分子才逐渐认识到本国的落后僵化。可是，一时之间仍然很难抛弃对自己传统文化、传统文学的自豪感。这样一来，文学作品的功能无非“开启民智”“消遣娱乐”，其文学性并未得到应有的重视。这也是为什么众多刊物的发刊词上如此强调文学翻译的功利性。《译林》发刊词（1901）：“吾谓欲开民智，必立学堂；学堂功缓，不如立会演说；演说又不易举，终之唯有译书。”《新小说》发刊词（1902）：“本报宗旨，专在借小说家言，以发起国民政治思想，激励其爱国精神。”《小说月报》发刊词（1913）：“情节择其最离奇而最有趣味者”。

一言以蔽之，清末民初时期，我国的外国文学译介主要以译入语文化为中心，倾向于趣味性、休闲性，以林纾翻译的小说为例，约二分之一的英国作品中有大半部分都是哈葛得（哈格德）一人的言情、冒险小说②。在这样的社会文化规范、翻译规范制约下，清末民初的女译者们也纷纷效仿，多选择具有一定科技含量而当时中国又极度缺乏的科幻小说、侦探小说等，如薛绍徽的《八十日环游记》，陈鸿璧的《捕鬼奇案》《盗面》《一百三十案》等。除此之外，还有选择性地译介了提倡思想解放、婚姻自由的言情小说，如黄翠凝的《牧羊少年》等。由于译者本身对于外国文学缺乏深入广泛的了解，且受到国内读者需求的影响，因此较多选择了国外二三流作家的休闲趣味读物进行译介，着重渲染情节的“云翻波谲”，感情的“悱恻旎旖、可泣可歌”（图 4-1），借此吸引读者眼球。

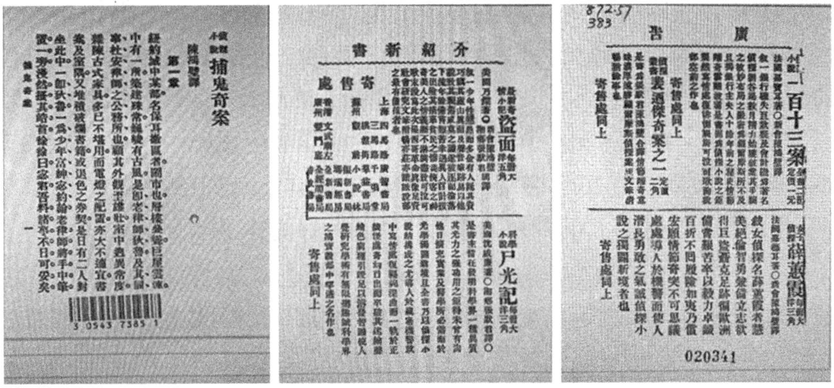

图 4-1　《捕鬼奇案》第一章第一页及其他侦探小说广告

① 孙歌：《前言》，许宝强、袁伟：《语言与翻译的政治》，北京：中央编译出版社，2001 年，第 24 页。

② 王建开：《五四以来我国英美文学作品译介史：1919—1949》，上海：上海外语教育出版社，2007 年，第 29 页。

沈雁冰在《对于“翻译年”的希望》一文中就批评了林译小说（或者说，与林译小说同属一类的文学作品）过度迎合国内读者的庸俗消费口味，对读者群体缺乏正确引导的负面影响：

> 读者们永远地被拘禁于《彭公案》《济公活佛》《七侠五义》《留东外史》《啼笑因缘》《江湖奇侠传》一类低级趣味的小说圈子里，不想摆脱。也正和作者们的贪逸恶劳的念头一样，读者们也是十分的贪逸恶劳的。他们根本上便以“文学”为消遣品；略要加思索的读物，他们便不愿意过问。……林琴南的翻译，以《茶花女》《三千年艳尸记》《鬼山狼侠传》等为最流行，这是很合于中国读者们的口味的。至于林氏他自己所慎重介绍的《萨克森劫后英雄略》之类，读者已少；至狄更司的《滑稽外史》《贼史》《孝女耐儿传》之类，则读者们俱感索然，很难得到若干知音。①

随着五四新文化运动所带来的峻急的反传统大潮，前期的外国文学翻译也遭到了猛烈的抨击。五四时期的文学革命运动反对消闲的文学观，提出反映现实、推动社会的文学主张，规定了文艺发展的现实主义方向。②《文学研究会宣言》提出的主张十分具有代表性：“将文艺当作高兴时的游戏或失意时的消遣的时候，现在已经过去了，我们相信文学是一种工作，而且又是于人生很切要的一种工作……”③因此，为纠正译坛大量译介言情、侦探、志怪小说的风气，时任北大教授的胡适拟定了译介的几个规范，其中第一个便是：“只译名家著作，不译第二流以下的著作。我以为国内真懂得西洋文学的学者应该开一会议，公共选定若干种不可不译的第一流文学名著……其第二流以下，如哈葛得之流，一概不选。”④ 胡适的观点得到了很多人的附和。“以后好的作品不要再这样无声无息地介绍了来，与什么《冒险小说》《福尔摩斯侦探案》之类混在一起。”⑤“不重要的东西，大可不必译。林琴南之费极多精力于哈葛得的全集上，对于他自己和读

---

① “顺”（沈雁冰）：《对于“翻译年”的希望》，《文学》，1935年2月1日，第4卷第2期，第268页。

② 王建开：《五四以来我国英美文学作品译介史：1919—1949》，上海：上海外语教育出版社，2007年，第20页。

③ 《小说月报》，1921年1月10日，第12卷第1期。

④ 胡适：《建设的文学革命论》，《新青年》，1918年4月15日，第4卷第4期，第1-19页。

⑤ 《文学周报》，1921年9月11日，第49页。

者们两俱无益。如果当时有一位很好的译者，懂得文学的，必定会引导他至少可以多译二十部的名著的……”① 五四时期以及之后的名家名著意识折射出译者群体从遵循译入语规范逐渐转向遵循译出语规范，尊重译出语文化传统。

以色列学者埃文·佐哈尔曾经指出，翻译文学在某一文化内居于中心地位需要三个条件：(1) 当某一民族或国别文学处于发展初期；(2) 当该种文学觉得自己处于边缘或“弱势”阶段或两者兼而有之；(3) 当该种文字处于某种转折时期或危机时期或文学真空时期。② 民国时期的中国文学，上述三个条件基本都符合：新文学刚刚萌芽，亟待发展，传统文学遭到质疑和颠覆，已处于边缘，整个中国文学处于由传统向现代转型的时期。因此，要建立新的文学规范，就必须通过翻译国外的优秀作品。也因此，翻译活动才显得愈发重要。

无论是翻译活动，还是文学的发展，都离不开译入语文化环境和社会环境。纵观民国时期的女译者，她们在翻译选材方面大致呈现出以下特点：(1) 翻译名家名著，注重不同的文学流派；(2) 翻译为国内政治服务；(3) 有翻译女性主义作品的萌芽。下面将详细阐述。

一、翻译名家名著，注重不同的文学流派

20 世纪初，《新潮》月刊主任编辑傅斯年在《译书感言》里提出了文学翻译需要注意的方面，如“翻译一部书以前，先问这本书本身是否有价值，是否在同类之中算最好的……只译名家著作，不译第二流以下的著作”等。③ 傅的观点是对胡适的声援，也是当时学界达成的共识。可是，尽管提出了这样的翻译规范，也需要译者对原著原作者具有一定的鉴赏能力，且熟知西方文学史、明了当代文学动态才能遵循这一原则。换言之，如果缺乏译者主体因素和能动性，翻译规范就只能是一句空话。

在阅读第二章的女译者简介后，我们可以毫不夸张地说，民国时期绝大多数的女译者都具备这样的鉴赏能力和文学知识，丝毫不逊色于同时期的男译者。这些女译者要么出身名门，家学渊博，就读于国内著名学府，要么漂洋过海，遍访

---

① “顺”（沈雁冰）：《对于“翻译年”的希望》，《文学》，1935 年 2 月 1 日，第 4 卷第 2 期，第 269 页。

② 埃文-佐哈尔：《翻译文学在文学多元系统中的位置》，庄柔玉译，《西方翻译理论精选》，香港：香港城市大学出版社，2000 年，第 118 页。

③ 傅斯年：《译书感言》，《新潮》，1919 年 3 月 1 日，第 1 卷第 3 期，第 531-535 页。

名师，有丰富的知识储备和人生阅历，她们大多数都从事新闻媒体、报刊编辑、高校教师等职业，经济独立，思想先进，社会责任感强。如薛琪瑛、刘韵琴、罗玉君、沈性仁等都曾出国留学，通晓多国语言。刘半农的长女刘小蕙是上海外国语学院教授、翻译家。柳亚子的次女柳无垢曾任宋庆龄的秘书，既从事英译汉，也从事汉译英。她的哥哥柳无忌、姐姐柳无非都是翻译家。冰心、陈秋帆、陈学昭、罗洪、许粤华、刘文贞、彭慧、石璞、杨绛都是著名翻译家和文学家。张近芬是文学研究会的会员，陈敬容是九叶派诗人。磊然是中国资深苏俄文学研究家和翻译家。湖南醴陵人袁昌英与苏雪林、凌叔华合称“珞珈三女杰”。湖南湘乡人张默君是近代著名的妇女活动家、教育家、书法家、记者、诗人、作家和翻译家。吴曙天是中国新文学史上继石评梅之后不多的几个山西女文学家之一，是五四新文学几位“女士”写家之一。

正是因为有了这样的语言水平和文学修养，民国时期的女译者们才能充分理解并积极响应新文化运动的号召，自觉摒弃清末民初阶段的译介弊端，主动寻求外国文学名家的代表作品进行译介。如英文小说中，沈性仁翻译的《玛丽玛丽》是爱尔兰作家詹姆斯·斯蒂芬斯的长篇小说，百年来译为多种文字，影响深远。杨缤翻译的《傲慢与偏见》是英国著名女性小说家简·奥斯汀的代表作，国内多名译者都曾译介。石璞翻译的《弗拉西》是英国意识流文学代表人物弗吉尼亚·伍尔芙代表作品之一。《风流云散》后译为《乱世佳人》《飘》，是美国女作家玛格丽特·米切尔唯一的作品，享誉世界。《人类的喜剧》是美国作家萨洛扬第一部长篇小说，被公认为美国一部大有成就却极其单纯的长篇小说。夏洛姆·阿莱凯姆是著名的意第绪语短篇小说家、戏剧家。《柏林大饭店》被英国读书会选为“推荐书”，并被收入 1944 年 7 月号的美国“最畅销书选粹”。法文小说较多译介雨果、司汤达的作品，日文小说译介了日本自然主义文学先驱岛崎藤村的作品。

俄文小说更是名家名著荟萃：《何为》是车（巧）尔尼雪夫斯基的代表作之一；《阿细雅》系伊凡·谢尔盖耶维奇·屠格涅夫早期作品之一；《静静的顿河》是苏联作家梭罗诃夫（肖洛霍夫）花 14 年时间写成的长篇巨著，获诺贝尔文学奖；《勇敢的人们》是阿·托尔斯泰的作品；《草原》是安东尼·巴甫洛维奇·契诃夫的作品，契诃夫被称为俄国的世界级短篇小说巨匠和俄国 19 世纪最后一位批判现实主义艺术大师，与莫泊桑和欧·亨利并称为“世界三大短篇小说家”，被认为是 19 世纪末俄国现实主义文学家的杰出代表；《哥萨克》系列夫·

托尔斯泰的中篇小说；《鲍列司》是苏联文学创始人高尔基的早期作品。

除了小说翻译之外，戏剧、儿童文学、诗歌等翻译也都遵循选取名家名著的规范。从童话发生学来说，先有世世代代口耳相传，可以说是集体创作的无名氏童话，即本色的民间童话；后有经学者采录、复述、整理的民间童话，也称中间状态童话；而后才有作家创作的童话。[9]晚清以降至民国时期，随着妇女教育和儿童教育的引进，国人开始认识到儿童作为国家未来的重要性，注重培养不同于成人的儿童的独立人格，满足儿童的成长需求。可是在当时的中国，“少年可读之书，中国绝少”，所以鲁迅说“倘有新作的童话，我想，恐怕未必再讲封王拜相的故事了”，有必要“将（国外）崭新的童话，绍介一点进中国来，以供孩子们的父母、师长，以及教育家、童话作家来参考”。在译介的儿童文学作品中，汉斯·克里斯蒂安·安徒生是19世纪丹麦著名的童话作家，被誉为“世界儿童文学的太阳”。安徒生的童话被国内译者多次译介①，译本也多次再版，对我国儿童文学的创立和发展影响很大。陈敬容在她的《丑小鸭》译者序里说道：

> 常常听到有子女的朋友们说：“中国太缺乏童话了，想找点富于想象的东西给孩子们看，就很难找到。”
>
> 是的，中国的小朋友们真可怜，比成人们更可怜。在这种苦难年代，成人们在艰难的生活里挣扎，受尽种种精神和物质的虐待，但我们还有一个目标、一个信念；我们懂得我们对时代应当担负的艰巨责任。可是孩子们呢，天真活泼的孩子们呢？我们能让他们也像我们一样，只看到人生的阴暗面吗？他们带着坦白纯真的心到世上来，我们就只让他们看到种种凄凉困苦，而不给他们一点快乐的精神粮食，一点美丽的幻想吗？我们这些未来世界的小主人，我们能让他们一入世就有沉重的心情吗？我们能让他们带着这种沉重的心情，去创造未来的快乐世界吗？
>
> 凡是进步的，或希望进步的国家，莫不重视儿童。重视儿童，就是

① 1918年1月，中华书局出版了陈家麟、陈大镫翻译的安徒生童话《十之九》，收《火绒箧》《飞箱》《大小克劳势》《翰思之良伴》《国王之新衣》《牧童》。1919年1月15日《新青年》第6卷第1号刊登周作人翻译的安徒生童话《卖火柴的女儿》。此后，国内掀起了安徒生作品译介热潮。1925年是安徒生诞辰120周年、逝世50周年，《文学周刊》《小说月报》等都出了安徒生专刊。参见秦弓：《“五四”时期的安徒生童话翻译》，《涪陵师范学院学报》，2004年第4期，第1–5页。

重视人类的将来。

我们国内虽然缺少儿童读物，但别的国家却并不如此。世界上著名的童话很多。翻译这些著名的童话，也是对我们未来的主人应尽的义务之一。当然，最好是我们自己能有很多好的儿童读物；但是在这个还没办到之前，翻译外国儿童读物的责任，不能推卸。纵使我们自己已经有了，对于翻译的，也还是不嫌其多。世界是广大的，世上的事物是繁多的，而人类的思想感情，是共通的。愿我们未来的主人能比我们有更广大的精神领域可以活动，愿他们更比我们快乐坚强！

这就是我翻译安徒生的童话的初衷。

王哲甫说中国文坛须得“翻译外国文学作品以资借镜”,① 因为“中国的新文学尚在幼稚时期，没有雄宏伟大的作品，可供借镜，所以翻译外国的作品，成了新文学运动的一种重要工作。”② 国内新文学向国外文学借镜的不仅仅是名家名著，还有各种文学流派、写作技巧等。茅盾在《小说月报》的《改革宣言》中提出“于译述西洋名家小说而外，兼介绍世界文学界潮流之趋向，讨论中国文学革进之方法”③ 的宗旨。当时众多的文学社团纷纷选取符合自己创作理念的国外文学展开译介，如文学研究会大量译介了俄国和欧洲现实主义文学，创造社主要译介浪漫主义文学作品等等。从民国时期女译者的译著中不难看出，其中包含了西方浪漫主义、现实主义、女性主义、意识流、现代派以及后现代派等多种文学流派，为国内新文学的发展提供了丰富的养料。

二、翻译为国内政治服务

无论是在中国文学的现代化进程中，还是在中国社会的现代化进程中，翻译文学都起到了举足轻重的作用。也就是说，翻译不仅仅是语言文字的转换，而且是一种“跨文化语境下的文化阐释”④，或者说是“译入语社会中的一种独特的政治行为、文化行为、文学行为，而译本则是译者在译入语社会中的诸多因素作

---

① 王哲甫：《中国新文学运动史》，北平：杰成印书局，1933 年，第 14 页。
② 傅斯年：《译书感言》，《新潮》，1919 年 3 月 1 日，第 1 卷第 3 期，第 259 页。
③ 茅盾：《改革宣言》，《小说月报》，1921 年，第 12 卷第 1 期第 3 页。
④ 高志强：《〈小说月报〉（1921—1931）翻译文学初探》，北京语言大学，2007 年，第 4 页。

用下的结果"①。进入20世纪30年代之后，更多的有识之士开始利用翻译服务于国内的政治文化，借以激励青年读者积极投身于社会变革之中。任之在《争取民族的生存与文艺应有的动向》一文中指出文艺不能只为了文艺而存在，应该担负起引导民众争取民族生存这一意识的责任：

在民族生存成为严重问题的现在，我们能冷淡地幽默吗？我们能自由地浪漫颓废吗？我们能不顾民族利益而尽管讲趣味吗？不！绝不应该！因为那是偏重个人的表现，而不是社会的表现，是部分的表现，而不是争取全体生存的表现。针对着整个民族危亡的时候，我们应该扫除了文坛的混沌杂乱的现象，而要有一致的行动与表现。如果我们认为文艺是一种反映现实是怎样，以及反映现实应该怎样为其使命时，那么我们应该以争取中华民族的生存为文艺的中心思想！……在民族生存斗争的今日，文艺界应该成为指导民众意识的灯塔，应该成为争取民族生存战争的喇叭，应该成为击毁敌人的精神武器。②

20世纪30年代之后的文学翻译以译介具有"左倾"思想、革命意识，反映革命现实的作品为主。比如，《实情如此》的作者马尔兹是美国小说家、剧作家。1930年毕业于哥伦比亚大学，后在耶鲁大学、纽约大学攻读戏剧，曾任美国剧联和作家协会理事，参加过许多工会组织和进步团体。第二次世界大战后在麦卡锡的反共高潮中被列为第一批"清洗"对象，是"好莱坞十君子"之一。1947年受"非美活动委员会"的传讯，1950年以藐视国会罪被监禁一年。1951年起避居墨西哥，后回国在好莱坞从事电影编剧工作，并继续创作小说与剧本。肖洛霍夫的《静静的顿河》以1914年第一次世界大战爆发前夕到1922年苏俄国内战争结束的历史性转折为背景，以1917年十月革命引起顿河地区哥萨克社会急剧深刻的变化为题材，着重写了顿河地区建立苏维埃政权后哥萨克发动叛乱及其被平定的经过。小说被公认为是一部史诗性长篇小说，一部既磅礴壮观又细腻委婉、扣人心弦的悲剧史诗。《日日夜夜》（英雄城史大林格勒的故事）被誉为

① 谢天振：《国内翻译界在翻译研究和翻译理论认识上的误区》，《中国翻译》，2001年第4期，第2–5页。

② 任之：《争取民族的生存与文艺应有的动向》，《文艺舞台》，1935年11月5日，第1卷第5–6期合刊，第1页。

“半个世纪以来影响和激励了亿万人的不朽之作”，生动地反映了第二次世界大战中重要的战役之一——波澜壮阔的斯大林格勒战役。《真正的人》又译《无脚飞行员》，描写了一个苏联卫国战争时期的励志故事，曾获1946年斯大林奖金。法国作家亨利·巴比塞经历了第一次世界大战，使他的思想和创作发生了根本性变化。经过战争的教训，他走向了革命，写出了反战小说《火线》，随后又写了《光明》。《悲惨世界》揭露了资本主义社会的尖锐矛盾和贫富悬殊，描写了下层人民的痛苦命运，猛烈抨击了资产阶级法律的虚伪。《死了的山村》是意大利作家西龙尼的第一部长篇小说，描写了一个名叫“丰塔玛拉”（方塔玛拉）地方的人民，在法西斯压榨下经受各种灾难和悲哀的故事。后西龙尼成为意共和意大利共产主义青年联盟的早期领导人之一。

在儿童文学译介方面，进入20世纪30年代末40年代初之后，“民族救亡”的时代命题迫使儿童的自我需求让位于“一切革命斗争”，因此儿童文学也从“儿童性”“文学性”走向“阶级性”“革命性”[16]。这一时期我国的儿童文学译介题材在鲁迅和茅盾的倡导下政治性较强，越来越重视被压迫被损害民族和国家的文学作品。① 女译者们也受此约束，纷纷开始译介苏联的和东欧的儿童文学作品，与前一阶段不同的是，这时的译介目的在于凸显“革命”“阶级”与“救亡”的主题，而对原著者是否有名、名气多大等却并不在意。比如她们译介的《太阳的宝库》《小姑娘们》《煤的故事》三部儿童文学作品，原著者在其国内并不能算作一流作家，可是其作品主题符合当时中国的社会现状。《太阳的宝库》作者米哈伊尔·米哈伊洛维奇·普里希文和《小姑娘们》的作者班台莱耶夫都是俄国、苏联时期的进步作家。再如《煤的故事》作者至尔·妙伦，思想“左倾”，被誉为“魏玛共和国著名的女作家之一”，也被称为“红色女伯爵”。鲁迅先生鼓励并帮助许广平译介至尔·妙伦的童话，主要是因为其作品中的革命精神。郑安娜所译的回忆录和报告文学也与当时全国上下的抗战氛围很有关系。

---

① 鲁迅在《祝中俄文字之交》里这样说：“15年前，被西欧的所谓文明国人看作半开化的俄国，那文学，在世界文坛上，是胜利的；15年来，被帝国主义者看作恶魔的苏联，那文学，在世界文坛上，是胜利的。这里的所谓‘胜利’，是说：以它的内容和技术上的杰出，而得到广大的读者，并且给与了读者许多有益的东西。”“俄国的文学，从尼古拉斯二世时候以来，就是‘为人生’的”（《〈竖琴〉前记》），读者“从那里面，看见了被压迫者的善良的灵魂，的酸辛，的挣扎”，从而“从文学里明白了一件大事，是世界上有两种人：压迫者和被压者！从现在看来，这是谁都明白，不足道的，但在那时，却是一大发现，正不亚古人的发见火的可以照暗夜，煮东西”（《祝中俄文字之交》）。鲁迅正是要借俄国文学的火，来照中国的暗夜。参见马祖毅：《中国翻译通史（现当代部分）》，湖北教育出版社，2006年，第9页。

三、女性主义作品翻译的萌芽

从西方文化来看，女性形象在两千多年来一直被歪曲。亚里士多德认为女性之所以为女性，是由于缺乏某种优良品质。而毕达哥拉斯更直言不讳地说，世上善的法则创造了秩序、光明和男人，而恶的法则则创造了混乱、黑暗和女人。无独有偶，在中国文化中也不乏对女性的贬低与歧视。我国最古老的文化典籍《周易》把“乾”比作阳性、男性、主动，把“坤”比作阴性、女性、被动。宋代司马光在《训子孙文》中也说：“夫，天也，妻，地也；夫，日也，妻，月也；夫，阳也，妻，阴也。天尊而处上，地卑而处下，日无盈亏，月有圆缺，阳唱而生物，阴和而生物，故妇专以柔顺为德，不以强辩为美也”。汉字中的“委”“安”“奴”等带有“女”部的字都含有驯化顺从的意思。因此，刘军平指出：“在中华文化传统中，女性是一部臣服于被书写、被界定、被规范、被表达的历史。”①

女性主义萌芽于第一次世界大战期间。早期女性主义者主要为男女同工同酬的权利和参政权利而斗争，比如 1910 年的英国妇女参政运动、1919 年英国国会通过法案取消对妇女就业的限制等。可是，正如英国著名女作家伍尔夫所说，“不论‘MISS’在家中的香味如何浓郁，但在白厅，它有股怪味，前面有‘MISS’的名字很可能留在底层，薪水微薄，而不可能升上高层，享受丰厚的薪水。”②“几千年来妇女都好像是用来做镜子的，有那种不可思议、奇妙的力量把男人的影子反照成原来的两倍大。”③ 换言之，要想获得真正意义上的男女平等，除了改变经济地位和政治地位之外，改变人的思想尤为重要，同时也尤为艰难。父权制政治、思想和文化体系经过历史的积淀，不断被巩固和强化，已经渗透进人类社会生活的各个方面，腐蚀着人们的灵魂，支配着人们的言行，所以变革人的思想比变革法律要难得多；事实上，在致力于争取男女平等的政治、经济和社会权利的活动中，绝大多数女性主义者只是以男性为参照物，力图使女性获得男

① 任之：《争取民族的生存与文艺应有的动向》，《文艺舞台》，1935 年 11 月 5 日，第 1 卷第 5-6 期合刊，第 1 页。

② Woolf, Virginia. *Three Guineas*. London: Hogarth, 1968: 79.

③ Woolf, Virginia. *A Room of One's Own*. London: Hogarth, 1967: 36.

性特有的权利与成就，其视野仍未突破父权制价值判断标准。[①] 这也就是为什么到了当代，西方女性主义者逐渐超越争取男女平权的阶段，转向强调女性的主体意识，并用女性的主体意识重新审视整个社会文化及历史传统[②]。因此，女性的“性别”色彩得到强化，成为该理论中最重要的因素。

女性主义最先通过传教士传入国内。《剑桥中国晚清史》中记载：“新教徒中，很多人明确信奉男女平等的原则，而且决心投入一场十字军运动，以争取中国妇女的‘平等权利’。”[③] 这场十字军运动的发端就是创办女校——创办于1844年的宁波女塾是中国境内第一所女校。同时，传教士们还借助报刊对女子教育进行宣传，如《万国公报》有文章写道：“三十年以来，欧美两洲女子亦都以读书为先务，遂欲与男子公同应试。”[④] 进入19世纪末，维新派成为西方女性主义思想的传播主体，主要从男女平权的角度阐微发幽。维新派领袖康有为于1901—1902年撰写了《大同书》，书中指出：“以公理言之，女子当与男子一切同之；以实效征之，女子当与男子一切同之。此为天理之至公，人道之行一。”[⑤] 梁启超于1896年在《时务报》上发表了《变法通议·论女学》，后又撰写《倡设女学堂启》《女学堂试办略章》，全面而系统地探讨了女子教育以及挖掘女性潜在资源的重要性，“公理家之言曰：凡一国之人，必当使之人人各有职业，各能自养，则国大治”，“然则学也者，业之母也，妇人之无业也，非天理宜然也”。[⑥] 维新派虽以西方男女平等理论为前提，但是，他们的字里行间都是在呼唤女性作为国民、母亲、妻子的义务，也即“上可相夫，下可教子，近可宜家，远可善种”。显而易见，这与西方学者在“天赋人权”的召引下呼唤人性相比，属于两种不同的境界。[⑦]

随着西方资本主义理论学说的大量译介，早期女性主义理论也被系统地传入中国，其中有代表性的如：斯宾塞的《女权篇》、林乐知的《全地五大洲女俗通

---

① 吴庆宏：《弗吉尼亚·伍尔夫的女性主义》，《解放军外国语学院学报》，2003年第6期，第83-87页。

② 刘军平：《女性主义翻译理论研究的中西话语》，《中国翻译》，2004年第4期，第3-9页。

③ 费正清、刘广京编，郭沂纹译：《剑桥中国晚清史（上卷）》，中国社会科学出版社，1993年，第643页。

④ 《妇女应试》，《万国公报》，光绪二十八年十二月。

⑤ 康有为：《大同书》，华夏出版社，2002年，第126-127页。

⑥ 中华全国妇女联合会妇女运动历史研究室编：《中国妇女运动历史资料（1840—1918）》，中国妇女出版社，1991年，第75页。

⑦ 阎广芬：《西方女学的传入与中国近代女子教育》，《教育研究》，2000年第4期，第76-80页。

考》等。这一时期，西方女性主义理论的国内传播主体也发生了变化，谈女权，倡女学一时成为美谈，“从政治构成看，有资产阶级革命派，也有一些受资产阶级影响的进步人士，还有些清末达官显贵以及其夫人、小姐等；从他们的知识构成及认知背景看，有些人一方面自幼饱受四书五经的熏陶，在动脉里注满了传统文化的血液，另一方面又对西方文化仰慕备至，实质上是中西文化的两栖者。”①

我们不妨假设，如果当时的中国社会没有外强侵略，没有动荡不安，那么女性解放可能也不会受到社会的关注。可是，也正是因为救亡图存的社会语境，最先倡导男女平权并甘愿一直为之努力的却是男性。美国哥伦比亚大学历史教授高彦颐说，中国男性提出女权思想时，是他们感到“一个全球国家的竞争中自己觉得比不上他人，回过头来又把这种羞耻加之于身边的女人”，② 所以高彦颐下了个结论：“近代中国的女权主义的萌芽和原动力竟是男人或男权在帝国主义冲击下所产生的自卑！”③

如此，我们也就不难理解为什么西方女性主义的文化内涵在来到中国之后发生了异化，关注的不再是女性的个性解放，而是要求女性做与男性一样的女性，要求女性尽到一半国民的义务。辛亥革命时期，中国女性初登政治舞台，第一次显示了女性的觉醒和力量。然而，这次革命并没有从根本上改变男尊女卑的传统观念，女性仍然只有帮助男性、辅佐男性、成就男性的义务，没有表达自己诉求的权利。五四及之后的中国女性解放运动也是与历史上几次革命大潮紧密相连的，正如廖仲恺所言，“国民的一半，是女子合成的。国家里社会里一半的任务，是女子担负的。女子的地位和她的境遇，影响到她的精神上、道德上、体魄上、心理上是很大的。由她的精神、道德、体魄、心理影响到她的任务。再由她的任务影响到男子、到社会全体、国家全体，像投一块石头下水，它所起的波澜，自然一个个地扩张到满池都是这个波澜为止。所以女子解放这个问题，就是国家、社会、男子解放的问题了。”④

起初，女性没有受教育权，愚昧无知，要靠男性来解放。随着女性受教育人数的增多，女性的性别意识慢慢萌芽，却又被救亡图存的时代主旋律所抑制。浸

① 阎广芬：《西方女学的传入与中国近代女子教育》，《教育研究》，2000年第4期，第76-80页。

② 王政、高彦颐、刘禾：《百年中国女权思潮研究：从〈女界钟〉到“男界钟”：男性主体、国族主义与现代性》，上海：复旦大学出版社，2005年，第3页。

③ 阎广芬：《西方女学的传入与中国近代女子教育》，《教育研究》，2000年第4期，第76-80页。

④ 曾景忠：《析廖仲恺与南社柳亚子的情缘（二）》，《广东社会科学》，1997年第1期。

染在这样的社会文化大环境里，女性自然不会过多关注自身的独特性甚至如何在保存自身独特性的前提下获得与男性平等的权利。因此，民国时期的女译者们在翻译选材时出现了译介女性作品和女性主义作品的萌芽，但是并没有形成一个大趋势。根据第二章的史实梳理，译介的女性作品只有五部，分别是：英国女作家弗吉尼亚·伍尔夫的小说《弗拉西——一个传记》（*Flush—A Biography*），美国女作家玛格丽特·米切尔的小说《风流云散》（*Gone With the Wind*，又译作《乱世佳人》《飘》），南非女作家须莱纳尔的小说集《梦》，奥地利女作家韦基·鲍姆的小说《柏林大饭店》和苏联俄罗斯女作家魏尔塔的剧作《在某一个国家内》。

而这五位作家中，米切尔、鲍姆和魏尔塔的作品中都没有涉及女性主义思想。须莱纳尔一生都倡导反战、反压迫，始终为被虐待、被压迫群体，包括女性群体摇旗呐喊。小说集《梦》的结尾处这样说：

> 我们当在梦中所听那关闭最后一个娼楼的锁声，购买女人身体灵魂的最后一个金钱的叮当声，人为地圈禁女人的活动使她与男子分开的最后一堵墙壁的坍倒声；我们常想象两性的爱最初是一条鲁钝缓慢爬行的虫，其次是一个昏沉泥土似的蛹，末后是一只翅膀完具的飞虫，在未来之阳光中辉耀。
>
> 我们今日溯着人生的急流努力扳桨的时候，我们远望河上，在不辨边际的地方，通过了从河岸起来的烟雾中间，见有一缕明亮的黄金色之光，那岂止是我们盼望过久的眼睛昏花所致，使我们见到这样的景象么？这岂止是眼的错觉，使我们更轻松地握住我们的桨，更低曲地弯我们的背！虽然我们熟知在船到那里之前，当早已为别人的手来替握这桨，代把这舵了。这岂止是一个梦么？
>
> 古代迦勒底的先知曾经见过远在过去的伊甸乐园的幻景。所梦见的是，直至女人吃了智慧之果并且给男子也吃了为止，女人与男人曾经共同生活在欢喜与友爱之中；于是两人被驱逐出来，在世上漂泊，在悲苦之中辛劳，因为他们吃了果子了。
>
> 我们也有我们之乐园的梦：但是这却是远在将来。我们梦见女人将与男子同吃智慧之果；相并而行，互握着手，经过许多辛苦与劳作的岁月以后，他们将在自己的周围建起一座比那迦勒底人所梦见的更为华贵的伊甸，用了他们自己的劳力所建造，用了他们自己的友爱所美化的伊甸。

在他的默示里，有一个人曾经见了新的天与新的地。我们正看见一个新的地，但在其中充满着同伴之爱与同工之爱。[①]

在这里，作者描绘了一个多么幸福的乐园啊，男女平等，并肩而行，充满友谊与爱，在阳光中辉耀！当然，女性主义并不是这部书的核心内容，须莱纳尔也并不是女性主义思潮的代表人物。女性，尤其是黑人女性，只是因为其弱小、被歧视、被压迫而成为须莱纳尔作品中的一部分。

上述五位作家中，只有伍尔夫被誉为二十世纪女性主义的先锋。两次世界大战期间，伍尔夫是伦敦文学界的核心人物，同时也是布卢姆茨伯里派（Bloomsbury Group）的成员之一。可惜，石璞所选择翻译的并不是伍尔夫的女性主义思想代表作品，如《一间自己的屋子》《灯塔下》，而是一部关于宠物狗的传记，发表于1933年。很多分析家和读者认为这是一部反传统的传记。一般来说，传记多以人为传主，更确切地说，是为王侯将相、英雄人物歌功颂德。然而，伍尔夫却质疑这个传统："是不是只有大人物的生命历程才值得传写？失败者和成功者，名不见经传的和声名赫赫的——难道一个曾经生活过并留下一段生命轨迹的人，就不值得书写吗？——什么是伟大，什么是渺小？"[②] 伍尔夫的《弗拉西》给出了自己的回答，"从狗的视角描述温坡大街、白教堂和意大利，创造一个由气味、忠诚和欲望构成的犬类世界"。[③] 除此之外，也有评论认为《阿弗小传》是一个女性主义寓言（Feminist allergy），将女性与动物进行类比来彰显女性在社会中的边缘化地位以及被禁锢的处境。《弗拉西》隐含了对狗主人——英国著名女诗人伊丽莎白·勃朗宁的成长过程的含蓄、深刻而严肃的描述。同时，伍尔夫也希望借助狗的视角，讲述女诗人在男权社会的坎坷经历。[④] 因为伍尔夫与伊丽莎白的命运极其相似，让人不由得想起她在《新传记》一文中对阿诺德·尼科尔森的传记作品的称赞："那个被刻画得最完整、最精妙的人物，原来就是作者自己。"[⑤] 苏珊·斯奎尔（Susan Squier）指出："弗拉西的作用

---

① 须莱纳尔著，张近芬译：《梦》，北京阳光社，1923年，第121-122页。文中着重号为笔者所加。

② 弗吉尼亚·伍尔夫：《伍尔夫随笔全集》，王义国等译，北京：中国社会科学出版社，2001年，第1334页。

③ 昆汀·贝尔：《伍尔夫传》，萧易译，南京：江苏教育出版社，2005年，第409页。

④ 吴庆宏：《论〈阿弗小传〉叙事中的二元对立》，湖北广播电视大学学报，2014年第9期，第68-70页。

⑤ 弗吉尼亚·伍尔夫：《伍尔夫随笔全集》，王义国等译，北京：中国社会科学出版社，2001年，第1705页。

是做那个女作家的替身。”① 昆汀·贝尔（Quentin Bell）也在《伍尔夫传》中写道：“弗拉西其实是弗吉尼亚为了逃避自身肉体的存在而走过（或至少仔细研究过）的途径之一……它在某种程度上是部自我揭示的作品。”② 石璞在翻译这部作品时并没有留下译序跋等副文本，因此，我们无法准确地推断她是出于什么原因翻译了这部隐晦的女性主义作品，但无论如何这种女性主义作品的译介萌芽也是值得注意的。

民国时期的翻译政策支配译者，包括女译者选择什么文本进入中国文化。这是预备规范的第一类。当然，在翻译选材中，也有译者会在规范的允许范围内，充分发挥主观倾向，选择自己喜爱翻译的作品。比如，冰心选择纪伯伦的这部成名作进行译介，并不完全是因为该作品当时备受西方人的追捧。冰心曾说，“我只懂一门外文——英文，还不精通，因此轻易不敢做翻译工作，尤其译诗。我虽然也译过一本国王和总统的诗，那都是‘上头’给我的任务，我只好努力而为。至于我自喜爱，而又极愿和读者共同享受，而翻译出来的书，只有两本，那就是《先知》和《吉檀迦利》!” 由此可见冰心在翻译选材中发挥了译者的主体性。正因为是翻译自己喜爱的作品，所以译者可以在舒适、快乐、轻松的心境下充分发挥自己的能力，完成翻译的艰巨任务，也只有这样的译文才能得到广大读者的肯定，达到良好的传播效果。

第二节 直接翻译、间接翻译

预备规范的第一个维度是翻译政策，第二个维度是翻译的直接程度。关于这一点，图里在研究希伯来文学中的间接翻译时做了解释：“间接翻译采用的方式和范围及其中可能发生的变化，可以看作希伯来文学整体上的症候；二手翻译常会涉及两个以上的系统，至少，这也可以作为一种线索，揭示一种文学相对于其他语言或文学所处的地位”。③ 故而间接翻译的出现，并不仅仅受到译者掌握外

① Squier, Susan Merrill. *Virginia Woolf and London: The Sexual Politics of the City*. Chapel Hill: University of North Carolina Press, 1985: 22.

② 昆汀·贝尔：《伍尔夫传》，萧易译，南京：江苏教育出版社，2005 年，第 390 页。

③ Toury, Gideon. *Descriptive Translation Studies and Beyond*. Shanghai: Shanghai Foreign Language Education Press, 2001: 134.

语语种的影响，也受到目标语文化和其他文化之间相互关系的影响。

在此举例说明图里的理论。古代中国一直自认为是大国上邦，结果导致“主流知识分子对了解外国和学习外语不感兴趣”,[①] 导致在翻译活动中大量依靠外来译者。由此可见在古代中国，间接翻译反映了目标语文化（中国文化）的中心、强势地位，而外国语言和文学则处于边缘、弱势地位。可是，到了近代，随着中国国力衰退，国民文化上的强势心理和对待外邦的态度也开始发生变化。主流知识分子阶层开始“师夷长技以制夷”，开始向西方学习，开始为救亡启蒙而大量译介域外文本。当时的中国政府一边开办学堂，一边派出留学生，大力培养本土译者。可是一时之间不可能培养出通晓多国语言的译者，对西学的急迫诉求让康有为、梁启超和以鲁迅等为代表的有识之士都主张从日语转译，以便更快引进西学。他们的倡议和身体力行再次使间接翻译为本土译者和目标语文化所认可。然而，需要注意的是清末民初以及民国时期的间接翻译与古代不同，目标语文化（中国文化）处于边缘、弱势地位，而外国语言和文学则处于中心、强势地位。从这两个例子可以看出，虽然同是间接翻译，但是历史、社会、文化语境不同，所反映出来的目标语文化和其他文化之间的相互关系也不同。如果仅仅从语言层面来分析，就会忽略这背后的翻译规范。

从字面上看，“直接”意味着两者之中没有任何中介，面对面接触；倘若其中有一层甚或多层中介而没有直接接触，那么则谓之“间接”。依此类推，一个文本从一种语言翻译转化为另外一种语言，中间并未经过任何过渡或曰中介语言，是为直接翻译；与之相对，一个文本经由第三种语言过渡翻译转化为另外一种语言，是为间接翻译。[②] 也有学者将其称作转译。对间接翻译的译者而言，是把直接翻译译者重构的文本再次重构给目标语读者，在特定历史时期，这常常是译介外国文学的必要途径和方式。晚清和民国时期国内的间接翻译长久不衰，郑振铎曾这样描述：“如此的辗转翻译的方法，无论哪一国都是极少看见的，但在我们中国的现在文学界里却是非常盛行。”[③]

民国时期女译者也有部分译著采用了间接翻译的方法：（1）罗淑（世弥）

---

① Hung, Eva. *Translation in China—An Analytical Survey*, Eva Hung, and Judy Wakabayashi, eds. *Asian Translation Traditions*. Manchester, UK and Northampton MA: St. Jerome Publishing, 2005: 67-108.

② 荣立宇：《间接翻译及其类型刍议》，《河北科技师范学院学报》（社会科学版），2015 年第 4 期，第 32-35 页。

③ 郑振铎：《译文学书的三个问题》1921 年，第 12 卷第 3 期，《翻译研究论文集（1894—1948）》，北京：外语教学与研究出版社，1984 年，第 89 页。

自法译本转译苏联作家车尔尼雪夫斯基的《何为》；（2）陈学昭自法译本转译苏联作家屠格涅夫的《阿细雅》；（3）赵萝蕤自英译本转译意大利作家西龙的《死了的山村》（原名《方塔马拉》；（4）石璞自英译本转译《希腊三大悲剧（上、下）》；（5）林兰、张近芬自英译本转译丹麦作家安徒生的《旅伴》；（6）陈敬容自英译本转译安徒生的《丑小鸭》《天鹅》；（7）陈秋帆自日译本转译爱克德曼罗的《无家儿》；（8）许广平自日译本转译匈牙利作家至尔·妙伦的《煤的故事》。

从上面信息不难看出，女译者间接翻译的中介语主要是英语、法语和日语。这和当时译者语言能力、教育经历等有很大的关系。对于当时译界只能局限于英美法日等国文学的窘境，郑振铎曾有过生动的描述：

> 从事于文学翻译的只要那一部分的通英语的人，其余通各国文字的人于文学都非常的冷淡，……我们实不胜有凄凉、孤独之感！而介绍西洋文学已有数十年之历史，如今犹有“重译”（指转译，引者注）问题之需讨论，中国人之迟钝麻木，更应该如何的浩叹呢？①

因此，为了在当时的语境下使翻译选材最大化、多元化，只有通过间接翻译，从英语、法语、日语，甚至俄语进行转译。如果没有间接翻译，当时的中国读者怎么可能较为及时地阅读到域外不同语言创作的文学作品？鲁迅曾正面评价过间接翻译的价值：

> 中国人所懂的外国文，恐怕是英文最多，日文次之，倘不重译，我们将只能看见许多英美和日本的文学作品，不但没有伊卜生，没有伊本涅支，连极通行的安徒生的童话，西万提司的《吉诃德先生》，也无从看见了。这是何等可怜的眼界。②

既然曾经扮演过如此重要的社会角色，那么间接翻译的质量与直接翻译相比又如何呢？从20世纪20年代初开始，翻译家及翻译理论家就间接翻译的局限性、间接翻译与直接翻译的关系以及间接翻译的必要性等，展开了长时间的争

① Hung, Eva. *Translation in China—An Analytical Survey*, Eva Hung, and Judy Wakabayashi, eds. *Asian Translation Traditions*. Manchester, UK and Northampton MA: St. Jerome Publishing, 2005: 67-108.

② 鲁迅：《花边文学》，上海：联华书局，1936年，第71-72页。

论。梁实秋、穆木天、鲁迅等许多翻译大家都参与了这场争论。梁实秋把转译比喻为掺了水或透了气的酒，味道多少有所变化。① 他批评鲁迅的译文之所以让人觉得不知所云，主要是因为鲁迅译普列汉诺夫所著《艺术论》是从日文转译过来，日文又译自俄文，而俄文又是从英文而来的，“经过了这三道转贩，变了形自是容易有的事”。② 郑振铎通过分析论证得出结论：“重译（即转译，也就是间接翻译，笔者注）的办法，是如何的不完全而且危险呀！我们译各国文学书，实非直接从原文译出不可。”③ 穆木天也不主张转译，他说：“能‘一劳永逸’时，最好是想‘一劳永逸’的办法，无深解的买办式的翻译是不得许可的。”④

而鲁迅则认为穆木天的说法与自己提倡广泛介绍外国文学的主张相矛盾。鲁迅认为“重译”比直接译容易。首先，原文中令译者自愧不及以至于不敢动笔的好处，先由直接译者消去了若干部分，重译时“便减少了译者对原文的好处的踌躇”；其次，原文中的难解之处，忠实的译者往往会有注释，这无疑为后来的译者提供了方便，“但因此，也有直接译错误，间接译却不然的时候”。⑤ 鲁迅在文章中强调翻译首先要看译文的质量，而不是直接或间接，以及译者的动机是否“趋时”等。⑥ 茅盾与鲁迅一样，主张实事求是，反对唱高调。⑦

这场争论也折射出完美主义者与实用主义者的对立，“一劳永逸”当然是最好的解决方法，可是培养译者需要很长一段时间，而国内开启民智、颠覆传统以及建立新文学都迫在眉睫，间接翻译不可否认地有其存在的必要性。当然，正如梁实秋等人所指出的，间接翻译的译本中确实也存在很多粗制滥造、错误百出的译本，所以为了规范间接翻译，郑振铎提出了三条原则：

> ①择译本里最可信的一本来做根据，来重译；②如译本有两本以上时，应该都把它们搜罗来，细细地对照一过。③译完后，应该叫通原本

---

① 梁实秋：《翻译》，《翻译研究论文集（1894—1948）》，北京：外语教学与研究出版社，1984 年，第 133 页。

② 梁实秋：《论翻译的一封信》，《新月》，1932 年，第 4 卷第 5 期。

③ 郑振铎：《译文学书的三个问题》，《小说月报》，1921 年第 12 卷第 3 期，第 24 页。

④ 穆木天：《论重译及其他》，《申报 · 自由谈》，1934 年，第 6-30 页。

⑤ 鲁迅：《非有复译不可》，《鲁迅全集》第 6 卷《且介亭杂文二集》，北京：人民文学出版社，1981 年，第 504 页。

⑥ 郑振铎：《译文学书的三个问题》，《小说月报》，1921 年第 12 卷第 3 期，第 24 页。

⑦ 茅盾：《翻译的直接和间接》，《文学》，1934 年，第 3 卷第 2 期，第 5 页。

的文字的人，来把它与原本校对一下。①

除此之外，郑振铎还建议译者在译作中标注出中介译本的译者名和中介译本的出版信息，进一步提高译者对间接翻译的自觉认识，明确译者的责任。

从读者对间接翻译理所当然的接受，译者对中介文本及其译者的忽视，到20世纪20年代的理论争鸣，提出直接翻译的主张以及在翻译实践中译者开始重视中介文本及其译者，让他们在汉译本中显现，反映出译者对自身翻译活动中的“原文”有了更为准确的认识。推动翻译规范这个维度发生变迁的重要原动力是国内学界对西方文化的崇拜、喜悦与渴求，希望忠实地再现西方文化。在这一变迁过程中，民国时期的女性译者群体积极响应并用实际行动参与其中。

比如陈敬容在《丑小鸭》译者序最后就提到：“这个选集是根据几种英译本选译出来的”。② 女译者们在选取中介语译本时能够有意识地对比、选择经典译本，尽量减少间接翻译造成的信息损失变形，这一点是十分难得的。

此外，女译者们在译本中也能自觉标注出原作者姓名、原作者国别、汉译本译者和转译的中介语，见图4-2《无家儿》封面、封二信息。这说明女译者们已经具备了对间接翻译弊端的充分认识，了解间接翻译需要承担的责任，不仅遵循了国内间接翻译的规范，而且用自己的行动积极参与建构这一翻译规范。

责任者	（法）爱克德曼罗著
其他责任者	陈秋帆译
出版者	商务印书馆［发行者］
出版地点	长沙
出版时间	民国二十七年［1938］
载体形态	210页
丛编项	世界儿童文学丛书
主题词	儿童文学—长篇小说 长篇小说—儿童文学
中图分类号	I565.84
附注说明	书前冠：译序 据日译本转译

图4-2 《无家儿》封面、封二信息

① 郑振铎：《译文学书的三个问题》，《小说月报》，1921年第12卷第3期，第24页。

② 安徒生著，陈敬容译：《丑小鸭》，上海：上海骆驼书店，1948年，第1页。

《无家儿》译序末尾这样写道："本书原著者爱克德曼罗氏，为法国著名家庭小说作家，本书是他的不朽的名著！各国都有译本，日译本达四五种版本之多，这也多少说明了本书的价值。译者系据日本三宅房子氏的日译本译出。"①

《何为》一书自法文版翻译的始末参见该书 1936 年版本中巴金撰写的《后记》：

> 《何为》的名字我在十六七岁的时候就知道了。后来听说这书有英文译本，曾托友人在伦敦、纽约等处搜求过，却没有结果。1928 年春天我在巴黎塞纳河畔一家书摊上买到这书的法文译本，书名改作了《妒嫉》，但内容是一看便明白的。……一搁就是几年，直到 3 个月前我整理破书，找出了这本《何为》，拿给世弥和宗融看，他们都说愿意翻译……世弥没有失信，过了一个多月的光景，她就把稿子送来了，是这么流畅的译笔，又是她一个人翻译的。

鲁迅在《煤的故事》译序一开头就注明了本书译自日文，原著者是匈牙利人：

> 这（连贯）的童话六篇，原是日本林房雄的译本（一九二七年晓星阁出版），我选给译者，作为学习日文之用的。逐次学过，就顺手译出，结果是成了这一部中文的书。
>
> ……
>
> 作者海尔密尼亚·至尔·妙伦（Hermynia zur Muehlen），看姓氏好像德国或奥国人，但我不知道她的事迹。据同一原译者所译的同作者的别一本童话《真理的城》（一九二八年南宋书院出版）的序文上说，则是匈牙利的女作家……

特定的社会、历史、文化因素和译者行为建构了翻译规范，而翻译规范反过来又制约译者行为。既然是有独立意志的社会人，那么女译者的翻译行为也就证明了她们对主流价值观的认可和响应，也恰恰是这种认同帮助她们实现了译作的

① 陈秋帆：《〈无家儿〉序》，《无家儿》，上海：商务印书馆，1936 年，第 1 页。

良好传播效果。

第三节 直译与意译、归化与异化

图里认为翻译规范在翻译的每个阶段以及在生产译文的每个层次上都起着作用。据此，他将翻译规范分为三类：预备规范、初始规范和操作规范。其中，初始规范主要描写翻译行为如何在其背后的两大文化价值之间进行取舍，要么以原文为依归，遵守原文的规范，要么遵守译语和译语的规范。换言之，坚持原文规范，就决定译文充分表现原文内容，遵循目标语文化中的规范，就决定译文在目标语文化中将被顺利接受。[①] 坚持原文规范就是“充分性”翻译，在翻译方法上倾向于“直译”或“异化”；反过来，遵守译语规范就是“可接受性”翻译，在翻译方法上倾向于“意译”或“归化”。[②] 实际上，直译、意译与异化、归化并不在同一层面，所指也不完全相同。

直译和意译作为翻译方法，几乎和翻译工作本身一样古老，无论是我国还是西方都有对它们的探讨。罗新璋在《我国自成体系的翻译理论》一文说：“直译与意译之争，在我国自有翻译之时就存在。”[③] 我国的直译意译之争源于东汉末年的佛经翻译，不过当时并没有称为“直译”“意译”，而是“文”“质”之争。[④] 梁启超指出，“……直译意译两派，自汉代已对峙焉可耳。”[⑤] 他所说的“直译”和“意译”就是佛经翻译中所谓的“质”译与“文”译。“质”“文”之谓源出《论语·雍也》：“质胜文则野，文胜质则史。文质彬彬，然后君子。”汉代佛经翻译家支谦的《法句经序》最早记录了直译和意译之争：

> 诸佛典皆在天竺。天竺言语，与汉异音。云其书为天书，语为天

---

① Toury, Gideon. *Descriptive Translation Studies and Beyond*. Amsterdam and Philadelphia: Benjamins, 1995: 56.

② Toury, Gideon. *A Handful of Paragraphs on "Translation" and "Norms"*. C. Schaffner (ed.). Translation and Norms. Current Issues in Language and Society, 1998, 5 (1-2): 10-32.

③ 罗新璋：《翻译论集》，北京：商务印书馆，1984 年，第 2-4 页。

④ 1980 年茅盾在《茅盾选集序》一文指出：“‘五四’运动前后开始用白话文翻译。……‘直译’这名词就是那时兴起的。”参见乔增锐，《译论》，北京：中华工商联出版社，2000 年，第 249 页。

⑤ 陈福康：《中国译学理论史稿修订本》，上海：上海外语教育出版社，2000 年，第 8 页。

语。名物不同，传实不易。唯昔蓝调、安侯、世高、都尉、佛调，译胡为汉，审得其体，斯以难继。后之传者，虽不能密，犹尚贵其实，粗得大趣。始者维祇难出自天竺，以黄武三年来适武昌。仆从受此五百偈本，请其同道竺将炎为译。将炎虽善天竺语，未备晓汉。其说传言，或得胡语，或以义出音，近于质直。仆初嫌其词不雅。维祇难曰："佛言，依其义不用饰，取其法不用严。其传经者，当令易晓，勿失厥义，是则为善。"座中咸曰："老氏称：'美言不信，信言不美。'仲尼亦云：'书不尽言，言不尽义。'明圣人意，深邃无极。今传胡义，实宜径达。"是以自偈受译人口，因循本旨，不加文饰。译所不解，则厥不传，故有脱失，多不出者。然此虽词朴而旨深，文约而义博。

陈福康认为，"支谦倾向于'好文'，维祇难'好质'。这篇序其实记载了千数百年前两派的一场论争。……"① 随着佛经翻译的不断增加和不断渗入，实践者们逐渐意识到不能只局限于某一种翻译方法，因此玄奘提出"多用直译，善参意译"，"意译直译，圆满调和"的观点，使唐代的译经水平达到登峰造极的程度，令后世人叹为观止。

直译与意译的第二次争论发生在20世纪二三十年代。以鲁迅为首的一批左翼学者主张直译，认为意译让"洋人穿了长袍马褂"，消解了原文的异国情调；而以梁实秋为首的一批右翼学者则主张意译，认为直译以辞害义，语言佶屈聱牙。林汉达在《翻译的原则》一文中对这一次的争论（到1941年为止）做了这样一个小结："真正主张直译的人所反对的，其实并不是意译，而是胡译或曲译。同样，真正主张意译的人所反对的也不是直译，而是呆译或死译。我们认为正确的翻译就是直译，也就是意译；而胡译、曲译、呆译、死译都是错误的翻译。"② 值得注意的是，这场始于直译与意译的争论后来逐渐上升到了政治层面。从鲁迅驳斥梁实秋的那篇著名论文《"硬译"与文学的阶级性》的标题中即可窥见一斑。

之后，我国翻译文学界围绕直译意译又进行了长时间的论辩。归纳起来，大致有三种意见：（1）把直译理解为逐字译，并加以提倡；有的提倡直译，但不把"直译"理解为逐字译，并把直译理解为唯一正确的方法，不承认另外还有

① 陈福康：《中国译学理论史稿修订本》，上海：上海外语教育出版社，2000年，第8页。
② 惠宇：《是直译，还是意译?》，《外语教学》，1998年第1期，第46-50页。

“意译”的方法；或者把直译与“曲译”对立起来，认为直译就是“正确的翻译”；（2）反对逐字直译，主张通顺易懂的意译，或者认为所谓翻译就是“译意”，即“意译”；（3）将直译意译两者调和折中，不作硬性划分；或反对使用“直译”“意译”的提法，而主张用别的更恰当的概念取而代之；或对直译意译的内涵作进一步科学的清理和界定，主张两者的有机结合与统一。①

直译和意译之争在持续了近一个世纪以后，翻译家和翻译学者们终于在20世纪末基本达成共识：直译不是死译、硬译、呆译，意译不是胡译、乱译；在保证原文语义不流失的情况下，尽量直译，也就是说，能直译时直译，不能直译时意译；直译和意译并行不悖，任何译本都是直译和意译相结合的结果。②

初始规范的变迁与重构不可避免地影响了身处其中的女译者们，她们敏锐地觉察到这一变迁，并开始在自己的翻译中践行贴近原文的直译方法，她们的行动反映出她们对原语文本和文化的尊重以及对国内翻译规范的认同。

比如陈敬容自英译本转译的安徒生经典童话《丑小鸭》③ 就十分贴近英译本，几乎是亦步亦趋。见下例：

It was so beautiful out on the country, it was summer—the wheat fields were golden, the oats were green, and down among the green meadows the hay was stacked. There the stork minced about on his red legs, clacking away in Egyptian, which was the language his mother had taught him. Round about the field and meadow lands rose vast forests, in which deep lakes lay hidden. Yes, it was indeed lovely out there in the country. In the midst of the sunshine there stood an old manor house that had a deep moat around it. From the walls of the manor right down to the water's edge great burdock leaves grew, and there were some so tall that little children could stand upright beneath the biggest of them. In this wilderness of leaves, which was as dense as the forests itself, a duck sat on her nest, hatching her ducklings. She was becoming somewhat weary, because sitting is such a dull business and scarcely

---

① 王向远：《一百年来我国文学翻译十大论争及其特点》，《苏州科技学院学报》（社会科学版），2011年第6期，第31-35页。

② 王东风：《归化与异化：矛与盾的交锋?》，《中国翻译》，2002年第5期，第24-26页。

③ 安徒生著，陈敬容译：《丑小鸭》，上海：上海骆驼书店，1948年。

anyone came to see her. The other ducks would much rather swim in the moat than waddle out and squat under the burdock leaf to gossip with her.

陈敬容译文：

那时正是夏天，乡村非常美丽可爱。小麦金黄，燕麦还是绿油油的。在那低矮丰茂的草场上，干草都打成了堆，鹳鸟用红色的长腿到处走动，啾啾地讲着他母亲教给他的埃及话。田野和草场的周围都是大森林，林中有些深深的湖沼。是呵，乡村的确是美丽可爱的。在正当阳光照耀的地方，立着一座古老的房子，周围有一道深深的壕沟绕着，大片的羊蹄草叶就从那房子的墙脚下一直长到水边。它们有的那么高，一个小孩可以直直地站在它们下面。叶丛中就像森林里面一样僻静，那儿有一只母鸭坐在她的窠里。她正要孵出一些小鸭来，但是她已经坐得很疲倦，因为已经孵了好一会儿了。而且又很少有客人来拜望她，别的鸭子们宁可在壕沟里游泳，不大高兴摇摇摆摆地走来，坐在羊蹄草叶下面同她谈天。

不难看出，陈敬容的译文无论是词语还是句法都尽量和英译本保持一致，部分表达有欧化倾向，如“鹳鸟用红色的长腿到处走动”“在正当阳光照耀的地方”“正要孵出一些小鸭来”等等，但是民国时期白话文要取代文言文，不得不借鉴西方语法以建构自身的语法体系，另外，受到直译和保持洋气的规范制约，陈的译法在当时十分普遍，也为学界所认可。她的译本再版（1949 年，上海骆驼书店）、三版（1950 年，北京三联书店），可见其传播效果还是很好的。直译法在民国时期女译者中是十分普遍的，她们几乎都奉原作为圭臬，尽量为读者提供原汁原味的外国文学作品。

除了直译意译之外，还有两个概念也慢慢进入了译者视野。鲁迅先生 1935 年 7 月在《且介亭杂文二集·“题未定”草》中指出：“动笔之前，就得先解决一个问题：竭力使它归化，还是尽量保存洋气呢？”并表示他自己倾向于后者，“只求易懂，不如创作，或者改作，将事改为中国事，人也化为中国人。如果还是翻译，那么，首先的目的，就在博览外国的作品，不但移情，也要益智，至少是知道何地何时，有这等事，和旅行外国，是很相像的；它必须有异国情调，就是所谓洋气。其实世界上也不会有完全归化的译文，倘有，就是貌合神离，从严辨别起来，它算不得翻译。”① 实际上，鲁迅先生在这里所说已不仅仅是直译意译的问题了，已经包含了文学作品中异国文化的处理策略，可以视作归化与异化翻译的萌芽。

在国际译坛，明确归化异化概念并引发大争论的是美籍意大利裔解构主义学者韦努蒂。在1995年出版的《译者的隐形》（*Translator's Invisibility*）一书中，韦努蒂从文化和政治的高度抨击了抹灭原语文化的归化式翻译的弊端，倡导阻抗式地凸显原语文化的异化式翻译。继韦努蒂之后，以色列学者埃文·佐哈尔用多元系统理论分析了归化翻译和异化翻译。在佐哈尔看来，归化异化并不完全是译者的选择，而且还受到原语文化和译语文化地位的影响：如果原语文学在译语文学多元系统内处于主要地位，那么译者多会采用异化翻译；反之，则多采用归化翻译。德国功能学派则用目的论来解释归化与异化翻译：如果翻译目的需要归化，那么译者会选择归化策略；反之，则选择异化策略。

归化和异化可看作直译和意译的概念延伸，但并不完全等同于直译和意译。直译和意译是针对两种语言的形式和结构提出来的，“原作的内容由一定的形式表现出来，形式就是该原作所运用的各种表达方式、修辞手段、词句结构、语音格律等。我们是通过它们来理解原作的思想内容和精神丰姿的。”② 由此可见，直译意译之争主要聚焦于形式与内容的关系，在保持内容的前提下，更多保留原作语言形式的称为直译，反之则是意译。而归化和异化不仅表现在语言形式层面上，而且也表现在对文化因素的处理上。“归化所要做的不仅是使译文符合译入语的表达习惯，还要使原文的文化特色符合译入语文化规约，异化要保留的也不仅是纯语言的形式特色，还有异域的文化因素。选用归化还是异化的翻译策略对译文会有很大的影响，甚至会出现某些意思丧失的情况。”③

比如，民国初期的翻译家林纾曾多次指出：外国作品中有不少内容译者不一定赞同，但是翻译时还应忠于原著。在《黑奴吁天录》的《例言》中，林纾这样说：“是书为美人著。美人信教至笃，语多以教为宗。顾译者非教中人，特不能不为传述，识者谅之。”④ 在《鲁滨逊漂流记》的译序中还说：“至书中多宗教

① 罗新璋：《翻译论集》，北京：商务印书馆，1984年，第299-303页。

② 乔增锐：《译论》，北京：中华工商联出版社，2000年，第257页。

③ 刘艳丽、杨自俭：《也谈“归化”与“异化”》，《中国翻译》，2002年第6期，第20-24页。

④ 陈福康：《中国译学理论史稿》，上海：上海外语教育出版社，1992年，第139页。

家言，似译者亦稍稍输心于彼教，然实非是。译书非著书比也。著作之家，可以抒吾所见，乘虚逐微，靡所不可；若译书，则述其已成之事迹，焉能参以己见？彼书有宗教言，吾即译之，有胡能讳避而铲锄之？故一一如其所言。”[①] 可见，林纾在翻译实践中很注重保留异国文化因素。林纾翻译的《迦茵小传》完整翻译了女主人公未婚先孕的情节，对当时国内的意识形态构成了猛烈的冲击。蟠溪子在林纾之前也曾经翻译该小说，却只翻译了前半部，有一部分原因可能与小说的后半部有“诲淫”之嫌有关，[②] 因为当时中国社会的伦理道德不允许女子越雷池半步。后来林纾偶然发现了该书的全本，因“特哈氏书精美无伦，不忍听其沦没”[③]，故以七旬之力根据魏易口述，译出全文，1905 年商务印书馆出版。译著出版后，即遭到保守读者的猛烈攻击，如寅半生的《读〈迦茵小传〉两译本书后》：

> 吾向读《迦茵小传》，而深叹迦茵之为人，清洁娟好，不染污浊，甘牺牲生命，以成人之美，实情界中之天仙也；吾今读《迦茵小传》，而后知迦茵之为人，淫贱卑鄙，不知廉耻，弃人生义务，而自殉所欢，实情界中之蟊贼也；此非吾思想之矛盾也，以所见译本之不同故也。盖自有蟠溪子译本，而迦茵之身价忽登九天；亦自有林畏庐译本，而迦茵之身价忽坠九渊。[④] ……蟠溪子不知几费踌躇，几费斟酌，始得有孕一节为迦茵隐去。……不意有林畏庐者，不知与迦茵何仇，凡蟠溪子百计所弥缝而曲为迦茵讳者，必欲另补之以彰其丑。……呜呼！迦茵何幸而得蟠溪子为之讳其短而显其长，而使读迦茵小传者咸神往于迦茵也；迦茵何不幸而复得林畏庐为之暴其行而贡其丑，而使读迦茵小传者咸轻薄夫迦茵也。[⑤]

如果单从语言层面看，很多人会认为林纾的翻译与原文相去甚远，而实际上

---

① 钱谷融主编，吴俊标校：《林琴南书话》，杭州：浙江人民出版社，1999 年，第 4 页。

② 孙会军：《归化与异化——两个动态的概念》，《外语研究》，2003 年第 4 期，第 60-64 页。

③ 林纾：《迦茵小传·小引》，1905 年，陈平原、夏晓虹编：《二十世纪中国小说理论资料（第一卷）：1897—1916》，北京：北京大学出版社，1989 年，第 138 页。

④ 寅半生：《读迦茵小传两译本书后》，1907 年，陈平原、夏晓虹编：《二十世纪中国小说理论资料（第一卷）：1897—1916》，北京：北京大学出版社，1989 年，第 228 页。

⑤ 孙会军：《归化与异化——两个动态的概念》，《外语研究》，2003 年第 4 期，第 229 页。

他的小说翻译在思想内容方面是异化的，正如钱锺书先生所说，“（在林纾的）译文里包含有很大的‘欧化’的成分”。[①] 因此，“直译”的译文未必一定异化，而“意译”的译文未必一定归化。归化异化是在文化大语境下透视翻译问题，不仅仅牵涉到语言问题，而且关系到价值观念、宗教信仰、文化传统等诸多方面，比直译意译的范围要广得多。

笔者调查统计了民国时期女译者的译作，发现民国初期的女译者译作多采纳归化策略，而后期约70%的译作都是忠实于原作和原语文化的，也就是采用了异化的策略，尽可能多地向国内读者呈现原汁原味的异域特色。这一方面与国内在五四新文化运动时批判晚清胡译乱译之风，提倡尊重原作的社会发展趋势一致。另一方面，译者心中对目标读者的定位也会决定其译法。五四时期及之后，译本的读者群不仅包括社会各界受过教育的人士，而且包括各级各类学校的学生，因此在译文中尽量重现原作意味和精神。孙会军认为，由于异化和归化是根据特定时期目的语的语言、文学或是文化规范来判定的，那么这一对概念相对于“直译”和“意译”来说就是随着时代的变化而变化，是动态的，而“直译”“意译”则是根据译文对原文语言的忠实程度来界定的，因此是客观的、固定的、静止的。[②]

第四节　全译与节译、文言与白话

图里翻译规范论中的第三个维度是操作规范。操作规范（Operational norms），支配翻译过程中所作的各种决定。它直接或间接地决定原语文本和译语文本之间的关系，即什么最有可能在翻译过程中维持不变，什么最有可能发生变化。分为“宏观架构规范”（Matricial norms）和“篇章语言学规范”。前者决定译文的宏观结构，如翻译全文还是部分（翻译的充分程度）、各部分的位置是否变化以及文本的结构变化、文本分割、省略、增添、位移等。后者影响译文的微观结构，制约译者如何选择合适的语言成分组织译文。篇章语言学规范可能是适用于一切翻译的一般规范，也可能是只适用于某一特殊文本类型或特殊翻译方式

---

① 钱锺书：《林纾的翻译》，《翻译通讯》，北京：中国翻译工作者协会，1984年，第280页。
② 孙会军：《归化与异化——两个动态的概念》，《外语研究》，2003年第4期，第60-64页。

的特殊规范。[①②] 在这里，宏观架构规范主要表现为女译者译作是全译还是节译，篇章语言学规范则主要表现为译文所用语言是文言还是白话。

节译是变译的一类，又名摘译。全译与变译是两个相对的概念，区分它们的标准是译文中保留原作内容与形式的完整性程度。全译中的“变”是微观的，而变译中的“变”是宏观的，是译者有意识（据特定条件下特定读者的特殊需求）地改变原作的内容与形式，乃至风格。[③]

与全译相比，摘译的信息内容量不同于原文，结构形式也不同于原文。笔者根据黄忠廉四篇论文整合了摘译的各项要素[④⑤⑥⑦]，详见表 4-1：

表 4-1　摘译/节译方法、过程、目的及其与全译关系

变译类型	变译方法	变译过程	变译目的	与全译的关系
摘译/节译	根据特定要求从一文、一书中选取部分，以反映该文献的主要内容或读者感兴趣的内容	摘取+全译	撷取精华，各取所需	局部全译

从表 4-1 可见，摘译或节译是一种局部的全译，换言之，译者从原文中选取出精彩的片段串译在一起，这些片段应能完整地呈现故事情节，主线突出，人物形象突出。

民国时期女译者的译作中，郑安娜翻译的《风流云散》（又译《飘》）是其中最有代表性的节译。该书共有 188 页，包括第一至第五部和《后译记》。该译作是部分翻译，即不是充分翻译，但各部分的位置没有变化，与原语文本的结构完全一致，中间省略了很多译者认为不必要的部分，那么，译者为什么要采取这样的翻译方法呢？她的翻译起源、翻译目的、翻译方法等详见其《后译记》。

① 韩庆果：《翻译规范与文本性——整合文本性的翻译规范理论初探》，《中国翻译》，2006 年第 2 期，第 14-20 页。

② 彭劲松，李海军：《描述翻译学：发展轨迹及理论创新》，《广西师范大学学报：哲学社会科学版》，2011 年第 4 期，第 50-53 页。

③ 黄忠廉：《变译全译：一对新的翻译范畴》，《上海科技翻译》，2002 年第 3 期，第 5-7 页。

④ 黄忠廉：《变译全译：一对新的翻译范畴》，《上海科技翻译》，2002 年第 3 期，第 5-7 页。

⑤ 黄忠廉：《变译理论：一种全新的翻译理论》，《国外外语教学》，2002 年第 1 期，第 19-22 页。

⑥ 黄忠廉、李明达：《变译方法对比研究》，《外语学刊》，2014 年第 6 期，第 88-91 页。

⑦ 黄忠廉、李亚舒：《论翻译策略系统》，《上海科技翻译》，2003 年第 4 期，第 10-13 页。

后译记①

在我的习惯中，对于任何作品，如果能够读原文，便不想再看译本。由于两种文字的悬殊，风俗人情的差异，翻译的困难；一部作品由另一种文字再现出来，不免减少光彩，甚而灰黯了原来的风韵。最低限度，一位作者的特殊风格，和文字的机智，怎样能再造呢？这不是小视国内翻译者的努力，但像傅雷先生给罗曼·罗兰翁的《约翰·克利斯朵夫》那样的佳译，究竟是太少见了。

可是，虽然抱着这样的信念，我还是在朋友们的鼓励下，大胆地把一部篇幅浩繁的《风流云散》，或称《飘》，节译了下来。我之敢在短时间内把一本销量破纪录的美国历史小说，节成一本薄薄的册子，不是没有原因的。第一，我曾经把原作细读过三遍，它曾经消磨了我从香港逃返国内时大部的旅程，似乎书内的人物，都和我十分熟识了。尤其在香港时曾看过《乱世佳人》的电影，费雯李和克拉克盖博精湛的演技还深深地印在脑里。第二，原作并不是一本了不起的文学作品，风格和技巧都不是本书的特色：它之所以能博得广大读者，与其说是表现艺术的优秀，倒不如说故事动人来得更直接了当点。第三，我对本书女主角史高蕾·奥哈莱和“恶棍”雷德·勃脱莱有深切的喜爱：这种人物在目前的战争圈里，特别是重庆，有的是哩。不管你对他们的行为有多痛恶，他们究竟是两个生动而有强烈个性的人物！

重庆的人们震于宣传，在渴望影片《乱世佳人》的到来，如果能有机会读到原作，岂不是更好的事！但，对于忙着生活，忙着工作，忙着做梦，忙着……的人们读一本上千页几百万字的书篇；有钱的没有工夫，想读的可没有上千元的钱来买一部大书，真是难事。我之大胆，原也在想帮助读者；因之，利用一些每天料理柴米油盐和哺育孩子之外的时间，把它节译了过来。在生活的忙迫中，不免有快刀斩乱麻的姿势，枝节上的错误处，希望高明的指正。

需要声明的是，这书是根据原作直接节译的，对于其他各家的译本，我还没有时间欣赏哩。

安娜　三十四年三月二十日

① 密契尔著，郑安娜节译：《风流云散》，美学出版社，1945年，第187–188页。

文中郑安娜首先提及了文学翻译的困难，译者很难再现作者的特殊风格和原语文字的机智俏皮，然而尽管困难重重，文学翻译仍然是必需的。第二段介绍了自己节译《飘》的始末缘由。从中不难发现译者对原作的喜爱与熟识，正因为爱不释手且了然于胸，所以才想要介绍给更多的读者。另外，该作品的战争题材正符合当时的中国国情，人物形象也能产生共鸣，而且电影宣传的浩大声势也激发了观众和读者了解原作的兴趣，以上种种都是译者翻译的重要原因。那么，译者之所以采用节译，而不是全译，一方面是考虑到读者的接受因素，另一方面也因为原作是以故事情节见长，并非以风格、技巧见长。郑安娜能从原作、自身和读者的不同角度来反思、阐释其翻译行为，足见其有很高的文学修养和清醒的译介意识，在当时是极为难得的。这也反映出译者对原作的尊重，完全不同于清末民初时期的豪杰译（任意增删、编述等）。

译文语体的“文言”与“白话”之争，“雅”与“俗”之争发端于近代文学翻译。黄遵宪在比较了中国语言和外国语言之后说道：“余闻古罗马时，仅用腊丁语，各国因语言殊异，病其难用，自法国易以法音，英国易以英音，而英法诸国文学始盛。”① 梁启超在戊戌变法失败后，也逐渐意识到“文学之进化有一大关键，即由古语之文学变为俗语之文学是也。各国文学史之开展，靡不循此轨道。”② 因此，在黄遵宪、梁启超看来，只有进行语言改革，言文合一，才能推广平民教育，继而保国保种。如果单从启发民智的目的出发，那么通俗易懂的白话文学当然是最好的思想传播工具，所谓“以俗言道俗情者，正格也”。③

可是，白话文学不是突然之间就占据主导地位的，其间文言文学，尤以文言小说为代表，甚至可以说揭开了其发展史上最后但也是最辉煌的一页。这背后的原因恰恰是中国古代语言、文字长期分离造成的巨大裂缝，把这代作家和译家逼到两难的窘境。④ 这个时期的作家、译家、读者大都是“出于旧学界而输入新学说者”，对他们来说，“白话”比“文言”难，“俗”比“雅”难。白话虽然生

① 黄遵宪：《日本国志·学术志》，转引自袁进，《中国文学观念的近代变革》，上海社会科学院出版社，1996 年，第 163 页。

② 梁启超：《小说丛话》，陈平原、夏晓虹编：《二十世纪中国小说理论资料（第一卷）：1897—1916》，北京：北京大学出版社，1989 年，第 65 页。

③ 《小说家言》，转引自陈平原、夏晓虹编：《二十世纪中国小说理论资料（第一卷）：1897—1916》，北京：北京大学出版社，1989 年，第 10 页。

④ 陈平原、夏晓虹编：《二十世纪中国小说理论资料（第一卷）：1897—1916》，北京：北京大学出版社，1989 年，第 10-11 页。

动，贴近实际生活，可是其浅白粗糙却无法满足传播广博深邃的现代思想的需求，也无法满足现代人表达复杂微妙情感的需求。相比之下，文言虽然艰涩僵化，脱离实际生活，可是古朴顽艳、苍劲瘦硬、雅驯含蓄。文言的这些特点正是这代文人所欣赏的。除此之外，还有一股新的潮流，“那就是梁启超提倡的取法东洋的‘新名词’，以及鲁迅、周作人主张借直译输入的西洋句法文法。‘别具一种姿态’的译文体小说，其时已经开始悄悄流行。”①

三股潮流交织激荡，最终融合成一种“调入方言土语、文言韵语乃至新名词新文法的崭新的‘白话文’，作为二十世纪中国小说的主要文体。”②（其实，不仅仅是小说，其他文学体裁也是如此。）国内文体规范的变迁生动地体现在女性译者的译作中。我们不妨对比一下 1912 年 9 月上海广智书局出版的《捕鬼奇案》（译者陈鸿璧）片段（图 4-3）和 1936 年 9 月上海商务印书馆出版的《阿细雅》（译者陈学昭）片段（图 4-4）。

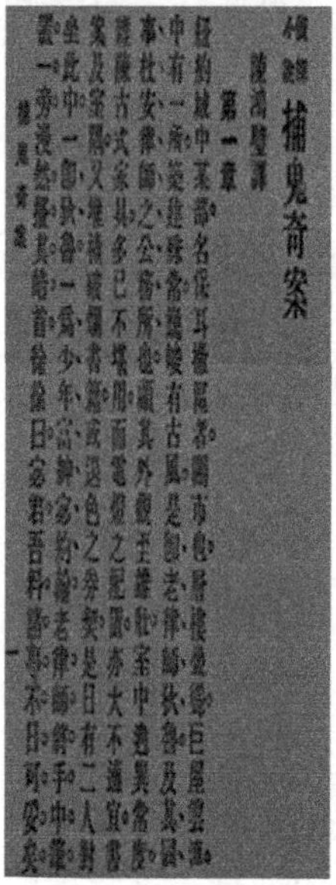
捕鬼奇案
陈鸿璧译
第一章

图 4-3 《捕鬼奇案》第一章第一页

纽约城中某部。名保耳撒区者。闹市也。层楼叠从。巨屋云浑。中有一所。筑建殊常。巍峻有古风。是即老律师狄鲁及其同事杜安律师之公务所也。顾其外观之雄壮。室中迥异常度。杂陈古式家具。多已不堪用。而电灯之配置。亦大不适宜。书案及室隅。又堆积破烂书籍。或退色之券契。是日有二人对坐此中。一即狄鲁。一为少年富绅宓约翰。老律师将手中笔置一旁。漫然搔其皓首。徐徐曰。宓君。吾料诸事不日可妥矣。

（选自《捕鬼奇案》第一章）

我那时差不多 25 岁，NN 开始说，这是一件远了的事故，可不是？我正得着了我的自由，动身到外国去，并不是为“补足我的知识”，像人家所说的，只是简单地因为我要见见世面。那时我健康、年轻、快

① 梁启超：《小说丛话》，陈平原、夏晓虹编：《二十世纪中国小说理论资料（第一卷）：1897—1916》，北京：北京大学出版社，1989 年，第 12 页。

② 梁启超：《小说丛话》，陈平原、夏晓虹编：《二十世纪中国小说理论资料（第一卷）：1897—1916》，北京：北京大学出版社，1989 年，第 12-13 页。

乐；我从不缺少金钱；也还没有烦恼来搅扰我；一无忧虑；我称心恰意地生活着，总之，我享乐我的青春。竟连人类的荣华比一株植物短促的这个思想也没有。青年吃着那很好的蜜糕，而还以为这是日常的面包。可是到某个时间人会想望哪怕是一小块的面包。呵，何苦在这些里发议论呢！

（选自《阿细雅》第一章）

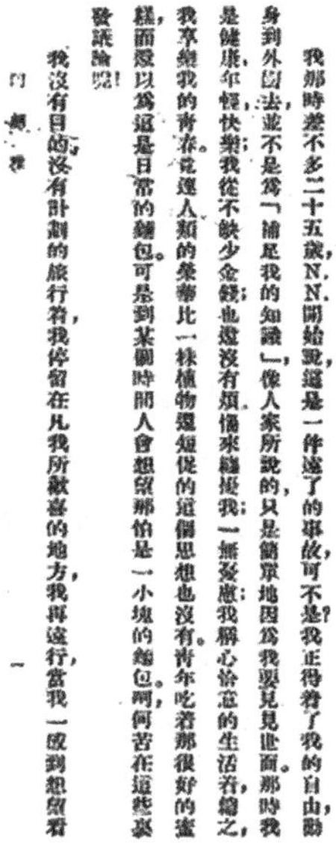
我那時差不多二十五歲，N.N.開始說，這是一件遠了的事故，可不是？我正得着了我的自由斷身到外國去，並不是爲「補足我的知識」，像人家所說的，只是簡單地因爲我要見見世面。那時我是健康，年輕，快樂；我從不缺少金錢；也還沒有煩惱來纏擾我；一無憂慮；我稱心恰意的生活着，總之，我享樂我的青春。竟連人類的榮華比一株植物還短促的這個思想也沒有。青年吃着那很好的蜜糕，而還以爲這是日常的麵包。可是到某個時間人會想望那怕是一小塊的麵包。呵，何苦在這些裏發議論呢！

我沒有目的沒有計劃的旅行着，我停留在凡我所歡喜的地方，我再遠行，當我一感到想望看

图 4-4 《阿细雅》第一章第一页

历时的比较不难看出文体规范的变迁，而共时的比较却可以了解不同时段里女译者们所采用的主要文体。笔者查阅了民国时期女译者的译作，20 世纪 20 年代之前的译作主要采用文言文体，20 年代之后的译作基本都采用白话文体。这与当年五四新文化运动峻急的反传统姿态和行动有很大的关系。孔慧怡在《翻译 · 文学 · 文化》一书中关于五四运动以后翻译家及读者对前代翻译工作的态度作了深刻的剖析：

1919 年的五四运动不但摧毁了传统中国古典文学的一切规范，更取替了传统的文学语言——文言。新文学运动的新精英分子在推动白话文之余，亦致力于推广当时西方文学已有的文学建制，包括此建制认许的经典小说。清末翻译小说大半以文言为管道，而又以普及小说占大多数，正好落入新文学运动排斥的范围：文言传统被贬为封建思想的载体，而译介流行小说又被认为是清末译者对西方文学无知的罪证。这种新旧交替的时期，旧传统的优点往往被抹煞，而缺点则成为批评重心，因为这样才可以显出新传统的优秀之处。在这个过程中，清末小说翻译丧失了让它们存在的社会及文化背景，而从中国新文学传统的角度来看，清末译者用的是封建语言，译的是流行小说，口号是社会教育而非文学，自然归入淘汰的行列。①

① 孔慧怡：《翻译 · 文学 · 文化》，北京：北京大学出版社，1999 年，第 28–29 页。

孔慧怡的分析既涉及翻译选材，也涉及翻译文体。文言文作为旧传统的一部分，成为新旧观念之间较量的牺牲品。而女译者们敏锐地察觉到这一变化，面对排山倒海的“文学革命运动”，她们用自己的行动顺应时代潮流，参与构建翻译规范，使得自己的作品取得了良好的传播效果。

吉迪恩·图里作为特拉维夫学派的主要代表人物，在佐哈尔的多元系统理论基础上建立了翻译规范论。图里认为原语文本和目的语文本受到原语文化和目的语文化的影响，在结构、文体和文化信息等多个层面都存在很大差别。图里将原语文化和原语文本设为一端，称为“充分性”（Adequacy），将目的语文化和目的语文本设为另一端，称为“接受性”（Acceptability）。译者的翻译实践过程就是与“充分性”和“接受性”相斗争和相融合的过程。影响译者更倾向于原语文化还是译语文化的因素就是规范。规范分为初始规范（Initial norms）、预备规范（Preliminary norms）和操作规范（Operational norms）。

在图里的理论中，这三种规范首先是平级关系，没有等级之分；其次不是按照翻译过程设定的，不完全对应于译前规范、译中规范和译后规范。如果一定要参照翻译过程，那么笔者认为：（1）初始规范指译者对原语文本和目的语文本的态度，影响它的因素主要包括外界因素（如委托人等）和译者自身翻译经历、对翻译的认识等，这些因素在译者从事翻译活动之前就影响译者对翻译策略的抉择，在翻译活动开始后也会影响译者不断斟酌、修改译稿，因此既属于译前规范也属于译中规范；（2）预备规范主要是一些影响翻译选材的因素，既有个人因素也有社会因素，也发生在翻译活动开始之前，也应属于译前规范；（3）操作规范主要影响译者对原语文本结构和语言的具体处理，如全译还是节译、摘译、缩译，用什么文体等等，应属于译中规范。译后规范是译者在翻译活动结束之后，对翻译行为的反思，总结翻译心得形成序跋等文字。这些文字会影响读者对译本和译者的评价，会影响其他译者对翻译活动中隐性规范的认识，并促成新规范的形成。因此，译后规范也是翻译研究中不可忽视的一方面。可是，译者的反思仍然是建立在对初始规范、预备规范和操作规范的思考之上，并没有超越它们的藩篱。因此，若按照翻译过程划分翻译规范无疑会造成困惑和混乱。

本章中笔者按照图里的翻译规范论，分别分析了民国时期女译者外国文学翻译活动中的预备规范对翻译选材的制约，对翻译直接程度的制约，分析了初始规范对译者倾向性（直译与意译、归化与异化）的制约，分析了操作规范对译者语篇处理方法的制约（全译与节译、文言与白话）。通过以上分析，笔者发现：

民国时期外国文学翻译中的女译者在翻译选材中能够为国内政治服务，注重翻译不同文学流派的名家名著，同时有翻译女性主义作品的萌芽。女译者大多采用直接翻译的方式，受语言所限，不得不采用间接翻译时，都能自觉对比甄别不同译本，选择优秀的译本进行翻译，并能在自己的译本中主动标注，方便读者和研究者。女译者多采用直译和异化的策略，多采用全译和白话。这些都是和民国时期的社会语境密切相关的，由此可见，无论是翻译活动，还是文学的发展，都离不开译入语文化环境和社会环境。

第五章　翻译与创作

——女译者张近芬、袁昌英个案研究

图里的翻译规范论建立在佐哈尔的多元系统论之上，多元系统论认为语言、文学、经济、政治、意识形态等各种社会符号都是开放的系统，彼此不同却相互依存，形成一个更大的系统。在这个更大的系统之内，每个子系统的位置都不是固定不变的，而是不断运动变化的，有的居于边缘，有的居于中心。佐哈尔进一步论证了翻译文学占据文学大系统中心地位的三种情况：（1）当某一个多元系统还没有形成，换言之，当文学还“年轻”，正处于创立阶段的时候；（2）当文学多元系统在更大的系统中处于“边缘”或者“弱势”地位的时候；（3）当文学多元系统出现转折点、危机或者真空的时候。佐哈尔指出当翻译文学处于中心时，翻译策略会着重译文的“充分性”，译者们在翻译外国文学作品时会倾向于原语文化和原语文本，他们的翻译行为重在输入新思想、新理念、新方法，并利用这些舶来品帮助本国学者共同建立本国新文学。应该说，佐哈尔提到的这三种情况，民国时期的中国文学都经历过。清末民初，中国社会正经历巨大变革，社会动荡、烽烟四起，旧秩序即将崩溃、新秩序尚未建立，文学处于社会大系统的“边缘”，传统文学缺乏发展下去的空间和动力，新文学系统却还没有形成，正处于创立阶段。因此，此时的翻译文学责无旁贷地担当起建立新文学的责任，正如赵小琪所说：“近代以来，被压抑的文化的迫力驱使中国知识分子不得不借助翻译活动引入异域文学和文化来实现重建中国文学和文化的意愿。”①

---

① 赵小琪、粟超：《中国现代诗歌翻译与诗歌创作、翻译诗学的主体间性关系》，《扬州大学学报》（人文社会科学版），2015年第1期，第113-118页。

第一节 民国时期的翻译与创作

虽然有重建中国文学和文化的意愿，但是如何建立却是个难题，换言之，颠覆传统、摒弃传统容易，可是如何汲取西方文学的养料同时结合自身实际创立新文学系统，却需要时间摸索。中国近代的翻译经历了由自然科学翻译、社会科学翻译到文学翻译的历程。文学翻译之所以落后，究其原因还是中国近代知识分子对自身诗学传统和文学审美习惯的留恋和自满。以诗歌为例，1871 年王韬翻译《马赛曲》（*Chant de Marseillais*）拉开了诗歌翻译的序幕，虽然梁启超、谭嗣同等改良人士提出了“诗界革命”的口号，主张“我手写我口”，但在传统格律诗中浸润已久的近代诗人仍然流连徘徊，不忍抛弃，导致清末民初的诗歌翻译并没有走出“中学为体，西学为用”的范式。只有到了五四新文化运动时，诗歌翻译才将“外国诗歌的形式、语言、表达方式和新思想等直观地呈现给了国内读者和不谙外语的诗歌创作者，才为新诗创作在民族诗歌传统之外另辟蹊径，走出了晚清以降诗歌创作举步维艰的泥沼。”① 其他文学体裁也是如此，又如戏剧，话剧是中国现代戏剧的一个新品种，也是五四时期在“建设西洋式新剧”② 的号召下发展起来的“一种西方戏剧形式”③。

五四时期的白话文运动有力地冲击了传统格律诗文，在文体、词汇、句法等多个层面声援了中国的新文学建设。鲁迅将文学翻译活动比喻成“窃火……催进和鼓励着创作”。④ 一方面，翻译为中国新文学创作提供了可资借鉴的资源，树立了典范，指引了方向；而另一方面，新文学创作反过来也要求进一步的翻译活动，以解决创作中所遇到的瓶颈与困境。这个时期的译者们都本着建设中国的新文学这样明确的翻译动因和目的，只用了短短数十年的时间就译介了西方几百年来各种文艺文学思潮和不同文学流派的代表作，从古典主义、浪漫主义、现实主

---

① 熊辉：《简论“五四”译诗对早期新诗的影响》，《重庆文理学院学报》（社会科学版），2007 年第 2 期，第 87-90 页。

② 鲁迅：《〈奔流〉编校后记（三）》，《鲁迅全集：第七卷》，北京：人民文学出版社，1981 年，第 163 页。

③ 钱理群、温儒敏、吴福辉：《中国现代文学三十年（修订本）》，北京：北京大学出版社，1998 年，第 147 页。

④ 鲁迅：《关于翻译》，罗新璋、陈应年：《翻译论集》，北京：商务印书馆，2009 年，第 360 页。

义、自然主义到现代主义。正是在这样一个以外来资源作为国内建设新文学最重要参照系的环境下，中国现代文学才发生、发展，逐步迈向现代化，因此，我们可以毫不夸张地说，翻译之于中国文学现代化、中国社会现代化的意义大矣。著名翻译家、文学家郑振铎这样评价翻译文学的作用：“无论在哪一国的文学史上，没有不显示出受别国文学的影响的痕迹的。……威克利夫（Wyclif）的《圣经》译本，是‘英国散文之父’（Father of English Prose）；路德（Luther）的《圣经》译本也是德国的一切文学的基础。”①

民国时期的很多译者同时也是作家，甚至是文学理论家。他们的创作并非仅仅停留在单纯模仿原作的层面，而是自觉地去芜存菁，对西方文学理论进行批判性的接受和融合，理性建构中国文学的现代性。在诗歌翻译和创作方面，“中国新诗形式观念的确立得益于译诗的启示：一是在观念上，译诗显示出来的新型诗歌的文体特征冲击甚至瓦解了中国固有的诗歌形式观；二是在形式上，译诗是早期新诗形式观念的实践者，是新诗的参照和模仿对象，促进了新诗形式的多元化；三是在创作上，译诗逐渐成为中国新诗传统的有机组成部分并带来了有别于传统诗歌的形式资源，诗人的译诗过程也为他们的创作积累了形式经验。”② 在胡适、刘半农、周作人等翻译 19 世纪初欧洲浪漫主义诗歌和英美意象派诗歌的影响下，五四新诗彻底告别了中国古诗的格律韵律，实现了“诗体大解放”。但新诗在走向自由化、白话化与平民化的同时，又濒临丧失三美（形式美、音律美与意象美），丧失韵味及意义的危险，于是以徐志摩、闻一多等为代表的新月派在五四后期不断翻译并创作新诗，以新格律体匡正了五四译诗的流弊，完善了中国新诗的诗学，促进了新诗艺术的发展与提高。

又比如，小说翻译和戏剧翻译。清末民初至民国时期翻译小说不仅数量多，而且类型全，社会小说、爱情小说、历史小说、政治小说、教育小说、科学小说、侦探小说等应有尽有。当然，译者并不完全是随意选材，而是带有一定的翻译动机，也即建构本国新文学。从创作角度来讲，翻译小说在价值观念、人物塑造和小说的写作技巧（如第一人称叙事、倒叙、插叙以及环境描写、肖像描写、心理描写等）上都对当时的文人产生过重要的影响。当时一些小说家在进行小说

---

① 郑振铎：《俄国文学史中的翻译家》，《改造》，1921 年，第 3 卷第 11 期，第 79 页。

② 熊辉：《五四译诗与中国新诗形式观念的确立》，《西南大学学报》（社会科学版），2008 年第 3 期，第 30–34 页。

创作时，都明显从类似体裁的翻译作品中汲取了很多营养。① 翻译在启发创作的同时，作家或译者也在翻译中融入了自己的创作技巧与经验，以张扬翻译的诗学技艺或政治功能。周作人道出了其中的缘由："我相信翻译是半创作，也能表示译者的个性，因为真的翻译之制作动机应当由于译者与作者之共鸣。"② 可见，这一时期翻译与创作之间呈现出双向推进的互动关系。

通过对民国时期女译者的译本研究，我们发现她们的翻译与创作相互联系、彼此参照，相互渗透、彼此包容，相互衍生、彼此融汇，体现出一定的互文性。主要表现在以下几个方面：（1）具体作家或译者的翻译作品与创作实践之间在风格上、语言上有相似性；（2）女译者的创作有仿拟的作品，或曰"拟作"。拟作虽然表象是"作"，但它有可以参照的原文，创作过程中经历了"潜翻译"，或者说作家或译者的心里有一个潜在的翻译文本。③ 在新文学发展的过渡阶段，拟作并不是简单的抄袭，而是从翻译创造性地转换到创作，在文学观念和创作原则移植的过程中，经历了本土化的创新。

以下将以张近芬与袁昌英为例，进一步揭示民国时期女译者翻译与创作的状态。

第二节 张近芬与《浪花》

我国现代儿童文学的先驱、同时又是我国医学界出类拔萃的人物张近芬，（1900？—1939？），字崇南，笔名有近芬、芬、CF、CF 女士等，江苏南翔（今上海市嘉定区南翔镇）人。她是嘉定第一个留德医学博士、民国时期同德医学院院长张近枢的妹妹，文学女青年张近溦的姐姐。张近芬毕业于江苏第二女师，曾任该校附属小学教员多年，后在上海同德医校学习。由于成绩优秀，又去德国柏林大学专研公共卫生。她与老舍、冰心、叶圣陶、朱自清、俞平伯、顾颉刚、刘半农、丰子恺等 172 人同为文学研究会会员。张近芬原为鲁迅好友、《语丝》编辑李小峰的女朋友，两人曾合作发表译作。张近芬后嫁给民国时期四川大学校长黄季陆。张近芬不到 40 岁即英年早逝，令人惋惜。

---

① 袁进在《试论近代翻译小说对言情小说的影响》一文中提供了很多实例。参见王宏志编：《翻译与创作——中国近代翻译小说论》，北京大学出版社，2000 年，第 206-224 页。

② 岂明：《〈艺术与生活〉序》，《语丝》，第 93 期，1926 年 8 月 10 日。

③ 熊辉：《五四译诗与早期中国新诗》，北京：人民出版社，2010 年，第 177-187 页。

张近芬的译作有《梦》(南非须莱纳尔的小说)、[1]《纺轮的故事》(法国孟代的童话)、[2]《旅伴》(丹麦安徒生的童话，与林兰合译)等。[3]资料显示，张近芬“一度活跃于二十世纪二十年代《晨报》《民国日报》的副刊，以译文著称，译小说，译诗歌。”[4]张近芬“经常在《民国日报·觉悟》《民国日报·妇女评论》《民国日报·妇女周报》《学生杂志》《小说月报》等报刊上发表诗文，她是《学生杂志》的第一位女投稿者。”[5]张近芬还著有散文《游德的观察》《行善的人》等，短篇小说《或人之恋爱》，描述同性恋，在民国时期作家笔下实属罕见。

张近芬的诗集《浪花》(阳光社文学小丛书之一)是一本译著合集，民国时期较流行把创作与译作集中放在一起。“新文学作家中，假借外国文学之手催生创作的并不鲜见。边译边创作，互为推动，极其普遍，很少有只著不译或只译不著的作家，相反，两者相互渗透，合而不分。结果，许多作者将个人的中文作品及外国译作合并成集出版，形成现代文坛的又一景观。”[6]张近芬的《浪花》分三辑。第一、第三辑是译作，其中第一辑是诗歌[7]，第三辑是散文诗和散文[8]。第二辑收录自创诗歌49首，如《野花》《种子》《海棠》《假若》《寄星姐》等。从这些译诗和自创诗中可以看出翻译对创作的影响。目前国家图书馆馆藏资源中可以找到《浪花》诗集的再版和三版，其中再版是北京大学新潮社于民国十三

---

① 须莱纳尔(Olive Schreiner)(1855—1920)，南非作家、反战运动者，父亲是德国教士，母亲是英国人。小说《梦》(*Dreams*)发表于1890年。

② 此处应是讹误，并不是孟代的作品。《纺轮的故事》就是《睡美人》，是一则经典欧洲童话。这则童话拥有多个改编版本，其中最著名的是法国作家夏尔·佩罗(Charles Perrault，民国时期曾译为柏乐尔)于1697年出版的《鹅妈妈的故事》中收录的版本，以及《格林童话》中的版本，两个版本基本一致。睡美人故事传至世界各地，成为耳熟能详、家喻户晓的童话故事之一。

③ 安徒生的童话《旅伴》，英文名为：*Travelling Companion*。

④ 陈学勇：《张近芬的“爱情小说”》，《文汇报》，2017年4月11日。

⑤ 顾建清：《民国女诗人——张近芬》，《嘉定报》，2014年7月29日。

⑥ 王建开：《“五四”以来我国英美文学译介史(1919—1949)》，上海：上海外语教育出版社，2003年，第103页。

⑦ 所译诗歌多为国外浪漫主义诗人的作品，如英国的布莱克(William Blake)、雪莱(Percy Bysshe Shelley)、柯勒律治(Samuel Taylor Coleridge)、丁尼生(Alfred Tennyson)、罗塞蒂(Christina Rossetti)，美国的朗费罗(Henry Wadsworth Longfellow)，印度的泰戈尔(Rabindranath Tagore)等。也有一些唯美主义作家如王尔德(Oscar Wilde)的作品。

⑧ 这些散文诗和散文大多选自日本浪漫主义作家德富芦花(とくとみろか)的《自然与人生》。该作品分为三部分：《写生帖》《湘南杂笔》和《对自然之五分钟》。《写生帖》是三部分中文章数目最少的，其中写人生的文章要比写自然的文章多。《湘南杂笔》更像是日记精选，每篇文章的后面都标有写作的时间。《对自然之五分钟》描写的是日本各地的景色，景致有大有小，作者意在向世界展示日本的自然之美。

年（1924）在北京出版，三版是上海的北新书局于民国十六年（1927）出版。①封面和自序见图 5-1 至图 5-3：

图 5-1　《浪花》再版封面

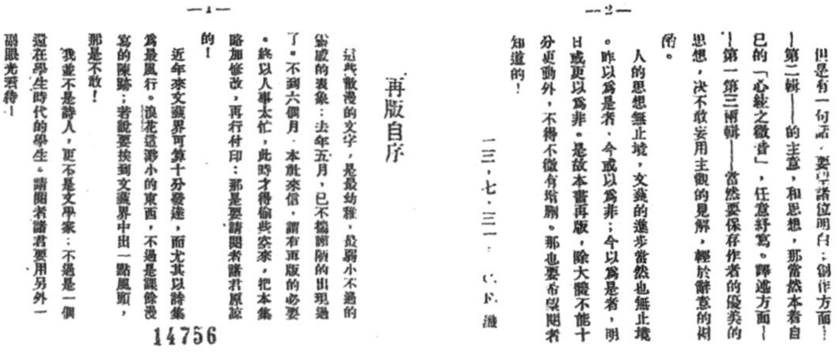

—1—

再版自序

這些散漫的文字，是最幼稚，最弱小不過的靈感的表象：去年五月，已不揣謭陋的出現過了。不到六個月，本社來信，謂有再版的必要。終以人事太忙，此時才得偷些空來，把本集略加修改，再行付印：那是要請閱者諸君原諒的！

近年來文藝界可算十分發達，而尤其以詩集爲最風行。浪花這渺小的東西，不過是課餘漫寫的陳跡；若說要換到文藝界中出一點風頭，那是不敢！

我並不是詩人，更不是文學家：不過是一個還在學生時代的學生。請閱者諸君要用另外一副眼光看待！

14756

—2—

但是有一句話，要告諸位明白：創作方面——第二輯——的主意，和思想，那當然本着自己的「心絃之微音」，任意抒寫。譯述方面——第一第三兩輯——當然要保存作者的優美的思想，決不敢妄用主觀的見解，輕於僭意的刪削。

人的思想無止境，文藝的進步當然也無止境。昨以爲是者，今或以爲非；今以爲是者，明日或更以爲非。是故本書再版，除大體不能十分更動外，不得不微有增刪。那也要希望閱者知道的！

一三，七，三一，C.F.識

图 5-2　《浪花》再版自序

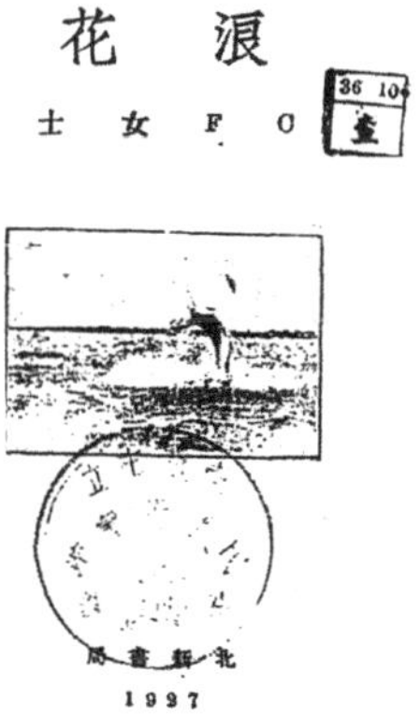

图 5-3　《浪花》三版封面②

① “……（唯有）《浪花》诗集出版，因受读者欢迎，1923 年初版后不到几月，即行再版。”参见张建智：《读民国女诗人 CF 的〈浪花〉》，《今晚报》，2017 年 3 月 23 日。

② 三版中也有再版自序。

在再版自序中，作者写道：

> 这些散漫的文字，是最幼稚、最弱小不过的灵感的表象：去年五月，已不揣简陋地出现过了。不到六个月，本社来信，谓有再版的必要。终以人事太忙，此时才得偷些空来，把本集略加修改，再行付印；那是要请阅者诸君原谅的！
>
> 近年来文艺界可算十分发达，而尤其以诗集为最风行。《浪花》这渺小的东西，不过是课余漫写的陈迹；若说要挨到文艺界中出一点风头，那是不敢！
>
> 我并不是诗人，更不是文学家；不过是一个还在学生时代的学生。请阅者诸君要用另外一副眼光看待！
>
> 但是有一句话，要望诸位明白：创作方面——第二辑——的主意，和思想，那当然本着自己的"心弦之微音"，任意抒写。译述方面——第一第三两辑——当然要保存作者的优美的思想，决不敢妄用主观的见解，轻于辞意的斟酌。
>
> 人的思想无止境，文艺的进步当然也无止境。昨以为是者，今或以为非；今以为是者，明日或更以为非。是故本书再版，除大体不能十分更动外，不得不微有增删。那也要希望阅者知道的！
>
> 一三，七，三一。C. F. 识①

民国十三年（1924），当时的张近芬约24岁，正如她自己所说，是一个还在学生时代的学生。她在校主攻医学，翻译和写作并非其专业，因此无论是翻译还是写作都只选与自己个性相近的，抒发一己感情。同时，她也谈及自己的翻译原则是："保存作者的优美的思想，决不敢妄用主观的见解，轻于辞意的斟酌。"也即忠于原作，以原作为上，采用直译的方法。通过对比三辑诗歌，不难发现翻译与创作之间千丝万缕的联系。以下将从诗体、词汇、句法等方面对比分析张近芬的译诗和诗作。

---

① 张近芬：《浪花》，北京：北京大学新潮社，1924年，第1页。

一、诗体分析

诗歌是用高度凝练的语言，形象表达作者丰富的情感，集中反映社会生活并具有一定节奏和韵律的文学体裁。诗体就是诗歌的体裁。按内容分，有抒情诗、叙事诗、说理诗；抒情诗通过抒发诗人的感受反映社会生活；叙事诗以叙事和写人为主，通过较完整的故事情节和人物形象的描述表达作者的思想感情，反映社会生活；说理诗侧重于讲道理和发议论。按形式分，有中华传统诗和外式诗两大类。中华传统诗有古体诗、格律诗（律诗和绝句，又称近体诗）、词、曲等；外式诗，习惯称“白话诗”，有十四行诗、自由诗等。① 中国新诗的诗体形式除少量借自民间歌谣和传统诗词之外，大部分都来自外国诗歌，如“最流行的自由体和各种各样的外来格律体，后者包括十四行诗、四体诗、三行诗、俳句等。”② 其中，俳句和短歌都是日本传统诗歌形式。短歌是日本最古老的诗歌形式，也称为和歌，五七五七七句式（日本诗歌以音数律表现节奏）。短歌受中国诗词影响很大，有很多与中国诗词相近的地方。俳句是从短歌的发句部分（五七五）分离出来继而固定下来的诗歌形式，以五七五音节为结构形体。俳句体现的精神是诙谐幽默，并要在限定的音节中表现尽可能多的内容。

《浪花》第一辑中前 34 首短歌均译自日本的《万叶集》和《今古集》。《万叶集》是日本第一部和歌总集，由著名歌人大伴家持编成于奈良时代（710—794）约 759 年（唐肃宗乾元二年）以后。《万叶集》作者上至皇王贵族，下至农樵渔猎，表现了四世纪至八世纪之间的男女情爱、祭吊追悼以及行旅风物等，是日本社会生活的写照。这一时期，日本社会从奴隶制向封建制过渡，而后建立天皇专制统治。③ 该诗集又被称为日本的《诗经》，因为它和《诗经》一样都是本国民族文学发展史上的第一部诗歌总集，广泛而真实地反映了各自的社会生活面貌，深刻地影响了各自民族的文化发展，成为民族诗歌发展的源头。《今古集》是日本平安朝初期（10 世纪初）由纪贯之、纪友则、凡河内躬恒、壬生忠岑共同编选而成。《今古集》与《万叶集》的不同之处在于：（1）在内容上逐渐带有贵族倾向；（2）风格变得纤丽。《今古集》全 20 卷，收录约 130 人的歌。

① 参见 https：//baike. so. com/doc/1037508-1097336. html。

② 傅浩：《诗歌翻译对诗歌创作的影响》，《中华读书报》，2004 年 4 月 21 日。

③ 参见 http：//www. zwbk. org/MyLemmaShow. aspx？ lid=253651。

其中，恋歌占总歌数的近三分之一。①

《浪花》中所译短歌虽然不能完全按照日本诗歌的音数律，但是译者保存了原文五行的形式，简短精练，从译者选取的原文中不难发现译者当年青春年少，对赞美爱情、描述恋爱之甜蜜或痛苦的诗歌更为喜爱，其中《万叶集》所选 24 首短歌中 46%为恋歌，其余为描述自然风光、四季变迁和人生感悟的诗歌，而《今古集》短歌 8 首全是恋歌，举例如下：

短歌（三）
山中
雪犹未消——
而在流水所经处
生长的杨柳，
已透出嫩芽来了。
——选译日本《万叶集》

短歌（十五）
我的生命，
我将用什么来比呢？
他是像一条船，
在早晨划开了，
不留下一些儿痕迹。
——选译日本《万叶集》

短歌（二十六）
只要是你的手
放在我的手里，
纵然别人的话
像夏场上的草一般地丛起，
有什么要紧呢！
——选译日本《万叶集》

① 参见 https：//baike. baidu. com/item/% E5% 8F% A4% E4% BB% 8A% E5% 92% 8C% E6% AD% 8C% E9%9B%86/775782？fr=aladdin。

短歌（一）

我不曾有
像电光闪过
壳穗的
那一刹那间
忘却了你呵！
——选译日本《今古集》

短歌（二）

我忘却你
除非在睡觉的时候，
但我却在梦中会见你！
假使我知道会你是在梦中，
我就不愿醒了！
——选译日本《今古集》

短歌虽短，且字数少，但表达的信息量并不小。以上五例中，第一首描写了积雪覆盖的远山，山脚蜿蜒清澈的小河，还有透出嫩芽的杨柳，闭上眼睛，仿佛能嗅到山间凉爽甜润的空气，还能听到阵阵清脆悠扬的鸟啼，好一幅清新脱俗的春意图！第二首感悟宇宙无垠，个人渺小，生命就如尘埃一般，离开之后没有留下一丝曾经存在过的痕迹。第三首、第四首和第五首都是关于爱情的短歌。其中《万叶集》中的短歌（二十六）表达了诗人不畏流言、坚定执着的爱情。选自《今古集》的两首短歌都是表达相思之苦的，电光就是闪电，壳穗就是稻穗，闪电在一瞬间照亮稻穗那么小的物体，简直连一眨眼的时间都不到，可见诗人的思念之情从未断过。日有所思，夜有所梦，如痴如醉，情之深爱之切表现得淋漓尽致！

张近芬在《浪花》第二辑里也有模仿短歌的诗作，诗体与短歌类似，有些是四行，有些是五行，描写自然景物和日常事物，多为托物言志、借物抒情。见下例：

野花

田间野花，
欣欣向荣地开着，
移栽盆中，
忽然枯颓了——

钟声

洪亮的钟声发自天空，
居然把睡乡中——沉酣于甜梦者——一一惊醒
你的能力真大！
我更祝你要把世界上——
迷恋的，蒙昧的，竞争的，都一齐唤醒。

《野花》描述田间野花原本是经风历雨，傲然绽放，不承想突然被移栽盆中，小小花盆让它无法自由舒展，幽闭室内让它无法自由呼吸，所以它“忽然枯颓了”。诗人通过野花表达了热爱自由、向往自由的精神。《钟声》一诗描述了来自天际、震撼四方的洪亮钟声，表达了诗人渴望改变现实、唤醒民众的强烈愿望。张近芬的诗歌能以小见大，虽形式简短朴素，却能表达许多深刻的言外之意，令人回想起来暗暗称妙。这一方面是受了中国传统诗学诗言志的熏陶，《毛诗序》中说：“诗者，志之所之也，在心为志，发言为诗，情动于中而形于言……”。[①]换言之，诗歌的主题思想和主要内容是非常重要的，立意高远的诗歌不一定形式繁复。另一方面，张的创作语言和创作风格无疑也受到翻译诗歌的影响。朱自清先生说：“译诗对于原作是翻译；但对于译成的语言，它既然可以增富意境，就算得一种创作。况且不但意境，它还可以给我们新的语感，新的诗体，新的句式，新的隐喻。”[②] 中国新诗创作如果不是受到以白话译西方诗歌的启发，就不会有后来的韵律、诗行变化，不会有后来的自由体诗歌和现代格律诗。“西方诗，通过模仿与翻译尝试，在五四时期促成了白话新诗的产生。”[③]

---

① 孙昌坤：《中国诗学传统与近代诗歌翻译》，《山东外语教学》，2004 年第 5 期，第 12-15 页。

② 朱自清：《译诗》，《新诗杂话》，北京：生活 · 读书 · 新知三联书店，1984 年，第 72 页。

③ 熊辉：《五四译诗与中国新诗形式观念的确立》，《西南大学学报》（社会科学版），2008 年第 3 期，第 30-34 页。

二、词汇句法分析

词汇句法是诗歌的语言载体，近代之前，国人创作的传统诗词歌赋充分体现了汉语之美，但陈陈相因，传统诗词歌赋的句式限制、韵律要求等都极大地束缚了近现代诗歌的创造力，成为诗歌变革的内因；而国门大开之后，外国文学作品的引入则是冲击诗学传统的外因，内有需求，外有借鉴，诗歌创新由此洞开。

应该说，早期的诗歌翻译和诗歌创新并没能完全摆脱文言诗歌形式。白话译诗打破了这一僵局，不仅“开辟了英诗汉译的新天地”①，而且为新诗创作提供了一种可资借鉴的词汇句法，因为译者要忠于原文，就必须抛弃文言形式，而又不可能完全忠于原文的韵律，所以这就造就了“译诗形式的双重陌生化——既不同于译入语国的诗体，也不同于原语国的诗体”，② 这也使中国新诗的语言不可避免地染上了浓厚的欧化色彩。当然，这种“不容易读又不容易懂的生硬文句”③ 是新诗转变过程中不可避免的。以下是英国浪漫主义诗人雪莱的《爱的哲学》（*Love's Philosophy*）：

Love's Philosophy

The fountains mingle with the river,
And the rivers with the ocean;
The winds of heaven mix forever
With a sweet emotion;
Nothing in the world is single;
All things by a law divine
In another's being mingle—
Why not I with thine?

---

① 徐剑：《英诗汉译与中国新诗》，徐荣街：《二十世纪中国诗歌论》，济南：山东教育出版社，2000年，第401页。

② 孙昌坤：《中国诗学传统与近代诗歌翻译》，《山东外语教学》，2004年第5期，第12-15页。

③ 胡适：《北京的平民文学》，朱自清：《新诗杂话》，北京：生活·读书·新知三联书店，1984年，第78页。

See, the mountains kiss high heaven,
And the waves clasp one another;
No sister flower could be forgiven
If it disdained its brother;
And the sunlight clasps the earth,
And the moonbeams kiss the sea;
What are all these kissings worth,
If thou kiss not me?①

《爱的哲学》是雪莱于1819年发表的一首著名抒情诗。诗分为两个诗节，每节有八个小句，排列成十六行。该诗呈隔行押韵，韵脚为ABABCDCD式，如第一诗节中的river和forever，ocean和emotion，single和mingle，divine和thine，heaven和forgiven，another和brother，earth和worth，sea和me，第二诗节也是如此。本诗中诗人运用了比喻、反诘等修辞手法，简洁明快，朗朗上口。雪莱的这首诗以自然现象揭示自然界及人类共有的规律。诗人首先描述自然景物——小溪、河流、大海、风等，归纳出万物都成双成对、互相融合的客观规律，然后把它推及人类的爱情之上，指出爱情是发自内心的、自然的感情。第二诗节诗人从对自然界的描述过渡到人类的爱情，鼓励相爱的人们不要害怕世俗的阻力，要勇于表达自己的感情，全诗情景交融，想象丰富，文风朴素，给人言虽尽而意无穷的感觉。以下是张近芬在《浪花》中的译文和查良铮的译文：

爱之哲学

雪莱

泉水与大河交汇，
大河滚入洋海；
空中的风永远，
和甜蜜的情绪相感；
宇宙间无一物孤单；
万物都遵守一条神圣的公律，

① Hutchinson, Thomas, *The Complete Poetical Works of Percy Bysshe Shelley*. London: Oxford University Press, 1909: 578.

即相互的融合：——
为何我与你独不？

看呵——群山吻那高空，
波浪相互抱拥；
姊妹花不会被宽恕，
倘若她曾藐视兄弟。
阳光怀抱大地，
月光吻那苍海，
假如你不吻我，
那些亲吻值得什么？

——选自《浪花》第一辑

爱的哲学

雪莱

泉水总是向河水汇流，
河水又汇入海中，
天宇的轻风永远融有
一种甜蜜的感情；
世上哪有什么孤零零？
万物由于自然律
都必融汇于一种精神。
何以你我却独异？

你看高山在吻着碧空，
波浪也相互拥抱；
谁曾见花儿彼此不容：
姊妹把弟兄轻蔑？
阳光紧紧地拥抱大地，
月光在吻着海波：
但这些接吻又有何益，

要是你不肯吻我?①

——选自《雪莱——爱的哲学》

以上两篇译文相比，查良铮②的译文更注重隔行押韵，保留了原诗的风格，比如“汇流”与“融有”“自然律”与“却独异”“碧空”与“不容”“大地”与“何益”“海波”与“吻我”。而张的译文中第一诗节只有“永远”和“相感”押韵，第二诗节中有“高空”和“抱拥”，“吻我”和“什么”押韵，但是韵脚都不是隔行的。

从词汇和句法上看，张近芬的译文显得略为生硬。比如，第一诗节中的“大河滚入洋海”，“滚入”从发音和意象上都不是最佳翻译，而“洋海”按照现代汉语应为“海洋”。查良铮的译文就流畅得多，“泉水总是向河水汇流，河水又汇入海中”。张近芬译文中第一诗节结尾处：“宇宙间无一物孤单；万物都遵守一条神圣的公律，即相互的融合：——为何我与你独不?”这些句子虽然凝练，但却过于直白，缺乏一种诗歌内部的节奏感。雪莱的原文中“Nothing in the world is single; All things by a law divine In another's being mingle—Why not I with thine?”不仅有隔行押韵，而且每个诗句都是扬抑格，所以有一种内在的音乐美，可是这种音乐美在张近芬的译文中却没能体现出来。而查良铮的译文“世上哪有什么孤零零?万物由于自然律，都必融汇于一种精神。何以你我却独异?”这当中的“孤零零”“自然律”“却独异”是三字格词语，节奏明快。另外，两个疑问句前后呼应，语气上一气呵成。当然，查良铮的译文把原来的陈述句“Nothing in the world is single”改译成了疑问句，与原文有一定出入。这个历时的对比并不是要分辨出谁的译文更好，而是希望提醒读者注意，五四时期诗歌翻译的欧化语言特色、以及这种特色是如何在潜移默化中影响中国新诗创作发展的。

叶维廉曾对比分析文言诗和白话诗，他认为文言诗的特性是：“（1）除了很特殊的情形之外，中国旧诗没有跨句，每一行意义都是完整的。（2）中国旧诗里没有人称代名词，如‘你’如何‘我’如何。尽管诗里所描绘的是个人的经

---

① 雪莱著，查良铮译：《雪莱——爱的哲学》，人民文学出版社，1987年，第98页。

② 查良铮（1918—1977）是著名诗人穆旦（笔名）的原名，著名诗人和翻译家。1940年查良铮在西南联大毕业后留校任教。1949年赴美国芝加哥大学英国文学系学习，获文学硕士学位。1953年回国后任南开大学外文系副教授，致力于俄、英诗歌翻译，翻译了大量普希金、雪莱、拜伦、济慈、布莱克的诗歌。

验，它却能具有一个‘无我’的发言人，使个人的经验成为具有普遍性的情境。(3) 中国旧诗极少采用‘今天’‘明天’及‘昨天’等来指示特定时间，而每有用及时，却总是为着某种特殊的效果，也就是说，在文言句子中是没有动词时态的变化的。”[①] 按照叶维廉的分析，我们来看看张近芬的诗作：

理性和事实

我们底理性告诉我们：
“每一个人负有改造社会的责任，
应该努力推翻现在的酷烈的不公平的社会，
把彼安放在合理的基础上。”
但事实告诉我们：
“现在的社会是大众安之若素的社会，
你们无故来捣乱，来惊扰大众，
将为大众所弃呵！”

理性告诉我们：
“人应该做他愿意做的事。人生应该艺术化，
人应有高尚的超于物质的享乐。”
但事实告诉我们：
“在这受经济支配之下的社会，人们要做他
愿意做的事是办不到的呵！没有一定限度的
物质的供给，要有超质物的享乐，真是梦思呵！”
理性告诉我们：
“人应当有充分的自由，脱离一切无理的
压迫和束缚。”
但事实告诉我们，
“无理的压迫和束缚，是数千年的制度，
风俗所造成的，你没有把旧制度、旧风俗扫尽
的能力，要有充分的自由是不可能的呵！”

---

① 叶维廉：《中国诗学》，北京：生活 · 读书 · 新知三联书店，1996 年，第 247 页。

理性告诉我们：
“个人有处置自己的事情底特权，所以个人
的婚姻应该完全自主的。”
但是事实告诉我们：
“家庭制度存在一天，完全自主的婚姻是
难实现的；法律不改革，已订定的婚约是
难解的；即令完全自主，哪里都能找到
合意的人呢！”

事实和理性相冲突，
事实处处和理性相冲突，
没有理性的原没有什么苦，
我们——我们有理性的人那能不感到苦痛，
那能不感到烦闷呵！
但是我们只得在无聊中鼓励自己说：
“现在收的果，是前人种下的因；要是前人
在园中栽一些树，种一些花，我们这些后来
的游园客，何至感到荒凉之苦。但是我们
埋怨前人也无用了，诅咒前人也无用了；我们
忍着苦，下些花儿树儿的种子罢，莫让后来
的游园客再埋怨我们，诅咒我们。”

——选自《浪花》第二辑

首先，张近芬的诗作中跨句诗行比较普遍，整首诗歌看起来更像散文体。其次，使用人称代词“我们”“他”“彼”，将诗中所描写的经验和情境个人化，有别于文言诗的普遍化。再次，使用提示时间的词语“现在”“前人”“后来”，动词有时态上的区别，比如“应该……”“将……”等。最后，文言诗讲究意象和意境，极少用连接媒介，却能“产生一种相同于水银灯活动的戏剧性效果”，但白话诗却因为插入分析性的文字而“将整个蒙太奇的呈现效果和直接性都毁

掉”。[①] 张近芬的译诗里和诗作里都有许多的分析性文字，如“但是”“是”“原没有”“那能”“只得”等等。这些文字也使得诗歌风格散文化。以上分析表明，在诗体层面、在词汇句法层面，张的翻译与创作互相影响、互相借鉴、互相融合，两者互为作家文学理念、写作技巧的实验场。

张近芬博学广识，且通晓英语、日语和德语。张近芬的哥哥是留德医学博士，她也主攻西医，故此语言方面对她来说应该不是难事。张近芬偏爱浪漫主义诗歌和散文。诗集中第一、第三辑翻译的多为浪漫主义作家作品，如英国的布莱克（William Blake）、雪莱（Percy Bysshe Shelley）、柯勒律治（Samuel Taylor Coleridge）、丁尼生（Alfred Tennyson）、罗塞蒂（Christina Rossetti），美国的朗费罗（Henry Wadsworth Longfellow），印度的泰戈尔（Rabindranath Tagore），日本的德富芦花（とくとみろか）等。上述这些浪漫主义作家又带有一种共同的鲜明的“自然主义”特征。这些诗人几乎都是大自然的观察者、爱好者和崇拜者。他们热爱自然风光，热爱自然界中的各种动植物，通过自然抒发自己对社会、对生活的感悟，通过动物的对话表达一些人生哲理。张近芬的诗歌创作也是如此，从主题方面来看，其47%的自创诗歌通过平常事物、自然风光、动植物等抒发感情、感悟人生，36%的诗歌描述爱情和细腻的情感。张近芬的小诗，写得清新活泼，纯真挚诚，她写野花野草、春夏秋冬、促织小鸟、小溪大海，诗中满满的都是对自然、对人生的热爱，即使是相对枯燥的哲理诗也不让人觉得生涩乏味。在张近芬翻译介绍外国诗歌的同时，她的诗也被介绍到海外。1923 年，马来西亚诗坛介绍中国诗人，并在报章上刊登中国诗作，张近芬的《小诗三首》也在其列，第三首写道：

月中看似粉红的梅花，
月下颜色变淡了，
夜色朦胧中竟成了灰色。
梅花啊！
究竟谁是你的本色？

张近芬如此才华横溢，博学敏锐，她英年早逝实为中国译界的一大憾事。她

① 叶维廉：《中国诗学》，北京：生活·读书·新知三联书店，1996 年，第 249-250 页。

究竟何年出生、如何离世，至今仍是一个谜。今日读她的诗，令人浮想联翩，真如《周有光百岁口述》扉页上写的：原来，人生就是一朵浪花。

第三节　袁昌英与《孔雀东南飞》

袁昌英（1894—1973），作家，翻译家，教育家。字兰子、兰紫，笔名杨袁昌英、昌英、袁美等，湖南醴陵人。1916年、1926年两度出国，分别入英国爱丁堡大学、法国巴黎大学学习，获文学硕士学位。1928年回国后先后在上海中国公学、武汉大学任教，翻译并创作了大量的文学作品。时为“珞珈三杰”之一的袁昌英被学界誉为学者型作家，不是空穴来风。袁昌英曾先后在英、法求学，刻苦研修外国文学理论，尤其是戏剧理论。归国后不断发表译作和论文，传播外国文学作品和西方思潮。粗略统计，她在作品中提到和运用的各种理论、思潮竟达20种之多，如法国心理分析派的剧作，梅特林克的静默论，皮兰德娄的反常心理研究，女性主义，精神分析学说，表现主义，唯美主义，泛神论等。详见其20世纪20年代至30年代初著译年表：

1. 释梦（论文），载《太平洋杂志》1922年2月第3卷第4号，署名杨袁昌英。

2. 法兰西文学（专著），上海商务印书馆1923年1月初版，1923年10月再版，1926年8月三版。

3. 灵魂之探险［译作，（法）法朗士（Anatole France）原著］，载《太平洋杂志》1923年12月5日第4卷第4号，署名杨袁昌英。

4. 磨坊里的威罗（Will of the Mill）［译作，（英）史蒂文生（Robert Louis Stevenson）原著］，载《太平洋杂志》1924年4月5日第4卷第6号，署名杨袁昌英。

5. 磨坊里的威罗（Will of the Mill）（续）［译作，（英）史蒂文生（Robert Louis Stevenson）原著］，载《太平洋杂志》1924年6月5日第4卷第7号，署名杨袁昌英。

6. 生存的时间［独幕剧译作，（奥）显尼志劳[①]原著］，载《东方杂志》1925年7月10日第22卷第13期，署名杨袁昌英。

7. 最后的假面孔［独幕剧译作，（奥）显尼志劳原著］，载《东方杂志》1925年12月25日第22卷第24期，署名杨袁昌英。

8. 寂寥似的（Lonesome Like）［独幕剧译作，（英）勃拉得霍士原著］，载《东方杂志》1926年5月10日第23卷第9期，署名杨袁昌英。

9. 一只手（小说译作，Georges Eugens Bertin 原著），载《现代评论》周刊1927年1月1日第二周年增刊。

10. 墨特林[②]的静默论（论文），载《现代评论》周刊1927年12月31日第7卷第160期，初收入《山居散墨》。

11. 妥玛斯·哈底（Thomas Hardy）（论文），1928年作于上海，载《现代评论》周刊1928年3月17日第7卷第171期，初收入《山居散墨》。

12. 皮兰德罗（Luigi Pirandello）[③]（论文），1928年作于上海，载《现代评论》周刊1928年3月31日第7卷第173期，初收入《山居散墨》。

13. 前方战士（独幕剧），载《现代评论》周刊1928年5月12日第7卷第179期，收入《孔雀东南飞及其他独幕剧》。

14. 法国近十年的戏剧新运动（论文），1928年作于上海，载《现代评论》周刊，1928年6月16日第三周年增刊，初收入《山居散墨》。

15. 时间是梦幻（剧本译作，H. R. Lenonmard 原著），载《现代评论》周刊，1928年9月29日第8卷第199期。

16. 时间是梦幻（二）（剧本译作，H. R. Lenonmard 原著），载《现代评论》周刊，1928年10月6日第8卷第200期。

17. 时间是梦幻（三）（剧本译作，H. R. Lenonmard 原著），载《现代评论》周刊，1928年10月13日第8卷第201期。

18. 时间是梦幻（四）（剧本译作，H. R. Lenonmard 原著），载《现代评论》周刊，1928年10月20日第8卷第202期。

19. 时间是梦幻（五）（剧本译作，H. R. Lenonmard 原著），载

① 奥地利作家，今译显尼志勒（Arthur Schnitzler，又译施尼茨勒）。

② 今译梅特林克（Maurice Maeterlinck），比利时剧作家、诗人、散文家，象征派戏剧的代表作家。1911年获得诺贝尔文学奖。

③ 今译皮兰德娄。

《现代评论》周刊，1928年10月27日第8卷第203期。

20. 结婚前的一吻（独幕剧），载《现代评论》周刊1928年12月29日第9卷第209期，收入《孔雀东南飞及其他独幕剧》，另收入《戏曲甲选》（谢燕子编），上海群众图书公司1935年10月版。

21. 究竟谁是扫帚星（独幕剧），载《真善美》1929年2月2日一周年纪念号外“女性作家专号”，署名昌英女士，收入《孔雀东南飞及其他独幕剧》。

22. 法兰西文学（专著），上海商务印书馆1929年10月版，列为王云五主编“万有文库”丛书第1集。

23. 孔雀东南飞及其他独幕剧（戏剧集），上海商务印书馆1930年10月初版，1933年3月国难后1版，1935年1月国难后2版，1940年1月长沙国难后3版。

24. 玛婷；痛苦的灵魂［剧本译作，（法）斑拿原著］，上海商务印书馆1930年8月初版，“现代文艺丛书”之一。本书目次：（一）约翰·夏克·斑拿传；（二）玛婷（五幕剧）；（三）痛苦的灵魂（三幕剧）。①

以上24篇（部）著译作中，介绍、评论西方重要文学家、艺术家和艺术思潮的论文5篇、专著2部，翻译西方戏剧6部，翻译西方小说3部，创作戏剧6部。袁昌英一方面依据自身爱好有选择性地为国内读者译介文学作品和文艺理论，一方面又不断借鉴这些文学作品和理论，应用到自身的文学创作之中。

她创作的戏剧大都收入《孔雀东南飞及其他独幕剧》一书，王哲甫曾这样评价：“她的戏剧虽然就只有这一集（按：指戏剧集《孔雀东南飞及其他独幕剧》），已使她在文坛上占了一个相当的地位。”② 在这本书中，最令人瞩目的是三幕剧《孔雀东南飞》。田禽在《中国戏剧运动》中盛赞袁昌英说：“在当时，她的作品几乎驾于一般男作家之上，凡是读过她的《孔雀东南飞》（三幕悲剧）的读者们，我想必不以笔者的话为夸张吧。”③ 胡乔木在列举不能忽视的历史题材作品时，也提到这部剧：

① 陈建军：《袁昌英著译年表》，《淮阴师范学院学报》（哲学社会科学版），2008年第3期，第364-368页。

② 王哲甫：《中国新文学运动史》，北平：北平杰成书局，1933年9月版。

③ 田禽：《中国戏剧运动》，上海：商务印书馆，1946年，第63页。

他还就中国历史上的民族问题和历史题材的作品，诸如郭沫若为《再生缘》重印撰文、许地山的《薛仁贵与柳迎春》（按，应是《女国士》）、袁昌英的《孔雀东南飞》，发表了意见，以为这些历史题材的作品也是不能忽视的。①

从中不难看到其作品的感染力。《孔雀东南飞》自1930年出版以来，一直备受读者的喜爱和学界的关注，其再版情况和被收录情况等均可证明。

孔雀东南飞及其他独幕剧（戏剧集），上海商务印书馆1930年10月初版，1933年3月国难后1版，1935年1月国难后2版，1940年1月长沙国难后3版。长沙版为36开本，其他为32开本。“现代文艺丛书”之一。本书收三幕剧《孔雀东南飞》及独幕剧《活诗人》《究竟谁是扫帚星》《前方战士》《结婚前的一吻》《人之道》6个剧本。前有作者序2篇。台湾“商务印书馆”1983年2月修订1版，苏雪林编并序及附录。《现代女作家戏剧选》（俊生编，上海仿古书店1936年6月初版），《模范戏剧读本》（朱绍之编，上海三民图书公司1936年版）、《现代最佳剧选第五集》（昌言编选，上海现代戏剧出版社1942年12月初版）、《中国新文学大系（1927—1937）》第15集戏剧集（上海文艺出版社1985年5月版）均收有《孔雀东南飞》。纽约哥伦比亚大学出版社出版《现代中国女作家》（*Writing Women in Modern China*，Amy D. Dooling和Kristina M. Torgeson主编）文集收有《孔雀东南飞》英译文。②

袁昌英创作的戏剧取得如此成就应归功于她学贯中西的文化素养和学术造诣。袁昌英十分推崇心理分析剧，与《孔雀东南飞》同年出版的她的译作《玛婷；痛苦的灵魂》就是法国心理分析剧。在该译作的第一部分《约翰·夏克·斑拿传》中，对此类剧作的特征做了说明：

若说法国戏剧里面，有一种戏剧历来就有极深美的造诣，这就是心

① 丁景唐：《忆念胡乔木同志的三件事》，《新文学史料》，1997年第3期，第34-42，111页。

② 陈建军：《袁昌英著译年表》，《淮阴师范学院学报》（哲学社会科学版），2008年第3期，第364-368页。

> 理分析剧。……在心理分析一途，我们可无疑义地说：法国的戏剧是没有敌手的。……因此，无论是“旧剧”还是“新剧”，心理剧出品的数量总是大大地超过其他各种戏剧的总量。……“戏剧首先就应该是一种不明言的艺术。对话的本身还不如对话所发生的冲突更当表现人心深处的情感。”……静默之为物，除了是领到细微心理深处的一种便利程序外，别无所谓新发明之可言。静默的动人价值和不明表的积极力量，自古伟大的戏剧诗都无不洞悉其妙。①

在此，作者总结了心理分析剧中所用的技巧，即分析人物精神（心理）和通过静默表达情感。袁昌英将这些技巧广泛应用到自己的《孔雀东南飞》一剧中，比如她使用梅特林克静默方法，剧中多次出现静场和语言的中断，并以弗洛伊德的精神分析学作为构思情节的框架。正因为如此，所以该剧刚一问世，就被眼光锐利的研究者们盛赞为“深山的足音”，并具体指出“对于技巧方面”，“开场收场那种紧张，似乃得益于皮蓝德娄（Pirendello），而每一个人的对话的流利又似乎是受着不少王尔德（Wilde）的影响”。② 西方文艺理论和西方思潮影响她一生的文学活动，在创作与批评两方面都产生了巨大作用。

《孔雀东南飞》原为汉乐府民歌《古诗为焦仲卿妻作》，最早见于南朝陈时徐陵所编《玉台新咏》。因后人常从此诗开篇“孔雀东南飞，五里一徘徊”中取首句为题，故该题名流传更为广泛。此诗讲述了一个凄美的爱情故事：“汉末建安中，庐江府小吏焦仲卿妻刘氏，为仲卿母所遣，自誓不嫁。其家逼之，乃没水而死。仲卿闻之，亦自缢于庭树。”③ 自古以来，《孔雀东南飞》就象征着有情人之间忠贞不渝的爱情，而到了五四，这个故事恰恰迎合了该时期反封建礼教、追求恋爱自由的主题，因此被许多作家改编再造用以弘扬新的时代精神。1921 年北京女子高等师范学校学生改编的话剧《孔雀东南飞》赞美歌颂焦、刘两人的忠贞爱情，批判鞭挞以焦母为代表的封建势力。1927 年杨荫深创作《磐石与蒲苇》，将焦母对兰芝的嫌恶建立在贫富不均的阶级对立的基础上。1929 年熊佛西创作独幕剧《兰芝与仲卿》是一次为农民量身定做的戏剧实验。与上述剧作相

---

① 《约翰·夏克·斑拿传》，选自《玛婷；痛苦的灵魂》，上海：商务印书馆，1930 年，第 1-44 页。

② 浩文：《〈孔雀东南飞〉及其他》，《新月》，1921 年第 3 卷第 12 期。

③ 《古诗无名人为焦仲卿妻作并序》，《玉台新咏·卷一》，中华书局，1936 年版，1989 年影印本，第 18-22 页。本书中所引此诗皆出于此，不另加注。

比，袁昌英创作的三幕话剧《孔雀东南飞》无论在人物塑造还是在情节设置上，都显示出作者对这一传统话题的独特理解。

袁剧一改其他剧作以仲卿兰芝两人为主角的做法，全剧以焦母为主角，以焦母的心理变化为主线，第一幕中焦母因为害怕另一个人的出现会影响自己在儿子心中的地位，所以迟迟不给仲卿完婚，导致仲卿相思成疾，疯狂亲吻兰芝绣的凤袍，焦母被迫答应迎娶兰芝；第二幕中焦母因看见仲卿与兰芝感情笃深，亲密无间，而感受到失去儿子的巨大心理落差，痛恨兰芝，对其反复折磨刁难，最终决定遣退兰芝；最后一幕兰芝不愿改嫁，与仲卿双双投河自尽，焦母“失子惊疯”。

与其他剧作相比，袁剧对“反面人物”焦母作了细致深刻的精神分析。作者在该剧的《序言》中写道：“我一向读《孔雀东南飞》就爱这首绝妙的好诗……那夜梦中惊觉，不由得想到这诗上面去，不由得自问焦母遣退兰芝到底是什么理由。自然在中国做婆的自古就有绝对的威权处置儿媳的。焦母之驱退兰芝不过是执行这威权罢了。然而这个答复不能满足我。我觉得人与人的关系总有一种心理作用的背景。焦母之嫌兰芝自然有一种心理作用。……母亲辛辛苦苦亲亲爱爱一手把个儿子抚养成人，一旦被一个毫不相干的别个女子占去，心里总有点忿忿不平。年纪大了或是性情恬淡的人，把这种痛苦自然默然吞下去了。假使遇着年纪还轻，性情剧烈而不幸又是寡妇的，这仲卿与兰芝的悲剧就不免发生了。”① 由此可见，袁为焦母设定的角色是“年轻守寡，性情剧烈”，这就为后面的剧情发展埋下了伏笔。

弗罗姆在论及母爱时曾谈道：“在母亲的爱中，也许能发现母亲这个人处于母爱的自恋中。由于她感到婴儿仍是她自己身体的一部分，所以她的爱和迷恋也许是一种自恋的满足。在母亲的权势欲和占有欲中，可能会发现另一动机，孩子无能为力，完全从属于母亲的意志。对于一个盛气凌人、占有欲强的母亲来说，孩子无非一个满足的自然对象。”② 剧中的焦母正是如此，自丈夫死后，她将一颗心“由丈夫身上搬到儿子身上”，仲卿成了她移情的对象。她对儿子的爱既有母爱，也有对丈夫的感情。因此，这份爱带有极强的排他性，不能容忍第三者的介入。袁剧分析了这样一种被扭曲的母爱，展示了这份爱的独占和残忍。不过需

---

① 袁昌英：《孔雀东南飞·序（一）》，《孔雀东南飞及其他独幕剧》，上海：商务印书馆，1930 年，第 1-3 页。本书所引剧中原文皆出于此，不另加注。

② 埃·弗罗姆：《爱的艺术》，康革尔译，北京：华夏出版社，1987 年，第 45 页。

要注意的是，焦母的这种母爱有其复杂的社会成因，她首先是封建礼教的受害者，而后才成为封建礼教的帮凶和害人者。

在古代封建社会，女子地位低下，嫁人后只能从一而终，如果不幸守寡，那就只得压抑自己的欲望，孤身抚养孩子长大，死后得一座贞节牌坊。作者借剧中人物姥姥的口，控诉了封建贞节观念压抑与戕害下女性的悲苦与辛酸，“我倒吞下去的眼泪倾出来，怕不难浸没村口那座牌坊哩”。“贞节天理存留之际，便是世俗人欲灭绝之时。禁欲、绝欲是对守节者的基本要求。”[①]“女性的妒忌是对单纯禁锢她们的贞节观念的离心力，是贞节藩篱下女性伸张自我的非正常途径。”[②]正是在这残忍的“吃人”的礼教藩篱下，焦母从“为人妇”中找不到幸福，找不到生存的价值，所以才转而从“为人母”中找寻出路。波伏娃在她那本著名的《第二性》中说：“如果说她身为妻子并不是一个完整的人，那么她作为母亲却是这样的人：孩子就是她的幸福，就是她的生存正当性的证明。”[③]“在旧时的中国，母子关系有最值得女性珍视的理由。那时女性完整的人生包括充当女、妻、媳、婆、母诸种不同的角色，作为女儿，她难以受到父母特别的重视；作为妻子，她是丈夫的依附者与从属物；作为媳妇，她的处境可能苦不堪言；而只有作为母亲，她才能获得充分的尊重与满足。”[④]焦母们又何尝不是如此呢？苏雪林评论此剧时说：“婆媳同居的结果，那个做媳妇的固然痛苦，做婆婆的又何尝不痛苦，作者能看出焦母的隐痛，用极深刻、极细腻的笔法，分析她的心理，把她写成悲剧的主人公，使我们的同情都集中于她身上，这就是作者的独到之见。”[⑤]袁昌英把原来已被典型化、面具化的焦母还原成真正有血有肉、活生生的“人”，让读者清晰地看到这个人物的心理如何一步步发展变化，看到这份强烈汹涌的母爱如何最终害死孩子、也害死自己。

纵观全剧，故事情节的发展都是从女性的心理体验出发，不仅是焦母，还有比焦母年长、已抚育孩子长大、表面看来尽享天伦之乐的寡妇姥姥，未到婚育年龄的小妹以及媒婆和花儿，还有刘兰芝。通过不同女性的不同遭遇感受，写出封建礼教统治下妇女的普遍命运以及由无法实现正当欲望造成的心理压抑，体现出

---

① 章义和，陈春雷：《贞节史》，上海：上海文艺出版社，1999年，第239页。

② 章义和，陈春雷：《贞节史》，上海：上海文艺出版社，1999年，第267页。

③ 西蒙娜·德·波伏娃：《第二性》，陶铁柱译，北京：中国书籍出版社，1998年，第549页。

④ 刘纳：《颠踬窄路行——世纪初：女性的处境与写作》，北京：作家出版社，1995年，第55页。

⑤ 李杨：《作家学者袁昌英》，《袁昌英作品选》，长沙：湖南人民出版社，1985年，第281页。

作者对女性命运的强烈关注与深入思考，客观上更广泛更深刻地揭示出封建礼教对女性的残害，这不能不说是五四时期国内女学者对西方女性主义的理性思考。当代女剧作家白峰溪说："也许因为我是一个女作者，对于妇女命运，有着天然的姐妹感情。……在我深入生活和进行创作的时候，总是很自然地把注意力放在了我们的女同胞身上。在我双脚所踏过的地方，不光是艳阳、春光和甜美的笑靥，也还确有刺痛我心灵的眼泪、痛苦和强烈的抗争。一种激情的催动，我愿为她们的命运呼喊。"① 袁昌英也正是如此，她是自觉地从女性立场出发，体验和关注女性生命的，她曾说："人生在世，除了为同类解除痛苦以外，还有什么更好的使命?"② 仅从这一点来看，袁就远远超过同时代的其他女作家、女翻译家。阿英评论袁昌英和陈衡哲时说："她们的意识形态和新文艺运动初期的一般女性作家有很不相同的所在……一般的女性作家，虽然和她们同样的不为封建阶级所有，但在一般女性作家所表现的资产阶级的意识看来，却潜藏了相当浓重的残余的封建意识，而陈衡哲和袁昌英所反映到创作中的意识形态，至少，在所有的女作家的前面，是典型的资产阶级的意识形态。"③

综上，不难看出，女性译者在遵循大的社会环境中的翻译规范时，也会在框架许可的范围内，根据自己的特异性选择自己更加喜爱的题材、体裁，开展进一步的学术研究，不断吸收西方文学精华和文艺理念，从仿作到创作，积极参与构建中国现代文学。郑振铎说，"翻译者在一国的文学史变化最急骤的时代，当是一个最需要的人"，为"幽暗的中国文学的陋室"打开了"几扇明窗"，"引进户外的日光和清气和一切美丽的景色"。④ 卞之琳甚至将自己的译文集起名为《西窗集》（1936）。民国时期的翻译文学是中国新文学的实践先驱，对新文学创作的主题、题材、类型、手法、语言等诸多领域产生了影响，促使了中国新文学现代性的发生和发展。从另一方面来看，中国新文学的发展反过来也推动了翻译文学的多样性与多元化，进而影响到世界文学。在 20 世纪三四十年代，埃克顿、白英等西方翻译家开始着手与中国作家一起翻译中国现代文学。这一举动一方面促进中国译者扩大对外国文学作品的译介范围，尤其是引入了一些

---

① 白峰溪：《白峰溪剧作选》，北京：中国戏剧出版社，1988 年，第 242 页。

② 袁昌英：《袁昌英作品选》，长沙：湖南人民出版社，1985 年，第 12 页。

③ 阿英：《现代中国女作家》，上海：北新书局，1930 年。

④ 西谛：《翻译与创作》，《文学旬刊》，1923 年第 78 期。

紧跟思潮的西方现代作品；另一方面，这些有着欧美痕迹的中国新文学作品[1]，又以中西杂糅的面孔进入世界文学之中，彰显中国形象。翻译与创作的互动性可见一斑。

① 埃克顿与其学生陈世骧共同翻译《中国现代诗选》（*Modern Chinese Poetry*，London：Duckworth，1936），选取中国诗人创作的诗歌介绍到西方。他们注意到，中国新诗里有许多内容和技巧都借鉴自西方诗人，比如徐志摩、郭沫若、卞之琳等新诗人的作品中都有欧美诗人的痕迹。

第六章　结　语

第一节　研究发现

选取民国时期外国文学翻译中的女译者作为研究对象，主要原因有三点：第一，民国时期女译者的翻译与创作是中国现代文学史和翻译史上的重要一笔，可是目前缺少对她们的系统研究，国内的翻译家辞典、翻译史、翻译理论史等专著也很少见到对她们的介绍和研究，无论对于翻译史还是文学史来说，这个缺憾都会影响人们对近现代文学翻译活动和文学创作活动的认识；第二，自20世纪末性别因素被引入翻译研究以来，国外的女性主义翻译理论发展得如火如荼，也对我国的翻译研究产生了一定的影响。但是，我国晚清与民国时期特殊的社会文化环境导致中国女性的解放之路与西方女性有很大的不同，中国女性的解放动力主要、首要来自社会革命潮流的裹挟，是“被解放”。女性在争取男女平权的同时，被社会要求成为男子一样的女子，从而彻底丧失女性意识。因此，研究民国时期女译者的翻译活动也是希望能够客观地记录和描述历史本来的样子，帮助推进适合我国国情的翻译性别研究；第三，作为一名翻译学专业的女学生，笔者自然而然地对女性译者和女性翻译学者有更大的兴趣，愿意在当下和今后的研究中给予更多关注，这也是尝试从不同角度补充改进对自身身份和责任的认识。

在研究范式上，笔者主要采用了描述性研究范式。这是因为民国时期翻译活动不仅囿于语言转换，译者的译作一问世，就担负着传播文化、建构文化的历史使命，成为目的语文化的一部分。因此，在规定性的研究范式中，晚清至民国时期的翻译活动、翻译作品大多是非主流的，没有多少研究的价值。而在描述性研究中，这些被边缘化的翻译活动恰恰可以说明翻译是一种文化现象。翻译研究的对象是现实中的事实，而不是从预先假设和理论模式中得出的推断。

为了更好地了解民国时期女译者的分布及其与社会、区域文化的关系，笔者首先利用女性地理学和人才地理学研究视角调查分析了外国文学翻译中的女译者的影响类型和地理分布。研究发现民国时期女译者走出家庭私人空间，涉足社会公共空间，进入了军事政治、科学教育、文学艺术和新闻出版等领域。女译者的地理分布虽大体上与近现代人才地理分布一致，但从区域分异上看，华南、华中地区女译者参政意识更强，华东地区女译者参加文化艺术和教育活动的人数更多。女译者涉足的社会公共空间和区域分异对她们的翻译活动有一定的影响，其中最典型的就是广东陈鸿璧和湖南张默君。两人均为当时著名的妇女活动家、教育家，张默君还是文学家，她们的翻译选材体现了自己的教育主张和政治主张。与男译者相比，女译者不仅数量少得多，而且其成才带有更大的偶然性、被动性和家族依附性。

其次，笔者根据皮姆的翻译史研究原则，梳理了民国时期外国文学翻译中女译者的翻译作品。笔者依据《民国时期总书目（1912—1949）》[①] 和《民国才女书影知见录》[②] 共查阅到女译者 38 名，文学译著共 81 部，其中未被《中国翻译家辞典》[③] 收录的女译者达 26 名，译著 52 部。其中小说翻译最多，共 49 种，占比 60.5%；儿童文学次之，共 12 种，占比 14.8%；戏剧翻译又次之，共 10 种，占比 12.3%；最后是散文和诗歌，分别为 8 种和 2 种，占比 9.9% 和 2.5%。民国时期文学翻译中的女译者以翻译英、法、俄语文本为主，这与当时国内译界的总体形势一致。从民国时期女译者译（文）著的出版时间来看，女译者翻译活动萌芽于 20 世纪初，兴盛于三四十年代，其中既可见到五四运动开启民智的功效，也有现代教育及出版业之大力推动，同时也可见女性地位的逐渐提高。

民国时期的每个女译者都是时空交叉的某一点上的个案，都带有自己不可替代的特质，但是同一时期的译者们都不免打上时代的烙印。这就是图里所说的翻译规范与译者的特异性。根据图里的理论，原语文化和目的语文化各居一端形成横轴，规范和特异性各居一端形成纵轴，每个译者的翻译活动都是这个坐标体系中的一个点。横轴上越靠近原语文化，译文的充分性（Adequacy）越强，反之，越靠近目的语文化，译文的可接受性（Acceptability）越强。纵轴上越靠近特异

---

① 北京图书馆：《民国时期总书目》，北京：书目文献出版社，1986 年。

② 朱文洁：《民国才女书影知见录》，上海：上海远东出版社，2010 年。

③ 《中国翻译家辞典》编写组编：《中国翻译家辞典》，北京：中国对外翻译出版公司，1988 年。

性，作品的个性化程度就越高，反之，个性化程度就越低。

笔者基于前两个研究问题的史实梳理，运用图里的翻译规范论分析女译者的翻译策略后发现：

（1）民国时期外国文学翻译中的女译者在翻译选材方面也有“时空压缩”的特征，所谓时空压缩，即将西方多个国家几百年的文学成果压缩到十几年、几十年的时间里来呈现，这也是民国时期外国文学引介的时代特征。李何林在《近二十年中国文艺思潮论》中谈道：“中国的文艺思想，或多或少地反映了欧洲各国从十八世纪以来所有的各文艺思想流派的内容，即浪漫主义、自然主义、写实主义（现实主义、颓废派、唯美派、象征派……但是，人家以二三百年的时间发展了的这些思想流派，我们缩短为二十年，来反映它，所以各种‘主义’或‘流派’的发生与存在的先后与久暂，不像欧洲各种文艺思潮的界限较为鲜明和久长；或同时存在，或昙花一现。”①

（2）民国时期女译者翻译能够为国内政治服务，紧跟时代主题，正如瞿秋白所言：“我们决不愿意空标一个写实主义或象征主义、新理想主义来提倡外国文学，只有中国社会所要求我们的文学才介绍——使我们中国社会里一般人都能感受都能懂的文学才介绍。”② 周扬也指出：“在这种非常时期，我们的文学研究，从最初一课到《最后一课》，都应当为了救中国。”③ 因此，女译者的翻译活动也体现出鲜明的实用主义特征。

（3）有翻译女性主义作品的萌芽，但女性主义作品并没有成为女译者的主要翻译领域。在西方各种流派、各种思潮蜂拥而入之际，女性主义也随之进入，可是无论是早期维新派，还是后来的新文化运动倡导者，都是从救国保种、富国强民的政治角度关注女性教育、女性就业、女性健康、恋爱婚姻等问题。男性在译介女性主义理论作品时本身就带有功利性和目的性，是有选择的译介。西方女性主义的文化内涵在来到中国之后，发生了异化，关注的不再是女性的个性解放、精神解放、思想意识解放，而是要求女性做与男性一样的女性，要求女性尽到一半国民的义务。浸染在这样的社会文化大环境里，女性自然不会过多关注女

① 刘增杰：《云起云飞：20世纪中国文学思潮研究透视》，上海：上海文艺出版社，1997年，第304页。

② 瞿秋白：《俄罗斯名家短篇小说集序》，《瞿秋白文集（第2卷）》，北京：人民文学出版社，1987年，第248-249页。

③ 周扬：《非常时期的文学研究纲领》，《读书生活》，1936年第4卷第7期，第305页。

性自身的独特性、以及女性应该如何在保存自身独特性的前提下获得与男性平等的权利。

(4) 女译者大多采用直接翻译的方式，受语言所限，不得不采用间接翻译时，都能自觉对比甄别不同译本，选择优秀的译本进行翻译，并能在自己的译本中主动标注，方便读者和研究者。女译者多采用直译和异化的策略，多采用全译和白话，反映出她们对原语文本和文化的尊重。

(5) 通过个案分析张近芬的译著合集《浪花》和袁昌英的戏剧作品《孔雀东南飞》，笔者发现女译者的翻译与创作相互联系、彼此参照，相互渗透、彼此包容，相互衍生、彼此融汇，体现出一定的互文性，主要表现在：首先，具体作家或译者的翻译作品与创作实践之间在风格上、语言上有相似性；其次，女译者的创作有仿拟的作品，或曰“拟作”。民国时期，“中国的新文学尚在幼稚时期，没有雄宏伟大的作品可资借镜，所以翻译外国的作品，成了新文学运动的一种重要工作”。[①] 梁超群从心理学角度这样阐释：人的心理构成决定了它守旧与求新的两面性。人的基本生理需求、安全需求、情感与归属需求，决定了人的守旧性，而对自我实现的需求，常常外化为求知与创造。中国新文化运动，就是在殖民高压的态势下所出现的求新、求异行为的大集成。[②] 这也符合霍米·巴巴对殖民仿制这一复杂文化过程的理解。在他看来，任何一个文化系统，即使在与外界隔离时，它也是不断地在进行自我颠覆的，一旦发生殖民侵入，其所带来的文化冲击，就会将这个过程的推动力来源从完全内生，变成了内生与外加两种，而且外加的动力常常表现为一种占绝对优势的力量。[③] 民国时期的文人作家在借鉴外国文学作品的起初，只是抱着要打破中国传统文学观念和范式的目的，并没有过多考虑破旧之后如何立新，如何发展新文学观念和新文学范式。但事实证明翻译文学既是他们颠覆传统的有力武器，又是他们建立发展新文学的楷模。女译者们吸取西方文艺精华和文艺理论，将其内化为自己的知识结构，再倾注于自己的文学创作之中，从写作技巧到作品主题，无一不体现出这种水乳交融的状态。

一段历史，一个群体，一首低吟浅唱的歌曲。作为研究者来说，最重要的就

---

① 王哲甫：《中国新文学运动史》，北平：杰成印书局，1933 年，第 259 页。

② 梁超群、张锷：《改译、契合与意义的创生——洪深改译剧〈少奶奶的扇子〉研究之一》，《外语教学》，2013 年第 3 期，第 101-104 页。

③ 张锷：《Homi Bhabha 后殖民理论阐释及其对翻译研究启示的案例研究》，华东师范大学博士论文（未出版），2011 年。

是客观地记录和描述历史本来的样子，并循着蛛丝马迹，找寻事件之间的联系，分析现象背后的原因。关注历史，描述历史，还原历史，理解历史，这是本书力求达到的目标。

第二节　研究局限性与展望

本研究采用描述性研究方法从女译者的影响类型、地理分布、译作情况、翻译策略、翻译与创作等方面考察了民国时期外国文学翻译中的女译者们。随着本研究的深入进展，笔者发现选取的研究数据类型较单一，基本都是取自《民国时期总书目》的译著，而该书目也有缺漏，主要原因是民国时期时局动荡，很多出版社受战乱影响要么倒闭，要么搬迁，所以出版的书目有残缺不全的问题，还需要多多搜寻各方面书籍报刊资料，互相核对检验。因为时间精力有限，本研究没有能够包括文艺期刊的数据，不利于全面地反映民国时期女译者翻译活动的全貌。方平曾这样评价民国时期文艺期刊在译介外国文学作品中所起到的作用：

> 论述当时（民国时期，笔者注）外国文学的译介情况，一般都把目光集中于当时出版的单印本译著；编纂文学翻译资料，也往往局限于为单行本编目。其时文艺刊物空前活跃繁荣，而又几乎无不选载译文。1921 年《文学旬刊》创刊号的“宣言”就很有代表性：一面努力介绍世界文学到中国，一面努力创造中国文学。当时风起云涌的文艺期刊作为一个整体，可说汇成一股巨流，凭借自身周期短、信息快、售价廉等优势，对于推进外国文学的译介，可以说起了重大作用。①

女性译者也有很多在期刊上发表译作的，比如薛琪瑛、陈鸿璧、黄翠凝、沈性仁等。陈鸿璧起初在《小说林》上连续发表译作，后又出版单行本译著。又如张近芬等，经常在期刊上发表译著和自己创作的作品。可能还有一部分女译者只在文艺期刊上发表译作，没有出版单行本译著，所以很遗憾没有包括在本研究之内。

---

① 方平：《序》，王建开：《五四以来我国英美文学作品译介史（1919—1949）》，上海：上海外语教育出版社，2003 年。

今后，还将从以下两个方面开展更深入的研究：（1）尽可能拓展资料来源，要包含民国时期文艺期刊、报纸上的数据，尽可能全面地考察该时期外国文学翻译中的女译者翻译活动；（2）多发掘他人对该时期女译者译作的评论，多从侧面了解女译者的所思所想。由于女译者和男译者不同，一般说来都较谦虚内敛，不惯于作序跋，另外民国时期有些女译者将翻译当成谋生的手段，也没有时间作序跋，因此直接导致可以被用于分析的副文本数量不多。今后的研究中，笔者将努力弥补这两点遗憾。

参考文献

一、中文著作

[1] 阿英：《现代中国女作家》，上海：北新书局，1930 年。

[2] 埃·弗罗姆著，康革尔译：《爱的艺术》，北京：华夏出版社，1987 年。

[3] 埃文-佐哈尔著，庄柔玉译：《西方翻译理论精选》，香港：香港城市大学出版社，2000 年。

[4] 安徒生著，陈敬容译：《丑小鸭》，上海：上海骆驼书店，1948 年。

[5] 白峰溪：《白峰溪剧作选》，北京：中国戏剧出版社，1988 年。

[6] 鲍晓兰：《美国的妇女史研究和女史学家》，北京：生活·读书·新知三联书店，1995 年。

[7] 鲍晓兰：《西方女性主义研究评介》，北京：生活·读书·新知三联书店，1995 年。

[8] 北京图书馆编：《民国时期总书目》，北京：书目文献出版社，1986 年。

[9] 陈德鸿、张南峰：《西方翻译理论精选》，香港：香港城市大学出版社，2000 年。

[10] 陈福康：《中国译学理论史稿（修订本）》，上海：上海外语教育出版社，2000 年。

[11] 陈平原：《二十世纪中国小说史》，北京：北京大学出版社，1989 年。

[12] 陈平原、夏晓虹编：《二十世纪中国小说理论资料（第一卷）：1897—1916》，北京：北京大学出版社，1989 年。

[13] 陈秋帆：《〈无家儿〉序》，爱克德曼罗著，陈秋帆译，《无家儿》，上海：商务印书馆，1936 年。

［14］董守义：《中国近代史教程（上、下册）》，北京：中国社会科学出版社，2000年。

［15］费小平：《翻译的政治》，北京：中国社会科学出版社，2005年。

［16］费正清、刘广京编，郭沂纹译：《剑桥中国晚清史（上卷）》，北京：中国社会科学出版社，1993年。

［17］弗吉尼亚·伍尔夫著，王义国等译：《伍尔夫随笔全集》，北京：中国社会科学出版社，2001年。

［18］高彦颐、王政主编：《女权主义在中国的翻译历程》，上海：复旦大学出版社，2016年。

［19］郭延礼：《中国近代翻译文学概论》，武汉：湖北教育出版社，1998年。

［20］胡从经：《晚清儿童文学钩沉》，北京：少年儿童出版社，1982年。

［21］康有为：《大同书》，北京：华夏出版社，2002年。

［22］孔慧怡：《翻译·文学·文化》，北京：北京大学出版社，1999年。

［23］昆汀·贝尔著，萧易译：《伍尔夫传》，南京：江苏教育出版社，2005年。

［24］李华兴：《民国教育史》，上海：上海教育出版社，1997年，第716页。

［25］梁启超：《分类精校饮冰室文集·教育（上）》，上海：广智书局，1909年。

［26］廖七一：《当代西方翻译理论探索》，南京：译林出版社，2000年。

［27］琳达·麦道威尔著，徐苔玲、王志弘译：《性别、认同与地方：女性主义地理学概说》，台北：群学出版有限公司，2006年，第2页。

［28］刘巨才：《中国近代妇女运动史》，北京：中国妇女出版社，1989年。

［29］刘纳：《颠踬窄路行——世纪初：女性的处境与写作》，北京：作家出版社，1995年，第55页。

［30］刘绍铭：《到底是张爱玲》，香港：三联书店（香港）有限公司，2007年。

［31］刘增杰：《云起云飞：二十世纪中国文学思潮研究透视上海》，上海：上海文艺出版社，1997年，第304页。

［32］鲁迅：《鲁迅全集：第五卷》，北京：人民文学出版社，1998年。

［33］鲁迅：《鲁迅全集：第七卷》，北京：人民文学出版社，1981年。

［34］鲁迅：《鲁迅全集（第十一卷）》，上海：上海图书馆、上海科学技术文献出版社，1938年版影印本，第10-11页。

［35］鲁迅：《鲁迅全集：第十四卷》，上海：上海图书馆、上海科学技术文

献出版社，1938 年版影印本，第 298 页。

［36］鲁迅：《花边文学》，上海：联华书局，1936 年，第 71-72 页。

［37］罗新璋、陈应年：《翻译论集》，北京：商务印书馆，2009 年。

［38］罗新璋：《翻译论集》，北京：商务印书馆，1984 年。

［39］马祖毅：《中国翻译通史》，武汉：湖北教育出版社，2006 年。

［40］孟悦、戴锦华：《浮出历史地表——现代妇女文学研究》，北京：中国人民大学出版社，2004 年。

［41］孟昭毅、李载道等：《中国翻译文学史》，北京：北京大学出版社，2005 年。

［42］密契尔著，郑安娜节译：《风流云散》，北京：美学出版社，1945 年。

［43］钱谷融主编，吴俊标校：《林琴南书话》，杭州：浙江人民出版社，1999 年。

［44］钱理群、温儒敏、吴福辉：《中国现代文学三十年（修订本）》，北京：北京大学出版社，1998 年。

［45］乔增锐：《译论》，北京：中华工商联出版社，2000 年。

［46］瞿秋白：《瞿秋白文集（第 2 卷）》，北京：人民文学出版社，1987 年。

［47］单德兴：《翻译与脉络》，北京：清华大学出版社，2007 年。

［48］沈卫威：《自古成功在尝试——关于胡适》，北京：北京广播学院出版社，2000 年。

［49］田贝立著，薛琪瑛译：《蓝窗》，上海：上海广学会，1937 年，第 1 页。

［50］田禽：《中国戏剧运动》，上海：商务印书馆，1946 年。

［51］王宏志：《翻译与创作——中国近代翻译小说论》，北京：北京大学出版社，2000 年。

［52］王会昌：《中国文化地理》，武汉：华中师范大学出版社，1992 年。

［53］王建开：《五四以来我国英美文学作品译介史：1919—1949》，上海：上海外语教育出版社，2003 年。

［54］王克非：《翻译文化史论》，上海：上海外语教育出版社，1997 年。

［55］汪荣祖主编：《五四研究论文集》，台北：联经出版事业公司，1979 年。

［56］王文泉、刘天路：《中国近代史》，北京：高等教育出版社，2001 年。

［57］王余光：《中国出版通史（民国卷）》，北京：中国书籍出版社，2008 年。

［58］王哲甫：《中国新文学运动史》，北平：杰成印书局，1933 年。

［59］王政、高彦颐、刘禾：《百年中国女权思潮研究：从〈女界钟〉到“男界钟”：男性主体、国族主义与现代性》，上海：复旦大学出版社，2005 年。

[60] 吴曙天：《翻译论》，上海：光华书局，1933 年。

[61] 西蒙娜·德·波伏娃著，陶铁柱译：《第二性》，北京：中国书籍出版社，1998 年。

[62] 夏国美、刘潼福：《女性主义的东方之路》，上海：上海人民出版社，2015 年。

[63] 向警予：《向警予文集》，长沙：湖南人民出版社，1985 年。

[64] 肖维青：《翻译批评模式研究》，上海：上海外语教育出版社，2010 年。

[65] 熊辉：《五四译诗与早期中国新诗》，北京：人民出版社，2010 年。

[66] 许宝强、袁伟：《语言与翻译的政治》，北京：中央编译出版社，2001 年。

[67] 须莱纳尔著，张近芬译：《梦》，北京：北京阳光社，1923 年。

[68] 徐荣街：《二十世纪中国诗歌论》，济南：山东教育出版社，2000 年。

[69] 杨雪：《多元调和：张爱玲翻译作品研究》，杭州：浙江大学出版社，2010 年。

[70] 叶维廉：《中国诗学》，北京：生活·读书·新知三联书店，1996 年。

[71] 袁昌英：《袁昌英作品选》，长沙：湖南人民出版社，1985 年。

[72] 约翰·夏克·斑拿著，袁昌英译：《玛婷；痛苦的灵魂》，上海：上海商务印书馆，1930 年。

[73] 袁进：《中国文学观念的近代变革》，上海：上海社会科学院出版社，1996 年。

[74] 乐黛云、王宁主编：《西方文艺思潮与二十世纪中国文学》，北京：中国社会科学出版社，1990 年。

[75] 雪莱著，查良铮译：《雪莱——爱的哲学》，北京：人民文学出版社，1987 年。

[76] 张海鹏：《中国近代史》，北京：群众出版社，1999 年。

[77] 张海鹏：《中国近代通史》，南京：江苏人民出版社，2007 年。

[78] 张近芬：《浪花》，北京：北京大学新潮社，1924 年。

[79] 张首映：《西方二十世纪文论史》，北京：北京大学出版社，2001 年。

[80] 张星：《欧化东渐史》，北京：商务印书馆，2000 年。

[81] 章义和、陈春雷：《贞节史》，上海：上海文艺出版社，1999 年。

[82]《中国翻译家词典》编写组编：《中国翻译家辞典》，北京：中国对外翻译出版公司，1988 年。

［83］中华全国妇女联合会妇女运动历史研究室编：《中国妇女运动历史资料（1840—1918）》，北京：中国妇女出版社，1991 年，第 75 页。

［84］朱文洁：《民国才女书影知见录》，上海：上海远东出版社，2010 年。

［85］朱自清：《新诗杂话》，北京：生活 · 读书 · 新知三联书店，1984 年，第 78 页。

二、中文论文

［1］曹明伦：《翻译中失去的到底是什么？——Poetry is what gets lost in translation 出处之考辨及其语境分析》，《解放军外国语学院学报》，2009 年第 5 期，第 65-71 页。

［2］陈国生：《明代人物的地理分布研究》，《学术研究》，1998 年第 1 期，第 55-61 页。

［3］陈建军：《袁昌英著译年表》，《淮阴师范学院学报》（哲学社会科学版），2008 年第 3 期，第 364-368 页。

［4］陈学勇：《张近芬的“爱情小说”》，《文汇报》，2017 年 4 月 11 日。

［5］崔学新：《治学严谨，务实求真——诗歌翻译家赵萝蕤逝世十周年纪念及其诗歌翻译述评》，《中国翻译》，2008 年第 3 期，第 52-54 页。

［6］崔学新：《“形式与内容的血缘关系”——赵萝蕤诗歌翻译思想与实践探索》，《湖州师范学院学报》，2014 年第 9 期，第 20-23 页。

［7］丁景唐：《忆念胡乔木同志的三件事》，《新文学史料》，1997 年第 3 期，第 34-42 页。

［8］董洪川：《赵萝蕤与《荒原》在中国的译介与研究》，《中国比较文学》，2006 年第 4 期，第 111-125 页。

［9］《妇女应试》，《万国公报》，1893。

［10］傅浩：《诗歌翻译对诗歌创作的影响》，《中华读书报》，2004 年 4 月 21 日。

［11］傅斯年：《译书感言》，《新潮》，1919 年 3 月 1 日，第 1 卷第 3 期，第 531-535 页。

［12］高志强：《〈小说月报〉（1921—1931）翻译文学初探》，北京语言大学博士学位论文，2007 年，第 4 页。

［13］顾建清：《民国女诗人——张近芬》，《嘉定报》，2014年7月29日。

［14］《古诗无名人为焦仲卿妻作并序》，《玉台新咏·卷一》，北平：中华书局，1936年版，1989年影印本，第18-22页。

［15］郭亚玲、王立弟：《翻译策略：术语与隐喻》，《语言与翻译》，2016年第1期，第81-86页。

［16］郭延礼：《陈鸿璧，一位被遗忘的近代女翻译家》，《中华读书报》，1998年6月17日。

［17］郭延礼：《二十世纪第一个二十年近代女性翻译家群体的脱颖》，《中华读书报》，2002年5月8日。

［18］郭延礼：《20世纪初中国女性文学四大作家群体考论》，《文史哲》，2009年第4期，第5-16页。

［19］郭延礼：《20世纪初叶中国女性文学的转型及其文学史意义》，《上海师范大学学报（哲学社会科学版）》，2009年第6期，第59-66页。

［20］郭延礼：《女性小说书写中的“以译代作”——兼论中西文化交流早期的一个倾向性问题》，《文史哲》，2014年第3期，第5-17，165页。

［21］韩庆果：《翻译规范与文本性——整合文本性的翻译规范理论初探》，《中国翻译》，2006年第2期，第14-20页。

［22］韩子满、刘芳：《描述翻译研究的成就与不足》，《外语学刊》，2005年第3期，第97-101页。

［23］浩文：《〈孔雀东南飞〉及其他》，《新月》，1921年，第3卷第12期。

［24］洪深：《中国新文学大系·戏剧集·导言》，《中国新文学大系·现代戏剧集》，上海：上海文艺出版社，1982年。

［25］胡适：《建设的文学革命论》，《新青年》，1918年4月15日，第4卷第4期，第1219页。

［26］胡作友、胡晓娟、李而闻：《女性主义翻译理论在中国的接受》，《学术界（月刊）》，2013年第3期，第152-160页。

［27］黄忠廉：《变译理论：一种全新的翻译理论》，《国外外语教学》，2002年第1期，第19-22页。

［28］黄忠廉：《变译全译：一对新的翻译范畴》，《上海科技翻译》，2002年第3期，第5-7页。

［29］黄忠廉、李亚舒：《论翻译策略系统》，《上海科技翻译》，2003年第4

期，第 10-13 页。

［30］黄忠廉、李明达：《变译方法对比研究》，《外语学刊》，2014 年第 6 期，第 88-91 页。

［31］惠宇：《是直译，还是意译?》，《外语教学》，1998 年第 1 期，第 46-50 页。

［32］姜传松：《清代江西举人的地理分布及特点——明清比较的视角》，《教育考试》，2010 年第 6 期，第 40-44 页。

［33］蒋林、潘雨晴：《世纪回眸：中国女性翻译家管窥》，《中国翻译》，2013 年第 6 期，第 18-22 页。

［34］康晓倩：《20 世纪初女性翻译文学家杰出人物述略》，《兰台世界：上旬》，2012 年第 7 期，第 65-66 页。

［35］康咏秋：《简论袁昌英》，《求索》，1989 年第 6 期，第 104-107 页。

［36］柯飞：《译史研究，以人为本——谈皮姆〈翻译史研究方法〉》，《中国翻译》，2002 年第 3 期，第 31-32 页。

［37］肯尼思，刘树森译：《翻译中的惠特曼——赵萝蕤访谈录》，《外国文学动态》，1997 年第 3 期，第 31-33 页。

［38］李文娜、朱健平：《从“儿童的发现”到“为儿童而译”——中国儿童文学翻译观之嬗变》，《外语教学理论与实践》，2015 年第 2 期，第 80-87 页。

［39］李杨：《作家学者袁昌英》，《袁昌英作品选》，长沙：湖南人民出版社，1985 年，第 281 页。

［40］李永红：《寻找“失落”的群体——对我国女性翻译史研究的思考》，《新闻爱好者》，2009 年第 24 期，第 116-117 页。

［41］梁超群、张锷：《改译、契合与意义的创生——洪深改译剧《少奶奶的扇子》研究之一》，《外语教学》，2013 年第 3 期，第 101-104 页。

［42］梁实秋：《翻译》，《翻译研究论文集（1894—1948）》，北京：外语教学与研究出版社，1984 年，第 133 页。

［43］梁实秋：《论翻译的一封信》，《新月》，1932 年，第 4 卷第 5 期。

［44］廖七一：《翻译规范及其研究途径》，《外语教学》，2009 年第 1 期，第 95-98 页，第 103 页。

［45］林家虎、徐国利：《安徽近代文化人物的地理分布与特征》，《中国历史地理论丛》，2009 年第 4 期，第 81-89 页。

[46] 林克难：《翻译研究：从规范走向描写》，《中国翻译》，2001 年第 6 期，第 43-45 页。

[47] 林锡涛、蔡慧茹：《福建明代人才地理分布研究》，《福建地理》，2005 年第 20 期，第 48-50 页。

[48] 刘军平：《女性主义翻译理论研究的中西话语》，《中国翻译》，2004 年第 4 期，第 3-9 页。

[49] 刘立、张德让：《权力话语理论和晚清外国诗歌翻译》，《山东师大外国语学院学报》，2002 年第 4 期，第 57-61 页。

[50] 刘香：《〈新青年〉中女性戏剧翻译家的历史贡献》，《剑南文学》，2013 年第 7 期，第 159 页。

[51] 刘艳丽、杨自俭：《也谈“归化”与“异化”》，《中国翻译》，2002 年第 6 期，第 20-24 页。

[52] 罗列：《论 20 世纪初叶中国女翻译家群体的崛起》，《西南交通大学学报》（社会科学版），2008 年第 2 期，第 69-73 页。

[53] 罗列：《女翻译家薛绍徽与《八十日环游记》中女性形象的重构》，《外国语言文学（季刊）》，2008 年第 4 期，第 262-270 页。

[54] 罗列：《出走与归来——从易卜生与王尔德戏剧中出走女性的译介看“五四”女权话语的多样性》，《妇女研究论丛》，2008 年第 4 期，第 42-51 页。

[55] 罗列：《从近代女学析中国第一个本土女性译者群体的生成》，《外语与外语教学》，2011 年第 1 期，第 49-52 页。

[56] 罗列、穆雷：《女翻译家沈性仁与〈遗扇记〉中的性别意识———“五四”时期〈温德米尔夫人的扇子〉汉译比较研究》，《山东外语教学》，2011 年第 5 期，第 68-75 页。

[57] 罗列：《翻译、性别与现代身份的建构——论 20 世纪初叶中国女性译者翻译中的性别政治诉求》，《妇女研究论丛》，2013 年第 2 期，第 70-76 页。

[58] 罗列、穆雷：《论五四前中国女性译者以原文为中心的翻译策略》，《外国语文（双月刊）》，2013 年第 6 期，第 117-122 页。

[59] 罗列：《启蒙与文学消费的双重需求——论近代中国女性译者身份的凸显》，《社会科学研究》，2014 年第 1 期，第 196-201 页。

[60] 罗列：《论 20 世纪初中国女性译者的间接翻译及自觉意识》，《外语教学理论与实践》，2014 年第 3 期，第 71-76 页。

[61] 马会娟：《论汉译英的标准：有条件的忠实》，《解放军外国语学院学报》，2008 年第 2 期，第 63-68 页。

[62] 马勤勤：《以“女小说家”为职业——清末民初小说场域性别秩序的松动》，《中国现代文学研究丛刊》，2013 年第 5 期，第 50-60 页。

[63] 茅盾：《改革宣言》，《小说月报》，1921 年，第 12 卷第 1 期，第 3 页。

[64] 茅盾：《翻译的直接和间接》，《文学》，1934 年，第 3 卷第 2 期。

[65] 梅介人：《中国状元及其地理分布》，《中国人才》，2002 年第 12 期，第 25-27 页。

[66] 勉思：《微姐和我》，《新文学史料》，2007 年第 1 期，第 113-115 页。

[67] 穆木天：《论重译及其他》，《申报·自由谈》，1934 年，第 6-30 页。

[68] 区鉷：《赵萝蕤译惠特曼》，《外国文学评论》，1988 年第 4 期，第 140-141 页。

[69] 欧阳予倩：《予之戏剧改良观》，《新青年》，戏剧改良专号，1918 年 10 月，第 5 卷第 4 期。

[70] 彭劲松、李海军：《描述翻译学：发展轨迹及理论创新》，《广西师范大学学报》（哲学社会科学版），2011 年第 4 期，第 50-53 页。

[71] 岂明：《〈艺术与生活〉序》，《语丝》，1926 年 8 月 10 日，第 93 期。

[72] 钱锺书：《林纾的翻译》，罗新璋主编：《翻译论集》，北京：商务印书馆，1984 年，第 703 页。

[73] 秦弓：《五四时期儿童文学翻译的特点》，《中国社会科学院研究生院学报》，2004 年第 4 期，第 114-118 页。

[74] 秦弓：《“五四”时期的安徒生童话翻译》，《涪陵师范学院学报》，2004 年第 4 期，第 1-5 页。

[75] 邱下山：《民国才女沈性仁》，《名人传记月刊》，2015 年第 4 期，第 44-49 页。

[76] 任泉香、朱竑、李鹏：《近现代中国女性人才的地理分布和区域分异》，《地理学报》，2007 年第 2 期，第 211-220 页。

[77] 任之：《争取民族的生存与文艺应有的动向》，《文艺舞台》，1935 年 11 月 5 日，第 1 卷第 5-6 期，第 1 页。

[78] 荣立宇：《间接翻译及其类型刍议》，《河北科技师范学院学报》（社会科学版），2015 年第 4 期，第 32-35 页。

[79] 散木：《章衣萍之妻：吴曙天》，《书屋》，2005 年第 6 期，http：//www.newconcept.com/jixi/mingren/zhangyiping_ 12.html。

[80] 施蛰存：《罗洪，其人及其作品》，《沈阳师范大学学报》（社会科学版），1990 年第 4 期，第 60-61 页。

[81] 沈雁冰：《对于“翻译年”的希望》，《文学》，第 4 卷第 2 期，1935 年 2 月 1 日，第 268 页。

[82] 宋宇晟、海龙：《“民国最后闺秀”的爱情和诗》，《人民周刊》，2016 年第 6 期，第 74-75 页。

[83] 孙昌坤：《中国诗学传统与近代诗歌翻译》，《山东外语教学》，2004 年第 5 期，第 12-15 页。

[84] 孙会军：《归化与异化——两个动态的概念》，《外语研究》，2003 年第 4 期，第 60-64 页。

[85] 孙晓蓉：《民国时期女性翻译家研究概述》，《长春理工大学学报》（社会科学版），2013 年第 1 期，第 161-162 页。

[86] 孙晓蓉：《从杨缤译〈傲慢与偏见〉看意识形态对翻译实践的操纵》，《安徽理工大学学报》（社会科学版），2010 年第 3 期，第 70-72 页。

[87] 谭芳：《二十世纪中国女性翻译家研究》《成都理工大学学报》（社会科学版），2007 年第 1 期，第 69-74 页。

[88] 仝亚辉：《西方翻译规范研究特点分析》，《山东外语教学》，2009 年第 1 期，第 83-88 页。

[89] 王传英：《翻译规范理论的社会学重释》，《上海翻译》，2013 年第 3 期，第 14-19 页。

[90] 王东风：《归化与异化：矛与盾的交锋？》，《中国翻译》，2002 年第 5 期，第 24-26 页。

[91] 王蕾：《人才地理分布研究综述》，《产业与科技论坛》，2017 年第 24 期，第 112-113 页。

[92] 王泉根：《儿童观的转变与 20 世纪中国儿童文学的三次转型》，《娄底师专学报》，2003 年第 1 期，第 68-73 页。

[93] 王泉根：《“百年百部中国儿童文学经典书系”总序》，2007 年 7 月 1 日，http：//www.zww.cn/100b/htm/7/7.shtml，2010 年 10 月 25 日。

[94] 王向远：《一百年来我国文学翻译十大论争及其特点》，《苏州科技学

院学报》（社会科学版），2011 年第 6 期，第 31-35 页。

［95］位方芳：《1900—1919 中国女性翻译家初探》，中国人民解放军外国语学院博士学位论文，2006 年。

［96］文晓莹、李建华：《描述翻译学理论发展概述》，《天津外国语大学学报》，2011 年第 2 期，第 30-35 页。

［97］《文学周报》，1921 年 9 月 11 日。

［98］吴庆宏：《弗吉尼亚·伍尔夫的女性主义》，《解放军外国语学院学报》，2003 年第 6 期，第 83-87 页。

［99］吴庆宏：《论〈阿弗小传〉叙事中的二元对立》，《湖北广播电视大学学报》，2014 年第 9 期，第 68-70 页。

［100］吴书芳：《我国女性翻译史研究的缺失与补苴》，《河南师范大学学报》（哲学社会科学版），2013 年第 4 期，第 112-115 页。

［101］西谛：《翻译与创作》，《文学旬刊》，1923 年第 78 期。

［102］谢天振：《国内翻译界在翻译研究和翻译理论认识上的误区》，《中国翻译》，2001 年第 4 期，第 2-5 页。

［103］熊辉：《简论“五四”译诗对早期新诗的影响》，《重庆文理学院学报》（社会科学版），2007 年第 2 期，第 87-90 页。

［104］熊辉：《五四译诗与中国新诗形式观念的确立》，《西南大学学报》（社会科学版），2008 年第 3 期，第 30-34 页。

［105］徐宝芳：《人才地理学体系构建》，《干旱区资源与环境》，1999 年第 S1 期，第 147-152 页。

［106］徐剑：《“五四”前后外国戏剧译介的目的论研究》，《徐州教育学院学报》，2005 年第 3 期，第 111-113 页。

［107］徐剑：《英诗汉译与中国新诗》，徐荣街：《二十世纪中国诗歌理论》，济南：山东教育出版社，2000 年，第 401 页。

［108］阎广芬：《西方女学的传入与中国近代女子教育》，《教育研究》，2000 年第 4 期，第 76-80 页。

［109］杨立学：《〈新青年〉与中国早期女性主义翻译——三位女文学翻译家研究》，河北师范大学硕士学位论文，2006 年。

［110］叶君健：《〈中国翻译家辞典〉序》，《中国翻译家辞典》，北京：中国对外翻译出版公司，1988 年。

［111］叶晔：《晚明党争人物的地理分布和特征》，《中国历史地理论丛》，2005年第20期，第65-70页。

［112］寅半生：《读迦茵小传两译本书后》，1907年，陈平原、夏晓虹编：《二十世纪中国小说理论资料（第一卷）：1897—1916》，北京：北京大学出版社，1989年，第228页。

［113］余英时：《五四运动与中国传统》，汪荣祖主编：《五四研究论文集》，台北：联经出版事业公司，1979年，第119页。

［114］余世磊：《朱湘与二嫂薛琪瑛》，《江淮文史》，2010年第1期，第112-118页。

［115］袁昌英：《孔雀东南飞·序（一）》，《孔雀东南飞及其他独幕剧》，上海：商务印书馆，1930年，第1-3页。

［116］曾重郎：《春风化雨忆恩师——怀念李霁野教授及夫人刘文贞老师》，《台声》，2014年第5期，第68页。

［117］曾大兴：《中国历代文学家的地理分布——兼谈文学的地域性》，《学术月刊》，2003年第9期，第88-94页。

［118］曾景忠：《析廖仲恺与南社柳亚子的情缘（二）》，《广东社会科学》，1999年第1期。

［119］张锷：《Homi Bhabha后殖民理论阐释及其对翻译研究启示的案例研究》，华东师范大学博士学位论文，2011年。

［120］张鸿声：《中国现当代文学》，2008年12月5日，http：//www10.zzu.edu.cn/wenxue/。

［121］张建智：《读民国女诗人CF的〈浪花〉》，《今晚报》，2017年3月23日。

［122］张蓉、陈毛英：《难忘许粤华女士》，《鲁迅研究月刊》，2009年第11期，第41-45页。

［123］张筠艇：《闽籍女性翻译家群体》，《龙岩师专学报》，2004年第2期，第113-114页。

［124］张旭：《历史的重构：一部中国英诗汉译断代批评史的构想》，《外语研究》，2009年第2期，第72-76页。

［125］张衍芸：《独具特色的乡土女作家——罗淑》，《宁夏大学学报》（人文社会科学版），1985年第4期，第35-40页。

[126] 赵稀方：《中国女性主义的困境》，《文艺争鸣》，2001 年第 4 期，第 74-79 页。

[127] 赵小琪、粟超：《中国现代诗歌翻译与诗歌创作、翻译诗学的主体间性关系》，《扬州大学学报》（人文社会科学版），2015 年第 1 期，第 113-118 页。

[128] 郑振铎：《译文学书的三个问题》，《翻译研究论文集（1894—1948）》，北京：外语教学与研究出版社，1984 年，第 89 页。

[129] 郑振铎：《译文学书的三个问题》，《小说月报》，1921 年，第 12 卷第 3 期，第 24 页。

[130] 郑振铎：《俄国文学史中的翻译家》，《改造》，第 3 卷第 11 期，1921 年，第 79 页。

[131]《中华书局的作者勘误提示函》，《北京晨报》，2016 年 7 月 7 日。

[132] 周扬：《非常时期的文学研究纲领》，《读书生活》，1936 年，第 4 卷第 7 期，第 305 页。

[133] 周育民：《关于黄九如的生平》，2011 年 6 月 8 日，http：//blog. sina. com. cn/s/blog_ 52043a580100senh. html。

[134] 周作人：《〈梦〉序》，须莱纳尔著，张近芬译：《梦》，北京：北京阳光社，1923 年，第 1-7 页。

[135] 朱静：《清末民初外国文学翻译中的女译者研究》，《国外文学》，2007 年第 3 期，第 61-69 页。

[136] 朱志瑜：《翻译研究：规定、描写、伦理》，《中国翻译》，2009 年第 3 期，第 5-12 页。

三、英文著作

[1] Acton, Harold & Chen Shixiang trans. , *Modern Chinese Poetry*, London: Duckworth, 1936.

[2] Baron, D. E. *Grammar and gender*. Boston: Yale University Press, 1986.

[3] Chesterman, Andrew. *Memes of Translation*. Amsterdam, Philadelphia: Benjamins, 1997.

[4] Dorothy Ko, Wang Zheng, *Translating Feminisms in China*, New York: John Wiley and Sons Ltd. , 2007.

[5] Gentzler, Edwin. *Contemporary Translation Theories*. Clevedon: Multilingual Matters Ltd., 2001.

[6] Hermans, Theo. *Translation in System: Descriptive and System-oriented Approaches Explained*. Manchester: St. Jerome Publishing, 1999.

[7] Hutchinson, Thomas, *The Complete Poetical Works of Percy Bysshe Shelley*. London: Oxford University Press, 1909.

[8] Johnston R. J., Gregory D., Smith D. *The Dictionary of Human Geography (Third Edition)*. Oxford: Blackwell, 1994.

[9] Larson, Wendy. *Women and Writing in Modern China,* Stanford, Calif.: Stanford University Press, 1998.

[10] Lorscher Wolfgang. *Translation Performance, Translation Process and Translation Strategies: A Psycholinguistic Investigation*. Tubingen: Gunter Narr, Verlang, 1991.

[11] Poirier, Richard & Mark Richardson. *Robert Frost: Collected Poems, Prose and Plays*, New York: Library of America, 1995.

[12] Pym, A. *Method in Translation History*. Beijing: Foreign Language Teaching and Research Press, 2007.

[13] Schwartz, M. *Guidelines for Bias-Free Writing*. Bloomington: Indiana University Press, 1995.

[14] Simon, Sherry. *Gender in Translation: Cultural Identity and the Politics of Transmission*. London and New York: Routledge, 1996.

[15] Squier, Susan Merrill. *Virginia Woolf and London: The Sexual Politics of the City*. Chapel Hill: University of North Carolina Press, 1985.

[16] Tani E. Barlow (ed.), *Gender Politics in Modern China,* Durham and London: Duke University Press, 1993.

[17] Toury, Gideon. *Descriptive Translation Studies and Beyond*. Amsterdam, Philadelphia: John Benjamins Publishing Company, 1995.

[18] Toury, G. *In Search of a Theory of Translation*. Tel Aviv Unirersity: Porter Institute for Poetics and Semiotics, 1980.

[19] Von Flotow, Luise. *Translation and Gender: Translating in the "Era of Feminism"*. Shanghai: Shanghai Foreign Language Education Press, 2004.

[20] Norton William. *Cultural Geography: Themes, Concepts, Analysis*. Toronto:

Oxford University Press, 2000.

[21] Woolf, Virginia. *Three Guineas*. London: Hogarth, 1968.

[22] Woolf, Virginia. *A Room of One's Own*. London: Hogarth, 1967.

四、英文论文

[1] Chesterman Andrew. "Problems with Strategies" in Klandy, Kinda. *New Trends in Translation Studies: In Honor of Kinga Klaudy*. Budapest: Akademiai Kiado, 2005, pp. 101-130.

[2] Holmes, J. "The Name and Nature of Translation Studies". *Translated*, 1988, pp. 67-80.

[3] Hung, Eva. "Translation in China—An Analytical Survey " in Eva Hung, and Judy Wakabayashi, eds. *Asian Translation Traditions*. Manchester, UK and Northampton MA: St. Jerome Publishing, 2005, pp. 67-108.

[4] Lydia H. Liu, "Invention and Intervention: The Female Tradition in Modern Chinese Literature", *Gender Politics in Modern China: Writing and Feminism,* Durham and London: Duke University Press, 1993, pp. 33-57.

[5] Ping Zhu, "The Phantasm of the Feminine: Gender, Race and Nationalist Agency in Early Twentieth-Century China", *Gender & History*, Vol. 26 No. 1 (April 2014), pp. 147-166.

[6] Toury, Gideon. "A Handful of Paragraphs on 'Translation' and 'Norms' ". C. Schaffner(eds). *Translation and Norms*. Current Issues in Language and Society, 1998, 5(1-2), pp. 10-32.

附录　女译者简介

（1）安娥（1905—1976），原名张式沅，曾用名何平、张菊生，地下工作化名张瑛。河北省获鹿县范谈村（今石家庄市长安区）人。中国著名剧作家、作词家、诗人、记者、翻译家、社会活动家。其丈夫为《义勇军进行曲》词作者——田汉。在百代唱片公司（中国唱片社上海分社）工作期间和著名作曲家——聂耳为同事。参见 https：//baike. so. com/doc/6137491-6350654. html。

（2）冰心（1900—1999），原名谢婉莹，福建长乐人，笔名冰心。中国民主促进会（民进）成员。中国诗人，现代作家，翻译家，儿童文学作家，社会活动家，散文家。参见《民国才女书影知见录》第 12—13 页，《中国翻译家辞典》第 122—123 页，https：//baike. so. com/doc/5352236-5587694. html。

（3）陈鸿璧（1884—1966），原名陈碧珍，广东新会人。少年时就读于上海中西女塾。清光绪三十三年（1907），在上海女子中学和育贤女学校任教。辛亥革命时期，任《神州日报》主编，后任《大汉日报》编辑。参见 https：//baike. so. com/doc/1337465-1413972. html。

（4）陈敬容（1917—1989），原名陈懿范，曾用笔名蓝冰、成辉、默弓、文谷等，原籍四川乐山。曾任重庆北碚文史杂志社编辑、重庆文通书局编辑。她是中国现代创作时间跨度最大、艺术生命最长的女诗人，为九叶派诗人，著名翻译家。参见《民国才女书影知见录》第 61 页，《中国翻译家辞典》第 150 页，https：//baike. so. com/doc/5670410-5883075. html。

（5）陈秋帆（1909—1984），广西柳州人。笔名陈秋子、阿启、砾子等。中国民主同盟盟员，文学家，翻译家。参见《中国翻译家辞典》第 155—156 页。

（6）陈学昭（1906—1991），汉族，原名陈淑英、陈淑章，笔名学昭、野渠、式徽、惠、玖等。浙江海宁人，祖籍河南潢川。作家、翻译家。参见《民国才女书影知见录》第 27 页，《中国翻译家辞典》第 165 页，https：//baike. so.

心理研究，女性主义，精神分析学说，表现主义，唯美主义，泛神论等。参见康咏秋．简论袁昌英［J］．求索，1989（6）：104-107.

（31）张近芬（？—1939），我国现代儿童文学的先驱、同时又是我国医学界出类拔萃的人物，字崇南，笔名有近芬、芬、CF、CF女士等，江苏南翔（今上海市嘉定区南翔镇）人。她是嘉定第一个医学博士、民国时期同德医学院院长张近枢的妹妹，文学女青年张近溦的姐姐。她是和老舍、冰心、叶圣陶、朱自清、俞平伯、顾颉刚、刘半农、丰子恺等172人一起参加文学研究会的会员。著有诗集《浪花》（阳光社文学小丛书之一），译作《梦》（南非须莱纳尔的小说）、《纺轮的故事》（法国孟代的童话）、《旅伴》（丹麦安徒生童话，与林兰合译）等，散文有《游德的观察》《行善的人》等。参见http：//www.jiadingbao.cn/Article/index/170334.html。

（32）张默君（1883—1965），湖南湘乡人，原名张昭汉，英文名莎非亚，是近代著名的妇女活动家、教育家、书法家、记者、诗人、作家和翻译家。参见https：//baike.baidu.com/item/张默君/8688503？fr=aladdin。

（33）张宛青，上海女作家，出生年月不详。

（34）张允和，“合肥四姊妹”之二，生于安徽合肥，长于江苏苏州。张允和毕业于上海光华大学历史系，曾为高中历史教师、人民教育出版社历史教材编辑。参见宋宇晟，海龙．“民国最后闺秀”的爱情和诗［J］．人民周刊，2016（6）：74-75.

（35）赵萝蕤（1912—1986），浙江杭县人。1932年毕业于燕京大学英语系，同年考取清华大学外国文学研究所，不久赴美留学，获硕士及哲学博士学位。回国后，先后任教于燕京大学西语系与北京大学西方语言文学系。参见《中国翻译家辞典》第714页。

（36）赵洵（1917—1988），吉林省吉林市人，笔名杜克展，满族。1962年她研究生毕业于莫斯科大学语文系。1936年参加工作，历任上海塔斯社翻译，晋察冀华北联大教师，延安鲁艺研究员，哈尔滨外语学院副院长，莫斯科大学语文系研究生，中国社科院语言研究所副所长，苏联东欧研究所副所长，1936年开始发表作品，1988年加入中国作家协会，著有《致友人的二十封信》《同斯大林的谈话》，译著长篇小说《静静的顿河》（第二、三部，合译）、《故园》《贵族之家》，诗集《夏夜集》，并担任《苏联百科辞典》主译审。译著长篇小说《钢铁是怎样炼成的》获鲁迅文学奖。参见《中国翻译家辞典》第718页，http：//www. chinawriter. com. cn/zxhy/member/7368. shtml。

（37）郑安娜（1913—1991），上海人，中国著名翻译家、出版家、随笔作家冯亦代之妻。参见 https：//baike. so. com/doc/2156658-2281955. html。

（38）周微林（1918—2005），江苏南京人。1940 年毕业于浙江大学外国语文学系。1944 年开始发表作品，译著有《悲惨世界》［（法）维克多·雨果著］、《海的女儿》［（丹麦）安徒生著］、《简爱》（缩写本）、《我的安东妮亚》［（美）薇拉·凯瑟著］、《王尔德童话》（全集），《“黎明使者”号航行记》［（英）C. S. 刘易斯著］等。参见勉思．微姐和我［J］．新文学史料，2007（1）：113-115.

后 记

本书主要基于笔者博士论文修改而成。笔者于2013—2018年在中央民族大学外国语学院师从何克勇教授攻读文化与翻译方向博士学位，并于2018年6月顺利毕业。学位论文是读博期间最后和最大的挑战，作为博士生必须要面对“你的学术研究对本学科发展有何贡献?”这样的尖锐问题。

与所有博士生一样，笔者也经历了从选题到开题，从撰稿到预答辩，从外审到答辩的漫长过程，然而古人云“不积跬步，无以至千里；不积小流，无以成江海”，在此过程中，我进一步提升了自己的阅读、写作、批判性思维等诸多能力。功夫不负有心人，我的预答辩、外审和答辩均得到了专家们的肯定和褒扬，该论文最终被评为“中央民族大学优秀博士论文”。

2020年，该论文入选“中央民族大学青年文库”项目，因疫情影响，至今日方与读者见面。值得庆幸的是，虽迟但到。本书从书写翻译史的角度出发，挖掘译者史料，遵从描述翻译学的客观性原则，梳理了整个民国时期外国文学翻译领域的女译者们，是目前国内首部较全面介绍该领域的学术专著。不仅如此，本书也成为笔者那段拼搏岁月的美好纪念。

本书能得以顺利出版，首先，我要深深地感谢我的导师何克勇教授。何老师是国内知名翻译专家，他渊博的学识、严谨的治学态度、宽广的学术视野、真诚的待人方式令我景仰，也把我引领上了学术研究的道路。读博期间，我有幸参加了何老师的多个科研项目，无论是在学习学术上，还是在为人处事上，都得到了老师耳提面命的指导，颇有近水楼台先得月的感受。在我的学习和工作中，何老师都给予了非常细心耐心的指导。可以说，没有老师的关怀帮助、辛勤付出，就没有本书的最终成稿。

其次，我要感谢我院各位领导、翻译系各位教授，他们在我学习思考的过程中给予我无私的教导和悉心的关怀，为我论文的写作提供了许多有益的建议与帮助。读博期间，我也曾聆听过国内外许多译学名家的课程或讲座，他们给了我不同程度的启迪。在此谨向他们表示敬意和谢意。

感谢各位同门，求学期间，我们彼此关心，互相帮助。感谢中央民族大学的同事和朋友们，他们的友谊让我在忙碌的学习和工作中感受到温暖。感谢家人的无私奉献！

最后，需特别感谢中央民族大学出版社的各位领导、专家和编辑！因笔者能力有限，书中还有许多不尽完善之处，敬请学界、译界方家和广大师生、读者不吝赐教！

刘　立

2021 年春于中央民族大学